जर्मनी

की

श्रेष्ठ कहानियाँ

जर्मनी
की
श्रेष्ठ कहानियाँ

अनु. भद्रसैन पुरी

प्रभात
पेपरबैक्स
www.prabhatbooks.com

प्रकाशक

प्रभात पेपरबैक्स

4/19 आसफ अली रोड, नई दिल्ली-110002

फोन : 23289555 • 23289666 • 23289777 ❖ फैक्स : 23253233

इ-मेल : prabhatbooks@gmail.com ❖ वेब ठिकाना : www.prabhatbooks.com

संस्करण

2018

मूल्य

एक सौ पचास रुपए

अ.मा.पु.स. 978-93-5048-963-5

मुद्रक

नरुला प्रिंटर्स, दिल्ली

GERMANY KI SHRESHTHA KAHANIYAN (Best of German stories)
translated by Bhadra Sen Puri

Published by **PRABHAT PAPERBACKS**
4/19 Asaf Ali Road, New Delhi-110002

ISBN 978-93-5048-963-5

₹ 150.00

समर्पण

महात्मा हंसराजजी की धर्मपुत्री,
मातातुल्य ज्येष्ठ मौसी
बसंती देवीजी,
जिन्होंने पचास वर्ष से अधिक समय तक
स्त्रियों में आर्य समाज का प्रचार
तन, मन, धन से किया
और
बानबे वर्ष का समर्पित जीवन जीने के बाद
एक सच्ची तपस्विनी की भाँति
अंत समय गायत्री मंत्र का जाप करके
स्वयं प्राण त्याग दिए,
की पुण्य स्मृति में

—भद्रसैन पुरी

अनुक्रम

दो शब्द

संसार की लगभग सभी भाषाओं में साहित्य का सृजन हुआ है। समय-समय पर संसार के लगभग प्रत्येक देश में ऐसे व्यक्तियों का प्रादुर्भाव हुआ है जिन्होंने अपनी सृजन-प्रतिभा से साहित्य को अनमोल मोती—उपन्यास, कहानी, कविता आदि के रूप में—प्रदान किए हैं। साहित्य में कहानियों का एक विशिष्ट स्थान है। भारत में सहस्रों वर्ष पूर्व 'पंचतंत्र' की कहानियों द्वारा नीतिशास्त्र का उपदेश दिया गया। बच्चों के लिए ईसप् की कहानियाँ आज भी ज्ञानार्जन और मनोविनोद का साधन बनी हुई हैं। महाभारत में भी स्थान-स्थान पर गूढ़ दार्शनिकता का सरल प्रकटीकरण होता है। बाइबिल की कहानियाँ मनोरंजन के साथ-साथ उपदेशप्रद भी हैं। वस्तुत: मानव-जीवन ही कहानियों का एक विशाल भंडार है। जन्म से लेकर मृत्युपर्यंत इसका प्रत्येक क्षण कथापूर्ण है। कहानी क्या है? किसी घटना का इस प्रकार वर्णन करना कि उसका सजीव चित्र पाठक अथवा श्रोता के मानसपटल पर अंकित हो जाए। स्वजीवन के विभिन्न अनुभवों को आत्मकथा के रूप में चित्रित करना भी कहानी का एक प्रकार है। हिंदी में प्रेमचंद की कहानियों का अद्वितीय स्थान है। वे मानव-जीवन की घटनाओं को चित्रित तो करती ही हैं, मार्मिक और शिक्षाप्रद भी हैं। इसी प्रकार फ्रांसीसी भाषा में गॉय द मोपासाँ की कहानियाँ जीवंत रूप में हमारा मनोरंजन करती हैं। रूसी भाषा में टॉलस्टॉय की कहानियों ने महात्मा गांधी आदि मनीषियों का भी मार्गदर्शन किया है। कहानियाँ प्रत्येक देश के साहित्य का मूल्यांकन करने का साधन हैं। प्रत्येक देश के रीति-रिवाज, परंपराओं तथा भूत और वर्तमान की झलक उनसे प्राप्त होती है।

श्री भद्रसैन पुरीजी मेरे सहपाठी रहे हैं। लगभग सात दशक हमने साथ-साथ बिताए हैं। साहित्य का अध्ययन हम दोनों के जीवन का संबल रहा है। कॉलेज छोड़ने के उपरांत जहाँ जीवनयापन के लिए धनोपार्जन में उनका अधिकांश समय व्यतीत हुआ, वहाँ साहित्य-अध्ययन का संस्कार भी साथ-साथ चलता रहा। फिर

एक ऐसा समय आया, जब यह आकांक्षा उत्पन्न हुई कि विश्व-साहित्य के अध्ययन का जो आनंद अपने दीर्घ जीवन में हमने उठाया, उसका रसास्वादन हिंदीभाषी जनता को भी करवाया जाए। इस विचार से प्रेरित होकर श्री भद्रसैन पुरीजी विभिन्न भाषाओं में उन देशों के महत्त्वपूर्ण कहानीकारों की उत्कृष्ट कहानियों के अनुवाद करने में, अस्वस्थ होते हुए भी, जुट गए। सबसे पहले उन्होंने फ्रांसीसी कहानीकार मोपासाँ की बावन कहानियों का अनुवाद हिंदी में किया। जनता ने खुले हृदय से उनका स्वागत किया। इससे प्रोत्साहित होकर उन्होंने पिछले दिनों समरसेट मॉम की कहानियों का अनुवाद किया। वे कहानियाँ पुस्तकाकार में प्रकाशित हुईं। वह पुस्तक भी हाथो-हाथ बिक गई।

अनुवाद के क्षेत्र में इस समय हम दो प्रकार के व्यक्तियों को देखते हैं। प्रथम वे जो अपनी जीविका के लिए धनोपार्जन करने हेतु कार्यरत हैं तथा दूसरे वे जो स्वांतः सुखाय अथवा अपनी अनुभूति के आधार पर इस कार्य में संलग्न हैं। पुरीजी बाद वाली श्रेणी में आते हैं। इन्होंने पिछले दिनों पच्चीस प्रसिद्ध जर्मन कहानियों, जो विभिन्न लेखकों के द्वारा सृजन में आईं, का अनुवाद किया है। सफल अनुवाद करने के लिए अनुवादक को मूल लेखक के मनोभाव को आत्मसात् करना आवश्यक है। शाब्दिक अनुवाद करना लेखक के साथ अन्याय करना है। जब तक अनुवादक मन, बुद्धि और हृदय से मूल लेखक के साथ अपना अंतर्संबंध स्थापित नहीं कर लेता, वह उसके साथ न्याय नहीं कर सकता।

पुरीजी द्वारा अनूदित कहानियों को मैंने बड़ी तन्मयता और लगन से पढ़ा है। उनके द्वारा सरल भाषा में किए गए अनुवाद में कहानी की मौलिकता प्रतिबिंबित होती है। कहीं-कहीं तो मौलिकता की पकड़ में वे अभिभूत कर जाते हैं। मैं पुरीजी को अपनी शुभकामनाएँ अर्पित करते हुए भगवान् से प्रार्थना करता हूँ कि उन्हें स्वस्थ शतायु प्रदान करें, ताकि वह हिंदी जगत् को अंग्रेजी की भाँति सुसंपन्न कर सकें। हिंदी में अभी अन्य भाषाओं की अनुपम कृतियों के अनुवाद का बहुत अभाव है। इस दृष्टि से अंग्रेजी भाषा बड़ी ही संपन्न है। आपको संसार की प्रत्येक श्रेष्ठ कृति, चाहे वह किसी भी देश की किसी भी भाषा की हो, का अनुवाद अंग्रेजी में मिल जाएगा। इस अभाव की पूर्ति पुरीजी जैसी महान् आत्माएँ ही, जो निःस्वार्थ भाव से साहित्य की सेवा करने में जुटे हुए हैं, कर सकती हैं।

—स्वामी उत्तमप्रकाशानंद सरस्वती

अनुवादकीय

अमेरिका हो या ऑस्ट्रेलिया, जर्मनी हो या जापान, कश्मीर हो या कर्नाटक—सभी देशों और प्रदेशों की अपनी-अपनी सीमाएँ हैं, परंतु कहानी की कोई सीमा नहीं। कहानी सार्वभौमिक है, यह देशों और प्रदेशों की चौहद्दी तक सीमित नहीं की जा सकती। इसके उद्गम—मानव जाति को, उसकी भिन्न-भिन्न भाषाओं को, भले ही भिन्न-भिन्न देशों में, भिन्न-भिन्न प्रदेशों में बाँट दें, परंतु कहानी सभी स्थानों में कहानी ही रहेगी।

कहानी कल भी थी, आज भी है और कल भी रहेगी। जब मनुष्य ने जन्म लिया तो कहानी भी उसके साथ ही आई—आदम और हव्वा की कहानी और संभवत: उससे भी पहले सृष्टि की कहानी—और जब तक मनुष्य रहेगा, यह उसके साथ रहेगी—चोली-दामन की तरह! मनुष्य की कहानी इतिहास में बदल जाए अथवा उसकी संस्कृति और सभ्यता का आईना बनकर साहित्य का रूप ले ले, कहानी तो कहानी ही है। यह अपना मौलिक रूप कभी नहीं बदलती। निस्संदेह आदमी की तरह यह भी समय से प्रभावित होती है, समय के साथ-साथ चलती है।

देशों की आपसी दूरी के कारण, प्रदेशों में आपसी अंतर के कारण हो सकता है कि कहानी की भाषा तथा शैली पर कुछ प्रभाव पड़े और उसमें बदलाव नजर आए, परंतु इस प्रकार का बदलाव आना एक तकनीकी घटना के अतिरिक्त कुछ भी नहीं। यह तकनीकी घटना भी बाहरी है, मनुष्य के शरीर की तरह। अफ्रीका का निवासी काला, यूरोप का निवासी गोरा और चीन का निवासी पीला होता है। इसके बावजूद उन सबमें आत्मा एकरूपा है, एक जैसी है। इसी प्रकार कहानी की मौलिकता में, उसके मूलभूत आधार में, उसके मूल तत्त्वों में कोई परिवर्तन नहीं होता। हर स्थान पर कहानी, कहानी ही रहती है।

कहानी के बाहरी रूप के कारण इसके नाम भी अलग-अलग रखे जाते हैं—मनुष्य की तरह ही। कभी सुखांत, कभी दु:खांत; कभी छोटी, कभी बड़ी;

इतनी बड़ी कि उपन्यास कहलाए, आत्मकथा कहलाए, परंतु रहती कहानी ही है। यह अपने उद्‌गम अर्थात् मनुष्य का अनुसरण तत्परता से करती है। यह भी जन्म लेती है, युवावस्था को प्राप्त होकर वृद्धावस्था तक पहुँचती है और अंत में समाप्त हो जाती है—मनुष्य के शरीर की तरह—पुनर्जन्म लेने के लिए उसकी आत्मा नहीं मरती, उसकी आत्मा अमर है। हाँ, कहानी मोक्ष के लिए भी भरसक प्रयत्न करती है। उसका मोक्ष भी उसकी आत्मा में है, किसी तीसरे या सातवें आसमान में नहीं; हजारों वर्ष पुरानी कहानियाँ आज भी जीवित हैं—इस संसार में ही मोक्ष को प्राप्त हो चुकी हैं—अमर कहानियाँ! राम और कृष्ण की कहानियाँ, हजरत मोहम्मद की कहानियाँ और गुरु नानक की कहानियाँ!

कहानी भी हँसती है, मजाक करती है, मन बहलाती है, रोती है और विलाप करती है। कभी-कभी तो इतना हँसती है, इतना रोती है कि उसे पढ़ने या सुननेवाला भी साथ-साथ हँसता है, साथ-साथ रोता है। इसके उदाहरण संसार के साहित्य में बिखरे पड़े हैं। हैं कोई ऐसे माता-पिता—जिनका हृदय, अपने पिता के घर से शकुंतला की विदाई का दृश्य पढ़कर या सुनकर द्रवित न होता हो या सीता-बनवास का दृश्य रामलीला या टी.वी. में देखकर मन न भर आता हो? कहानी जहाँ प्यार करती है, वहाँ तड़पाती भी है; जहाँ आनंद देती है, वहाँ अशांत भी करती है।

मनुष्य के ज्ञान की तरह कहानी का क्षेत्र भी अत्यंत विस्तृत है। संसार में जो भी वस्तु हमें दृष्टिगोचर होती है, उसकी कहानी है—चिड़िया की कहानी, राजा-रानी की कहानी, सुंदर परी की कहानी, ईर्ष्या-द्वेष की कहानी, अमीर-गरीब की कहानी, प्रेम की कहानी। हम कहाँ तक बताएँ, आप ही बताइए—संसार में है कोई ऐसी वस्तु अथवा विचार, जिसकी कहानी न हो! संसार में भूत नाम की कोई वस्तु नहीं, केवल नाम है; परंतु उसकी भी कहानी है।

कहानी अनेक रूप भी धारण करती है—वैयक्तिक, सामाजिक, वैज्ञानिक, मनोवैज्ञानिक, दार्शनिक, धार्मिक इत्यादि। कहानी जन्म लेती है अपने उद्‌गम के बोध से अथवा उसके अंतरावलोकन से। अंतरावलोकन की अपेक्षा बोध से कहानी को जन्म देना तुलनात्मक दृष्टि से थोड़ा सरल होता है, हालाँकि बोध से कहानी को जन्म देने के बाद भी जन्मदाता को प्रायः अंतरावलोकन करना पड़ता है। अंतरावलोकन से पैदा की गई कहानी के लिए काल्पनिक शक्ति की आवश्यकता अनिवार्य है, परंतु यह काल्पनिक शक्ति भी बोधित वस्तुओं पर निर्भर होती है। कहना न होगा कि जैसे बच्चे को जन्म देने के लिए माता-पिता, दोनों का होना अनिवार्य है, उसी तरह कहानी को जन्म देने के लिए भी बोध और अंतरावलोकन, दोनों का होना

जरूरी है। केवल बोध पर आधारित कहानी बच्चों की तोता-मैना की कहानी बनकर रह जाएगी और केवल अंतरावलोकन से रची कहानी सामान्य पाठकों के लिए कहानी न रहकर पहेली बन सकती है।

अच्छी कहानी, बुरी कहानी; कहानी स्वतः न अच्छी होती है और न ही बुरी। कहानी केवल कहानी होती है। उसको अच्छा या बुरा बनानेवाली पाठक की अपनी रुचि है। पढ़ते समय कहानी में एक पाठक अपने चरित्र को उसमें प्रतिबिंबित होते देखता है, अपनी वैयक्तिक रुचि को महत्त्व देता है। एक धार्मिक व्यक्ति के लिए यौन-संबंधी कहानी गंदी और असभ्य मानी जाएगी, किंतु वही कहानी एक आधुनिक पश्चिमी सभ्यता के समर्थक नवयुवक के लिए असीम आनंद का विषय मानी जाएगी। बावजूद इसके वह कहानी, कहानी ही रहेगी। इसी तरह किसी धार्मिक अथवा दार्शनिक कहानी में एक सामान्य व्यक्ति रुचि नहीं लेता जबकि वही कहानी धार्मिक और अनुभवी पाठक को आनंद प्रदान करती है। कहानी फिर भी कहानी ही रहेगी। गंदी और निकृष्ट कहानी से भी एक सदाचारी शिक्षा प्राप्त कर सकता है। धार्मिक कहानी शिक्षाप्रद तो होती ही है, किंतु यदि एक खलबुद्धि व्यक्ति उससे लाभ उठाना चाहे तो उसका सौभाग्य ही कहेंगे। किसी भी एक व्यक्ति की रुचि से कहानी प्रभावित नहीं होती।

यह जीवन भी तो एक कहानी ही है—रामायण और महाभारत से भी लंबी, इनसे भी अधिक पुरानी। रामायण और महाभारत का तो आदि और अंत हमें ज्ञात है, परंतु जीवन-कहानी का आदि और अंत किसी को ज्ञात नहीं है और आश्चर्य है इसपर कि पूरी किसी को याद भी नहीं है। समस्त प्रकार की कहानियों के लिए जीवन-कहानी हाथी के पैर के समान है!

हम विदेशों में भ्रमण के लिए जाते हैं, यह देखने के लिए कि वहाँ के लोग कैसे हैं, उनकी संस्कृति और सभ्यता कैसी है; वहाँ का प्राकृतिक सौंदर्य कैसा है, जलवायु कैसी है इत्यादि। इसी भावना के अंतर्गत, यह जानने और समझने के लिए कि विदेशी कहानियों का बाहरी रंग-रूप कैसा है, वे किस प्रकार की संस्कृति और सभ्यता का दिग्दर्शन कराती हैं; तुलनात्मक दृष्टि से भारतीय कहानी और विदेशी कहानी कहाँ तक मेल खाती हैं, कहाँ तक मतभेद को उजागर करती हैं, हमने विदेशी कहानियों को शृंखलाबद्ध क्रम से पाठकों के सम्मुख प्रस्तुत करने का निर्णय लिया है। यह **'जर्मनी की प्रसिद्ध कहानियाँ'** उसी क्रम का प्रथम प्रयास है, जो देश में प्रथम बार हिंदी प्रेमियों के सामने है। आशा है कि हिंदी साहित्य प्रेमी पाठकगण इसका स्वागत हर्षपूर्वक और संतोष से करेंगे। इसी प्रकार, विश्व के

अन्य देशों की अब तक अप्रकाशित कहानियाँ भी इसी क्रम के अंतर्गत शीघ्र ही प्रस्तुत करने का हमारा प्रयास रहेगा।

'जर्मनी की प्रसिद्ध कहानियाँ' का हिंदी रूपांतरण करते समय यह ध्यान रखा गया है कि वे रुचिकर हों और अधिक लंबी न हों, ताकि पाठक थोड़े समय की बैठक में ही उन्हें समाप्त कर सके। अनुवाद की भाषा सरल और आम बोलचाल की भाषा है, ताकि सामान्य पाठक भी आसानी से आत्मसात् कर सके, परंतु अनुवाद में कहानी के लेखक के विचार और भावना को ज्यों-का-त्यों रखा गया है।

मैं पूज्य स्वामी उत्तमप्रकाशानंद सरस्वतीजी का विशेष रूप से आभारी हूँ, जिन्होंने अपना पुस्तकालय इस काम के लिए उदारता से खोल दिया। उनके सौजन्य से गॉय द मोपासाँ और समरसेट मॉम की कहानियों के अनुवाद बाजार में आ चुके हैं। हिंदी-प्रेमियों ने जिस प्यार से उनका स्वागत किया, वह वास्तव में सराहनीय है और हमारे लिए प्रोत्साहन का माध्यम भी। आशा है, 'जर्मनी की प्रसिद्ध कहानियाँ' को भी उसी प्रकार का प्यार मिलेगा।

मैं अपने मित्रों—सर्वश्री मदन मोहन तव्वकली एवं गोविंद भदौरिया, अपनी बेटी श्रीमती सुषमा खन्ना एवं पौत्री सुश्री पूजा पुरी का भी आभारी हूँ, जिन्होंने समय-समय पर अपना सक्रिय योगदान देकर इस अनुवाद-कार्य को संपूर्ण करने में मेरी सहायता की।

—भद्रसैन पुरी

टोबी विल्ट

—एम.ई. एनजेल

छोटे प्रांतीय नगर के मुख्य रत्नों में से एक, टोबी विल्ट, अपने ही पैदाइशी स्थान पर शोभायमान था। उसे कभी भी यात्रा का विचार नहीं आया था और न ही उसने किसी अवसर पर अपने गाँव के इर्दगिर्द निश्चित सीमाओं को पार किया था।

इसके बावजूद वह विश्व के बारे में उन लोगों से अधिक जानता था, जो काफी दूर तक यात्रा कर चुके थे और जिन कुछ लोगों ने पेरिस अथवा इटली की अपनी छोटी-छोटी शौकिया यात्राओं पर अपने धन का बड़ा भाग खर्च किया था। उसके पास अत्यंत उपयोगी श्रेणी की छोटी-छोटी कहानियों का भंडार था, जो उसने अपने अनुभव से एकत्र की थीं और अपनी तथा अपने मित्रों की मानसिक उन्नति के लिए अपने पास रखे हुए था। उन कहानियों में भले ही कल्पनाशक्ति का अधिक फैलाव नहीं था, फिर भी व्यावहारिक दृष्टि से उनका काफी महत्त्व था और प्राय: मित्रमंडली में सुनाने के लिए अद्‌भुत थीं।

उसके जान-पहचानवालों में टिल नाम का एक सजग और भद्र युवा था, जो टोबी विल्ट की दूरदर्शिता और अनुभवों के लिए उसका बड़ा प्रशंसक था। एक बार उसने जब इन चीजों के बारे में अपनी श्रेष्ठ राय जाहिर करने की कोशिश की तो उसके पुराने मित्र ने हकलाते हुए उत्तर दिया—"ठीक है! लेकिन क्या वास्तव में तुम मुझे अपनी बड़ाई करनेवाला बुद्धू समझते हो?"

"क्यों, सारी दुनिया कहती है, मिस्टर विल्ट, और मुझे तुम्हारा शिष्य बनने में प्रसन्नता होगी।"

"क्या तुम ऐसा करोगे, नौजवान? इससे आसान कुछ नहीं। यदि तुम वास्तव में दूरदर्शी युवक बनना चाहते हो तो तुम्हें केवल मूर्खों के व्यवहार और

आचरण को समझना होगा।''

''तुम्हारा अभिप्राय किस तरीके से है?''

''किसी भी तरीके से! विश्वस्त होने के लिए विभिन्न तरीकों से काम करने की कोशिश करना।''

''उदाहरण के लिए—क्या आप मुझे एक छोटी कहानी सुना सकते हैं?''

''मुझे विश्वास है, मैं तुम्हारी इच्छापूर्ति कर सकता हूँ, मिस्टर टिल! जब मैं युवा था तो उस समय इस नगर में मिस्टर वैट रहता था, पुराना गणितशास्त्री—एक प्रकार से दुर्बल और चिड़चिड़ा आदमी। मैं उसे बड़बड़ाते हुए और अकेला घूमते हुए प्रायः देखा करता था; वह कभी भी किसी पड़ोसी या जान-पहचानवाले को नमस्कार करने के लिए रुकता नहीं था; उनको देखना या उनसे बात करना तो दूर की बात थी; वह हमेशा अपनी पूर्णता की समस्याओं को हल करने के लिए गंभीरता से जुटा रहता था। अब क्या तुम अनुमान लगा सकते हो, मिस्टर टिल, कि लोग उसके बारे में क्या कहते होंगे?''

''मेरा विचार है कि वह बहुत चतुर, बुद्धिमान्, वृद्ध भद्र पुरुष था।'' मिस्टर टिल ने कहा।

''नहीं, यहाँ तुम थोड़ी सी गलती कर रहे हो। सब उसे वृद्ध मूर्ख कहा करते थे। इसलिए मैं भी अंदर-ही-अंदर ऐसा सोचा करता था। हालाँकि इस प्रकार की पदवी प्रायः सामान्य होती है, परंतु यह मेरी रुचि से मेल नहीं खाती थी। मुझे इस बात का ध्यान रखना चाहिए था कि मैं अपने बुजुर्ग मिस्टर वैट का अनुकरण कैसे करता हूँ। मेरा मानना है कि मैं नहीं कर सकता; व्यक्ति का अपने आपको भरा हुआ दिखाना अच्छा नहीं लगता। यह सदाचार नहीं है कि हर समय किसी के साथ बड़-बड़ करते चलो; मैं समझता हूँ कि हमें अधिक मिलनसार होना चाहिए और अपने पड़ोसियों से थोड़ी बातचीत करनी चाहिए। इस विषय में तुम्हारा क्या विचार है, मिस्टर टिल, क्या मेरा सोचना सही है?''

''ओह, निर्विवाद रूप से, मेरा विचार है कि तुम ठीक हो।''

''नहीं, मैं इतना आश्वस्त नहीं हूँ; बिलकुल नहीं, जैसे तुम अभी जान जाओगे। एक और अपूर्व बुद्धिवाला पुरुष था, मिस्टर स्लाइट; अति सूक्ष्म प्रकार का व्यक्तित्व और नृत्य-गुरु; स्वयंसिद्ध प्रमाण, गणितज्ञ का बिलकुल उलट और फिर भी प्रसन्न नहीं, भले ही पास से गुजरते हुए लोगों के चेहरों को वह घूरता था। वह हर उस व्यक्ति से बात करके खुश होता था जो उसकी बातें तब तक सुनता था जब तक उसका धैर्य साथ देता था। तो, मिस्टर टिल! क्या तुम अनुमान लगा सकते हो

कि लोग उसकी बाबत क्या कहते होंगे?"

"संभवत: वे उसे उन्मत्त, हँसमुख के साथ-साथ बातूनी किस्म का व्यक्ति कहते होंगे।"

"तुम निशाने से बहुत ज्यादा नहीं चूके, मिस्टर टिल, क्योंकि वे उसे मूर्ख कहते थे। तुमने उसके विपरीत किस्म की योग्यता से वही पदवी प्राप्त की।"

"यह हमारे लिए है। मैंने सोचा कि यह काफी असंगत है। व्यक्ति को क्या करना चाहिए? संसार में बुद्धिमान् व्यक्ति का मान पाने के लिए व्यक्ति को क्या उपाय करना चाहिए? यह स्पष्ट हो गया कि किसी को न मिस्टर वैट और न ही मिस्टर स्लाइट को अपना आदर्श समझना चाहिए।"

"नहीं, मिस्टर टिल। सर्वप्रथम तुम्हें लोगों के चेहरों को पूरी तरह देखना चाहिए और नृत्य-गुरु की भाँति नमस्कार करना चाहिए, तत्पश्चात् अपनी ओर देखना चाहिए और गंभीरता से चिंतन करना चाहिए; मिस्टर स्लाइट की तरह पड़ोसियों से बात करनी चाहिए और बाद में मिस्टर वैट की तरह अपने मामलों के बारे में सोचना चाहिए। यह मेरे तर्क का तरीका था, मिस्टर टिल। मैंने भद्र पुरुष से सुलह कर ली, श्रीमान् और लोगों ने मुझे विवेकी तथा दूरदर्शी कहा।"

एक दूसरे अवसर पर फलाँ नाम का युवा व्यापारी हमारे विवेकी नागरिक से मिलने आया। वह भी सलाह लेने आया था। चेहरे पर गहरे दु:ख के भाव लिये वह अपनी क्षति और दुर्भाग्य पर विलाप करने लगा। "ठीक है," विल्ट ने उसका कंधा दबाते हुए कहा, "लेकिन इस सबका मतलब क्या है? तुम्हें सावधान होना होगा, श्रीमान्, और धन-संपत्ति की रक्षा अधिक परिश्रम से करनी होगी। वह चंचल पक्षी है, तुम्हें खिलाड़ी की तरह चौकसी करनी होगी।"

"मैं चिरकाल से ऐसा ही करता आया हूँ, श्रीमान्! परंतु कुछ परिणाम नहीं निकला। एक दुर्भाग्यपूर्ण धक्के के बाद यह दूसरा लगा। जब तक मैं अच्छी तरह गिर नहीं गया, यही क्रम चलता रहा। अत: मैंने तय किया है कि भविष्य में अपने हाथ बाँधकर घर में चुपचाप आराम करूँगा।"

"तुम इसमें गलती कर रहे हो, भद्र पुरुष! तुम्हें चौकसी करनी होगी। मैं तुम्हें बताता हूँ, तुम्हें केवल इतना ध्यान रखना होगा कि तुम कितनी समझदारी से काम लेते हो।"

"समझदारी से कैसे काम लूँ? क्या मतलब है तुम्हारा?"

"मैं केवल इतना चाहता हूँ कि तुम समझदारी से किस प्रकार लाभ उठाते हो। इसके लिए तुम्हें सावधान रहना होगा और बाकी अपने-आप होता रहेगा;

किस तरह, मैं बताता हूँ—जब मेरे बाएँ हाथ का पड़ोसी अपना नया मकान बना रहा था, तब सारी सड़क ईंटों, बड़ेरों और कचरे से भरी हुई थी जिसपर से गुजरना सुखकर नहीं था। तब एक दिन उस रास्ते से गुजरनेवाला कोई और नहीं, बल्कि हमारा माननीय मेयर मिस्टर ट्रिक था, जो उस समय का शौकीन एलडरमैन था। वह हमेशा अपना सिर उठाए रहता था। वह अपनी बाँहों को लटकाए कूदता हुआ आया। उसकी नाक बादलों की ओर उठी हुई थी, लेकिन दूसरे ही क्षण उसने अपने आपको भूमि पर गिरे हुए पाया। उसने ठोकर खाने और एक टाँग तुड़वाने का उपाय कर लिया था और अपने अंतिम दिन तक लंगड़ाने की सुविधा प्राप्त कर ली थी, जैसाकि तुम प्रायः देखते हो। क्या तुम सहमत हो? क्या तुम समझते हो, मिस्टर फलाँ?''

''संभवतः तुम्हारा संकेत पुरानी कहावत की ओर है—'ध्यान रखो कि सिर बहुत ऊँचा न जाए'।''

''हाँ, लेकिन विश्वस्त होने के लिए तुम्हें यह भी ध्यान रखना होगा कि सिर बहुत नीचा भी न रहे; दोनों हालतों में दोष! यदि तुमने सिर बहुत ऊँचा रखा है तो इसे बहुत नीचा मत रहने दो। मुझे देख रहे हो न? तुम भी ऐसा ही करोगे।

''यह भी बहुत पुरानी बात नहीं है कि कवि शैले भी तुम्हारी तरह डरावने रास्ते से गुजर रहा था। वह गंभीर होकर कविताएँ लिख रहा था या अपने घर की दरिद्रता की चिंता कर रहा था—मैं नहीं कह सकता, परंतु वह भूमि पर आँखें झुकाए, दुःखी भाव से आगे की तरफ हिलता हुआ, मस्तक झुकाए भद्दी चाल चलता हुआ आया, जैसे अपने आपको भूमि पर गिराने में उसे हर्ष हो रहा हो! ठीक है? वह रस्सी पर चला, हलकी आवाज हुई और मकान से, बड़ी बड़ेरों में से एक उसके कान के पास एकाएक आ गिरी; परंतु वह एक अभागे कुत्ते की तरह मरा नहीं, बच गया; परंतु सदमे से वह शैतान इतना डर और घबरा गया कि अचेत होकर बीमार पड़ गया तथा अपनी अट्टालिका में कई सप्ताह तक बंद रहा। क्या अभी तक मेरा मतलब समझे, मिस्टर फलाँ? जब तुम गुजरोगे तो अपना सिर कैसे रखोगे?''

''मैं···मैं इसे सम स्थिति में रखूँगा, विश्वस्त होने के लिए।''

''ठीक। हमें अपनी दृष्टि लालसापूर्वक बादलों की ओर नहीं लगानी चाहिए और न ही अधिक लज्जा से भूमि में गाड़ देनी चाहिए। चाहे हम ऊपर देखें, इधर-उधर देखें या पीछे देखें, मिस्टर फलाँ, हमें इसे उचित और शांत ढंग से करना चाहिए। तभी हम संसार के साथ चल पाएँगे और कोई दुर्घटना हमारे साथ नहीं

होगी। हमें अपने स्वभाव की स्थिरता को बनाए रखना है—समझ रहे हो क्या? शुभ प्रभात, मिस्टर फलाँ!"

फिर तीसरे अवसर पर कोई मिस्टर विल्स हाथ में आए सट्टे को पूरा करने के लिए कुछ रकम उधार लेने की गरज से अपने मित्र मिस्टर विल्ट से मिलने आया। "यह निश्चय ही विवेकी कदम है," उसने मिस्टर विल्ट से कहा, "मैं अच्छी तरह जानता हूँ कि तुम्हारे सट्टों में यह लाभदायक नहीं है, फिर भी मैं जाँच करके इनसे लाभ उठाना चाहता हूँ, क्योंकि यह मुझे बहुत ही अनुरूप दीखता है।"

अनुभवी विल्ट को उसके अभिवादन का ढंग अच्छा नहीं लगा और देखते हुए कि इसका अभिप्राय क्या है, उससे पूछा—"प्यारे विल्स, कृपया यह बताओ कि कितनी रकम से तुम्हारा काम चल जाएगा?"

"कोई बड़ी रकम नहीं है। बस थोड़ी सी, एक सौ डॉलर काफी रहेंगे।"

"यदि इससे अधिक नहीं हैं तो मैं तुम्हारी प्रार्थना को सीधे मान लेता हूँ। वास्तव में यह दिखाने के लिए कि मेरे दिल में तुम्हारे प्रति कितनी दयालुता है, मैं तुम्हें कुछ और भी पेश करूँगा, जो हम दोनों के बीच हजार डॉलरों से भी अधिक मूल्य का होगा।"

"आह, कृपया इसे स्पष्ट करके बताओ, मेरे प्यारे विल्ट!"

"नहीं, यह एक लघु कहानी है, परंतु इससे हमारा अभिप्राय सिद्ध हो जाएगा। मेरी युवावस्था में एक विलक्षण व्यक्ति मिस्टर ग्रेल मेरा पड़ोसी था। उसकी जिह्वा की नोक पर लगातार एक कल्पित वाक्य रहता था, जो अंत में उसके विनाश का कारण बना।"

"तुम तो मुझे हैरानी में डाल रहे हो, मैं जानना चाहता हूँ।"

"तुम सबकुछ जान जाओगे। जब उससे कोई व्यक्ति दैवयोग से उसका कुशलक्षेम पूछता, 'क्यों ग्रेल, कामकाज कैसा चल रहा है? पिछले सौदे में कितना कमाया?' तो वह कहता—"फूह, बहुत कम, लगभग पचास डॉलर, परंतु उससे क्या होता है?' जब फिर पूछा जाता—'ग्रेल, पिछले दीवाले में कितना घाटा उठाया?' 'फूह,' वह उत्तर देता—'यह बताने योग्य नहीं है, बहुत कम, केवल पाँच प्रतिशत।' अपने दिनों में ग्रेल हँसमुख व्यक्ति था, लेकिन मैं तुम्हें विश्वास से कहता हूँ कि इस मूर्खतापूर्ण वाक्य ने उसका सर्वनाश कर दिया। अंत में उसे साजो-सामान के साथ घर छोड़ना पड़ा, श्रीमान्।

"कितनी रकम तुमने कही थी, मिस्टर विल्स?"

"मेरा विचार है, मैंने सौ डॉलर का ऋण माँगा था।"

"हाँ, इतने ही; मेरी स्मरणशक्ति कमजोर होती जा रही है। ठीक है, मिस्टर विल्स! परंतु मिस्टर टोम्स नामक अनाज का व्यापारी, मेरा एक और पड़ोसी था। उसने दूसरे वाक्य के साथ एक सुंदर मकान बना लिया। वह सामने देख रहे हो, सुविधा के लिए कार्यालय और गोदाम के साथ। श्रीमान, तुम क्या कहोगे?"

"मैं तो यही कहूँगा कि वास्तव में यह बहुत अद्भुत है, मिस्टर विल्ट। मैं दूसरा वाक्य जानने के लिए अत्यंत उत्सुक हूँ।"

"तुम उसे भी जान जाओगे, मिस्टर विल्स। जब उसके मित्र उसका कुशलक्षेम पूछते—'कहो, मिस्टर टोम्स, काम कैसा चल रहा है? पिछले व्यापार में क्या कमाया?' 'अच्छी कमाई हो गई, एक सौ कमाए।' हमेशा उसका यही उत्तर होता था और साथ ही प्रसन्नचित्त रहता। इसके अतिरिक्त जब वे देखते कि वह दुःखी और खिन्न है तो उससे पूछते—'क्यों, मिस्टर टोम्स, क्या बात है, कितना नुकसान हुआ?' 'वास्तव में मजाक नहीं, एक अच्छी रकम। विश्वास करो, कोई पचास डॉलर।' इस व्यक्ति ने बहुत कम पूँजी से काम शुरू किया था, परंतु जैसा मैंने तुम्हें बताया, अपने कार्यालयों और गोदामों के साथ एक बड़ा मकान भी बनवाया। अब मिस्टर विल्स, इन वाक्यों में से तुम्हारी रुचि का कौन सा है?"

"इसमें क्या शक है, इनमें से अंतिम, मिस्टर विल्ट।"

"फिर भी," अनुभवी विल्ट ने उत्तर दिया—"मिस्टर टोम्स मुझे अच्छा नहीं लगता। उसको अच्छी रकम देने की आदत थी, यद्यपि वह अपने न्यूनतम मूल्य और टैक्स दे रहा था। अब मैं सोचता हूँ कि उसको मेरे दूसरे पड़ोसी के वाक्य 'बहुत कम, कुछ भी कहने योग्य नहीं' को एक दयालु और अनुरागी व्यक्ति की तरह प्रयोग करना चाहिए था। यह सत्य है, मिस्टर विल्स, कि दोनों मेरे निकट पड़ोसी थे। मैंने ध्यानपूर्वक दोनों के वाक्यों को सुरक्षित रखा और समय एवं स्थान को देखकर उनका प्रयोग किया—कभी मिस्टर ग्रेल की तरह और कभी मिस्टर टोम्स की तरह।"

"परंतु मेरे साथ ऐसा नहीं है," मिस्टर विल्स चिल्लाया—"मैं अपने दिल से मिस्टर टोम्स के वाक्य की प्रशंसा करता हूँ, श्रीमान्।"

"तुम्हारी कितनी माँग थी, कितनी रकम की जरूरत है, मिस्टर विल्स?"

"एक अच्छी रकम, एक सौ डॉलर; कम नहीं, प्यारे विल्ट!"

"अब एक बुद्धिमान् व्यक्ति की तरह बात करते हो, एक विवेकी व्यक्ति

की तरह, मिस्टर विल्स, तुमने रकम को पकड़ने का ढंग वास्तव में अच्छी तरह सीख लिया है। तुम्हारा उत्तर बिलकुल ठीक था। यदि तुम केवल थोड़ी रकम के लिए आते तो संभवत: मैं तुम्हारी बात सुनता, परंतु जब तुम अच्छी रकम के लिए आए हो तो जरा रुको। मैं तुम्हें शुभ प्रभात कहना चाहता हूँ, मिस्टर विल्स।'' इस तरह से अपना मन बहलाकर मिस्टर विल्ट ने रकम उधार दे दी।

□

अभागा कृपण

—केस्पर फ्रेडरिक गोट्सचलक

तीस वर्षीय युद्ध के दौरान पहाड़ में रहनेवाले पड़ोसियों ने शीघ्रता से अपनी धन-संपत्ति क्वेटिनबर्ग के किले में पहुँचा दी, ताकि सेना के उत्पात और लूट से उसकी रक्षा हो सके। कहा जाता है कि यह सारा संचित धन अब भी भूमिगत गृहों में, शराब खींचनेवाली तांबे की डेगों में छिपा पड़ा है और किले के भूत सावधानी से उसकी चौकसी कर रहे हैं।

ऐसा हुआ कि एक रविवार को वहाँ का एक निवासी गँवार की तरह सोचता हुआ, ऊपर लटके खंडहरों और इर्दगिर्द के स्थानों को खोजता हुआ पुराने किले की ओर आया, जो क्रम से पृथ्वी की ओर से नीचे की ओर जाता प्रतीत होता था। उसने उग्रगंध की घास और झाड़ियों में रास्ता बनाया और निरंतर आगे तब तक चलता रहा, जब तक एक अँधेरे रास्ते के द्वार तक नहीं पहुँच गया। उसके कौतूहल ने उसे और आगे बढ़ाया। अब वह भूमिगत था। उसने जमीन पर एक गोल छिद्र देखा जहाँ रोशनी की एक पतली रेखा पड़ रही थी। जैसे ही वह एक तरफ खड़ा हुआ उसे बड़ी ओढ़नी लपेटे एक भूत दिखाई दिया। वह जगह एकाएक प्रकाशमय हो गई और भयभीत गँवार ने अपने सामने सोने के चमकते टुकड़ों से भरे प्रसिद्ध शराब खींचनेवाली डेगों को देखा, जिनकी बाबत उसने अपनी परदादी से सुन रखा था।

वह सोचने लगा कि क्या करे? घर लौट जाए या सोने का टुकड़ा उठा ले! तभी भूत बोला—"तुम एक टुकड़ा ले सकते हो और प्रतिदिन पुनः एक लेने के लिए भी आ सकते हो, परंतु एक समय में एक ही लेना, अधिक नहीं।"

यह कहकर भूत लुप्त हो गया और आदमी ने सोने के टुकड़े पर हाथ रख दिया। उसने उस स्थान पर निशान लगा दिया तथा धड़कते दिल के साथ, आधा प्रसन्न और आधा डरा हुआ, वह शीघ्रता से वापस लौटने लगा। भूत के उपहार को

हजार बार टकटकी लगाकर देखता हुआ वह अपने घर चला गया।

अगले दिन उसने उस सुखकर प्रयोग को दोहराया। वास्तव में भूत तो वहाँ नहीं था, परंतु सोने से भरी शराब खींचनेवाली तांबे की डेग वहाँ थी। उसने दूसरा टुकड़ा लिया और अपने रास्ते चल दिया। इसी तरह दूसरे, तीसरे और चौथे दिन—प्रतिदिन सोने के टुकड़ों का उपहार लाते हुए इस क्रम को एक वर्ष बीत गया।

एक गँवार, दरिद्र का जर्जर घर इस क्रम से एक आलीशान मकान में बदल गया; कई एकड़ भूमि उसमें मिलाई गई; पशुओं के झुंड उसकी भूमि पर चरते नजर आते थे। गाँव का कोई गँवार वह सबकुछ नहीं कर सकता था जो इसने किया, परंतु संपत्ति बढ़ने के साथ ही यह गँवार उतना ही उत्तेजित होने लगा—'मैं किसके लिए परिश्रम करूँ? मैं बैठकर आराम कर सकता हूँ।'

इस विचार के आते ही उसने अपनी भूमि में बोने के लिए नौकरों और नौकरानियों को रख लिया और स्वयं नई बाँहदार कुरसी पर बैठने लगा। अपनी अनाज की फसलों, जिनको पहले वह स्वयं बोया करता था, को देखने के लिए वह सुंदर टट्टू की सवारी से जाता था। वास्तव में शराब खींचनेवाली तांबे की महान् डेग का दैनिक साक्षात्कार ही उसका मुख्य उद्यम था। लक्ष्मी प्रतिक्षण उसकी आत्मा पर बुरी तरह छा रही थी। उसका अहंकार उसके लोभ की बराबरी करने लगा, चाहे सोने का एक टुकड़ा बीस डॉलर के बराबर ही था। उसके मन में यह भी विचार आया कि सोने के एक टुकड़े के लिए प्रतिदिन ढलुवाँ पहाड़ी पर चढ़ने का काम कुछ ज्यादा है और मन-ही-मन उसने निश्चय किया कि अगली बार वह दो टुकड़े लाएगा।

उसने ऐसा ही किया और इस क्रम को एक महीने से भी अधिक समय तक जारी रखा। फिर भी इससे उसे संतोष नहीं हुआ। उसने अपने आपसे कहा—

'हे ईश्वर, सोने के चंद टुकड़ों के लिए यह प्रतिदिन का परिश्रम कितना कष्टदायक है! यह स्पष्ट हो गया है कि सारा खजाना मेरे लिए ही है; मैं इसे एक ही बार में ले आऊँ अथवा इस प्रकार टुकड़ों में—दोनों तरीकों का परिणाम एक ही है। अत: मैं जाऊँगा और यदि ईश्वर ने चाहा तो इस बार शराब खींचनेवाली तांबे की सुंदर डेग को एक ही झटके में खाली कर दूँगा और इस तरह भविष्य में बार-बार आने-जाने का कष्ट सहना नहीं पड़ेगा।'

तदनुसार उसने कई थैले उठाए और उनके बोझ से हाँफता हुआ पहाड़ पर गया। अच्छे रहन-सहन ने उसपर चरबी चढ़ाकर उसे मोटा बना दिया था। इसलिए वह लक्षित द्वार तक पहुँचते-पहुँचते थक गया। वह थोड़ा आराम करने के लिए बैठ

गया और सोचकर प्रसन्न हुआ कि ये दु:खदायी यात्राएँ अब समाप्त हो जाएँगी। उसने एक कल्पना करनी भी शुरू कर दी कि जब वह अच्छी तरह भरे थैलों को अपने घर में खड़ा देखेगा तो फिर क्या करेगा! वह जागीरदार बनेगा या नाईट! पहले चार घोड़ोंवाली बग्घी बनाएगा, कैसी शानदार मेज रखेगा, कैसे-कैसे प्रतिष्ठित अथिति उसके आगे-पीछे होंगे और निकटवर्ती किफोसेन किले के नाईट और अपने संबंधियों के बावजूद, वह उनके साथ शराब पीएगा!

यह सब सोचते हुए वह सीधा खड़ा हो गया। अपने थैले उठाकर अँधेरे रास्ते में लुप्त हो गया। फिर वह शराब खींचनेवाली डेगों के निकट गया, जो क्रम से उसके घटाने के बावजूद, सिरे तक सोने से नई-नई भरी हुई दिखाई दे रहे थीं। वह पहले थैले के साथ एक तरफ को झुका, दोनों हाथ सोने में डाले और थैले को पहला घूँट पिलाने ही वाला था कि एकाएक सारे-का-सारा पात्र उसके हाथ से भयानक ध्वनि के साथ गिर गया तथा नीचे···और नीचे भूमिगत होता गया; उसके इर्दगिर्द लुआठी और गंधक जलने लगे और अत्यधिक निराशा में वह मूर्च्छित हो गिर गया।

उसके चमकीले स्वप्नों और हवाई किलों के साथ सारा संचित धन उससे दूर हो गया। शराब खींचनेवाली तांबे की डेग फिर नजर नहीं आईं, भले ही उसका लोभ पहले की तरह बना हुआ था। उसको सोने का एक टुकड़ा प्रतिदिन संतुष्ट कर सकता था, यदि वह जानता कि संतोष कैसे किया जाता है!

इस तरह लोभ अपने पुजारियों से बदला लेता है!

□

लेडी एलिजाबेथ हिल

—एम.ई. एनजेल

प्राचीन काल में स्वाबिया के छोटे प्रांतीय नगर में एक युवा विधवा थी, जो वहाँ का मुख्य आकर्षण थी। वहाँ चिरकाल से उसका निवास स्थान था। वहाँ के अन्य निवासियों को उससे किसी प्रकार की घबराहट नहीं थी, क्योंकि वह अपने चरित्र की जानकारी के लिए उनको अत्यंत भ्रम में रखती थी। वह वास्तव में वैसी नहीं थी जैसी नजर आती थी; वह हमेशा दोहरा खेल खेलती थी अथवा एकाएक किसी नए रूप या किसी नए उद्यम को ग्रहण करती थी।

उसी समय में और उसी स्थान पर एक दरबारी सभासद, जिसे साहित्य में रुचि थी, भी रहता था। श्रीमती प्रातः से सायं तक उपन्यास पढ़ती; वह साहसिक कार्यों की कल्पित कथाएँ पढ़ने में व्यस्त रहती थी, परंतु जब वह चला गया तो इसने अपनी सारी प्रशंसा एक डॉक्टर पर न्योछावर कर दी। वह शोर-शराबेवाले स्थानों-सभाओं और मेलों में बार-बार जानेवाली बन गई; उसकी सारी पुस्तकें एक ओर फेंक दी गईं; उसे नाचने, दूसरों से मिलने तथा पोशाकें बदलने से एक क्षण के लिए भी छुट्टी नहीं मिलती थी।

कुछ समय बाद वहाँ चर्च का एक धार्मिक उच्च पदाधिकारी आया था, जिसे प्रबंधक के पद पर स्वयं शासक राजकुमार ने नियुक्त किया था, क्योंकि इससे पहले नगर में कभी भी ऐसे माननीय व्यक्ति से सम्मानित नहीं किया गया था। दो-एक दिन में युवा श्रीमती को संकोच की मुद्रा में, शोक व्यक्त करनेवाली गंभीर पोशाक पहने देखा गया तथा संगीत और नृत्य की जगह उसका घर तमाम किस्म के धर्मात्माओं का पवित्र स्थल बन गया।

इस बार परिवर्तन बहुत महत्त्वपूर्ण था और इससे उस स्थान के तमाम व्यवसायी भद्र पुरुषों को बड़ा धक्का लगा; वे इस एकाएक हुए परिवर्तन को समझ

नहीं पाए और इस विषय पर कुछ हद तक शास्त्रार्थ करते रहे। विचारों में काफी भिन्नता थी। प्रथम, एक विद्यालय का अध्यक्ष, जो बुद्धिमान् और अनुग्रही था और जिसने इनको साहित्य संबंधी एक पत्रिका में प्रकाशित भी करवाया था, को यह विश्वास था कि श्रीमती का कोई चरित्र नहीं है; कविता और उपन्यास समझने की योग्यता तो उसमें है ही नहीं, रंगमंच के लिए भी वह अनुकूल नहीं है; वास्तव में साहित्यिक दृष्टि से व्यर्थ है।

दूसरे यह कि प्रबंधक और उसके धार्मिक मित्रों ने विषय को अपनी कल्पनाओं से अधिक संदेहास्पद बना दिया; जैसे—रंगशाला और उपन्यास उसकी रात की पढ़ाई का हिस्सा नहीं बने। लेडी एलिजाबेथ एक समय कामुकता में प्रवृत्त थी, अधार्मिक पुस्तकों की पढ़ाई और अन्य प्रकार की शान-शौकत और वृथा अभिमान में व्यस्त रहती थी—इस तरह उसके खुले अधर्मी कामों का भंडाफोड़ हो गया, क्योंकि वह उत्तेजक-से-उत्तेजक लोक नृत्यों और मेलों में देखी गई थी। अंत में उसने परमात्मा की कृपा को महसूस किया और बुद्धिमत्ता से काम लेते हुए उसने स्वयं को अपने पूर्व-कर्मों से मुक्त कर लिया। लोगों ने भी इसपर शंका नहीं की और माना कि उसका परिवर्तन यथार्थ था।

परंतु, अब डॉक्टर की बारी थी। उसने आलोचकों और धर्मोपदेशकों की बातों को एक तरफ कर और उसकी आत्मा की चिंताओं को छोड़ते हुए श्रीमती की जीवन प्रणाली पर अपनी आँखें जमाईं और कहा कि उसकी राय में लेडी एलिजाबेथ ने पहले कठोर पढ़ाई करके और दिन में साहसी कार्यों को देखकर तथा रात में बुरे आचरण से; और अति आनंद मनाकर अपनी शारीरिक व्यवस्था को चोट पहुँचाई है। उसने आगे कहा कि इसको रक्त क्रम और वसंत ऋतु में अनेक बार धातु मिश्रित जल का प्रयोग ठीक कर देगा।

इन भद्र पुरुषों ने बहुत हद तक एक जैसी अपनी-अपनी अजीब पद्धतियाँ अपनाईं; जैसेकि उन्होंने झूठे चश्मे पहन रखे हों—झूठे चश्मे, जो चीजों को साफ दिखाई देने से रोकते हैं और केवल एक ही रोशनी और रंग को प्रतिबिंबित करते हैं। बाकी नागरिकों की स्थिति तो यह थी कि अपनी इंद्रियाँ दुर्बल महसूस होती थीं और वे हर बात में अपने बड़ों पर भरोसा करने के आदी थे। प्रत्येक व्यक्ति एक या दूसरे विचारों को स्वीकार करके संतोष का अनुभव करता था; क्योंकि वह निजी रुचि के कारणों से प्रभावित हुआ प्रतीत होता था।

इसी तरह जिल्दसाज, जिसने धार्मिक पुस्तकों, फाइलों और गुटकों को खूब सजाकर श्रीमती के पुस्तकालय को भर दिया था और काफी रकम पर हाथ मारा था,

ने एकाएक अपने आपको पादरी के हक में घोषित कर दिया और शुद्ध हृदय से श्रीमती को उसके परिवर्तन पर बधाई दी।

परंतु कपड़ा बेचनेवाले, जिसका लाभ पहले बहुत अच्छा था, ने अपने व्यापार को गिरता देखकर डॉक्टर की अधिक गँवारू कल्पना के हक में घोषणा की और धार्मिक उदासीनता के अपने कच्चे आवेश को पागलपन की स्थिति तक पहुँचा दिया।

फिर मोची आया। क्योंकि श्रीमती का नृत्य बंद हो जाने के कारण उसकी आमदनी पहले से आधी रह गई थी, उसने विद्यालय के अध्यक्ष की अधिक परिमित राय को इस दुःख के साथ अंगीकार किया कि श्रीमती जैसी श्रेष्ठ महिला अपने मन को जानने की अपेक्षा अपनी योजनाओं को इतनी जल्दी बदलनेवाली निकली!

उस सारे स्थान में केवल एक आदमी, जो दरजी था और जिसने चश्मे के प्रयोग से आँखों की प्राकृतिक शक्ति को कभी हानि नहीं पहुँचाई थी, ने श्रीमती से किसी प्रकार का संबंध न देखते हुए (क्योंकि वह हॉलैंड के कपड़े पहनती थी) सारे राजनीतिज्ञों की इकट्ठी चतुराई से भी अधिक चतुराई दिखाई।

उसने मामले को साफ रोशनी में देखा। एक रविवार की शाम को जब दूसरी श्रेणी के नागरिक दिन भर के काम के बाद अपने अड्डे पर इकट्ठे हुए तो जिल्दसाज ने धार्मिक लहजे में घोषणा की—

"ईश्वर की कृपा से लेडी हिल पर चमत्कार हो गया है।"

दरजी ने इसका स्पष्ट विरोध करते हुए कहा कि इस मामले में ईश्वर की किसी प्रकार की कृपा का प्रश्न ही नहीं उठता। इसको जिल्दसाज ने अस्वीकार कर दिया, जबकि दूसरों ने प्रत्युत्तर दिया कि वह साफ तौर पर अपनी चेतना खो बैठी है। मोची इससे सहमत हुआ और कहने लगा कि वह अपने मन को भी ठीक तरह से नहीं समझती, नहीं जानती।

दरजी ने कहना जारी रखा—"श्रीमती अच्छी तरह से जानती है कि वह क्या कर रही है। यदि तुम सभी अपनी आँखों का सही प्रयोग करो तो संभवतः तुम भी देख सकोगे कि उसका लक्ष्य क्या है और वह क्या करती है।"

"जब पिछला दरबारी सभासद यहाँ था तो तुम इस स्थान पर किसको महत्त्वपूर्ण व्यक्ति मानते थे? क्यों, वास्तव में दरबारी सभासद को ही।"

अब उसके जाने के बाद यहाँ रहने के लिए डॉक्टर आया। क्षमा करें, यह वह व्यक्ति था जिसके सामने हम सब झुकने और अपनी टोपियाँ उतारने के आदी हो गए थे। क्यों, विश्वस्त होने के लिए कि वह डॉक्टर था; और जब अच्छे

राजकुमार ने प्रसन्न होकर हमारे पास आने के लिए प्रबंधक की नियुक्ति की, तब कौन सा व्यक्ति था जिसने डॉक्टर का स्थान लिया और जो पहले आनेवालों की अपेक्षा प्रतिष्ठा और अनुग्रह के शिखर पर था? यह प्रबंधक स्वयं था और हमारे तमाम हालात पर गंभीरता से सोचता था। और मेरे मित्रो, हमें इस रहस्य की चाबी तुरंत मिल जाएगी।''

बाकी लोग दरजी के मजाक पर हँस दिए और उन सबकी राय थी कि यह तुच्छ आदमी, जैसा उन्होंने इसके बारे में सोच रखा था, उससे अधिक चतुर और बुद्धिमान् था। उनकी खुली प्रशंसा से उसे कोई संतोष नहीं हुआ, क्योंकि वह हमेशा अपने आपको ठीक समझने में अत्यंत आनंद लेता था।

''सज्जनो,'' उसने मेज पर मुक्का मारते हुए और अधिक विश्वस्त स्वर में कहना जारी रखा—''सज्जनो! मैं कहता हूँ कि यदि अच्छे प्रबंधक की मृत्यु हो जाए और उसके स्थान पर किसी और की नियुक्ति न हो तो मैं अपना जीवन दाँव पर लगाकर कहता हूँ और तुम देखोगे कि श्रीमती का झुकाव पुनः डॉक्टर की तरफ हो जाएगा।''

सौभाग्यवश प्रबंधक के साथ तो ऐसा कुछ नहीं हुआ; लेकिन एक नया विद्रोह अवश्य खड़ा हो गया। राजकुमार, जो एक धर्मात्मा था, ने प्रबंधक को अपने दरबार में वापस बुला लिया ताकि उसको अपनी गलती का अहसास कराया जा सके। इसके बाद उसने नगर पर एक फौजी दस्ता बैठा दिया और इसकी कमान एक मेजर को सौंप दी, जो अपनी वरदी में सुंदर और साहसी दिखाई देता था।

लगभग एक महीने बाद मेजर को लेडी हिल के यहाँ भोजन के लिए आमंत्रित किया गया और श्रीमती ने जल्दी ही मेजर के यहाँ दूसरों के साथ खाना-पीना शुरू कर दिया। मेजर की पत्नी की सुंदरता की, विशेषकर घुड़सवारी के समय, बहुत प्रशंसा होती थी। लेडी हिल ने अपने आकर्षण का ध्यान रखते हुए घुड़सवारी से सैर करना शुरू कर दिया। हरे वस्त्र, जो सोने के फीते से खूब सजाए गए थे, पहनकर वह मेजर की पत्नी के साथ हो ली।

''उस महिला का कोई चरित्र नहीं है।'' जब वह विद्यालय के पास से गुजर रही थी, विद्यालय का अध्यक्ष चिल्लाया।

''कहो, अब वह किसी की कृपा से प्रभावित नहीं है।'' एक बीमार व्यक्ति को देखकर लौटते हुए पादरी ने उसी समय कहा।

''श्रीमती ने अब उचित रास्ते को अपना लिया है और उसका अभ्यास करती है,'' सिगार पीते हुए डॉक्टर ने कहा, ''कोई डर नहीं, वह अपने स्वास्थ्य को

सुधार लेगी।''

इस तरह आत्मसंतोषी भद्र पुरुषों में से प्रत्येक ने अपनी विशिष्ट पद्धति को इस ढंग से उचित बताने की कोशिश की कि जो घटनाएँ इसके खंडन के लिए थीं, इसे प्रभावित करने के लिए उन्हीं को प्रयोग में लाया गया। दरजी अधिक सौभाग्यशाली था। उसने घुड़सवारी से लौटती हुई लेडी हिल को हरे मैदान में देखकर अपना सिर हिलाया और कहा—''देखो, झूठा अभिमान क्या कर सकता है।''

पाठक मेरी कहानी के तुच्छ ढंग पर संभवत: हँसना चाहें, परंतु इसके सच होने का महत्त्व तो है ही; और यदि वह ध्यानपूर्वक देखनेवाला है तों उसको ऐसे अवसरों की जरूरत नहीं पड़ेगी, जब उसको ऊपर कही गई टिप्पणी करनी पड़ेगी!

□

शलजम

—ब्रॉदर्स ग्रिम

दो भाई थे। दोनों सिपाही। पहला धनवान् था, दूसरा निर्धन। निर्धन ने सोचा कि वह अपने आपको उच्चतर बनाने की कोशिश करेगा। अतः अपना लाल कोट उतारकर वह माली बन गया और भूमि को अच्छी तरह खोदकर शलजम बो दिए।

जब बीज अंकुरित हुए तो एक पौधा बाकी सबसे बड़ा था, जो और भी बढ़ता गया; ऐसा लगता था कि बढ़ने से कभी रुकेगा नहीं, ताकि इसको 'शलजम का राजकुमार' कहा जा सके, क्योंकि ऐसा शलजम पहले कभी नहीं देखा गया था और न कभी देखा जाएगा। अंत में यह इतना बड़ा हो गया कि इससे एक गाड़ी भर गई और दो बैलों को इसे खींचना कठिन हो गया। माली नहीं जानता था कि वह इसका क्या करे; और न ही यह जानता था कि यह उसके लिए वरदान होगा या अभिशाप!

एक दिन उसने अपने आपसे कहा—

'मैं इसका क्या करूँगा? यदि मैं इसे बेचता हूँ तो दूसरों से पूरा-का-पूरा खरीदा नहीं जाएगा और खाने के लिए तो छोटे शलजम ही श्रेष्ठ हैं; संभवतः ठीक तो यही रहेगा कि इसे राजा को आदर के चिह्न के रूप में दे दिया जाए।'

उसने बैलों को गाड़ी में जोता और शलजम को उसपर लादकर दरबार की ओर ले चला। उसने शलजम राजा को दे दिया।

"क्या विलक्षण वस्तु है!" राजा ने कहा, "मैंने कई अद्‌भुत चीजें देखी हैं, परंतु ऐसा दानव, जैसाकि यह है, मैंने नहीं देखा। तुम्हें इसका बीज कहाँ से प्राप्त हुआ? अथवा यह तुम्हारा सौभाग्य ही है? यदि ऐसा है तो तुम भाग्यवान् हो।"

"आह, नहीं," माली ने उत्तर दिया—"मैं भाग्यवान् नहीं हूँ; मैं एक विनम्र सिपाही हूँ, जो जीने के लिए पर्याप्त साधन नहीं जुटा पाया। परिणामस्वरूप मैंने

अपना लाल कोट उतारकर रख दिया और भूमि को जोत-बोकर माली का काम करने लगा। मेरा एक भाई है, जो धनवान् है और जिसको महाराज अच्छी तरह जानते हैं और सारी दुनिया भी जानती है; परंतु चूँकि मैं निर्धन हूँ, इसलिए हर कोई मुझे भूल जाता है।''

राजा को उसपर दया आई और उसने कहा, ''तुम अब निर्धन नहीं रहोगे। मैं तुम्हें इतना धन दूँगा कि अपने भाई से अधिक धनवान् हो जाओगे।''

फिर राजा ने उसको सोना, भूमि और पशुओं के झुंड दिए और इतना अमीर बना दिया कि उसके भाई की धन-संपत्ति की तुलना इसकी धन-संपत्ति से नहीं की जा सकती थी।

जब उसके भाई ने यह सब सुना कि किस प्रकार एक शलजम ने माली को इतना अमीर बना दिया तो उसे पीड़ायुक्त ईर्ष्या हुई; वह सोचने लगा कि अपने लिए अच्छी धन-संपत्ति जुटाने के लिए वह क्या उपाय करे। किसी प्रकार उसने अपने भाई से अधिक संपत्ति अर्जित करने का, चतुराई से प्रबंध करने का निश्चय किया और राजा के लिए बहुत बढ़िया घोड़ों को बहुमूल्य उपहार के रूप में इकट्ठा किया। उसने सोचा कि बदले में उसे बहुत बड़ी भेंट मिलेगी; क्योंकि जब भाई को एक शलजम के लिए इतना कुछ मिला है तो मेरी भेंट तो और भी मूल्यवान् है।

राजा ने बड़ी प्रसन्नता से उपहार स्वीकार किया और कहा कि शलजम के अतिरिक्त और कौन सी वस्तु अधिक मूल्यवान् तथा अद्‌भुत हो सकती है जिसे वह बदले में दे; अत: भेंट के बदले में सिपाही को पुरस्कारस्वरूप वही शलजम दे दी। जब वह घर पहुँचा तो यह तय नहीं कर पा रहा था कि अपना क्रोध और आक्रोश किसपर निकाले। अंत में उसके मन में दुर्विचार आया; उसने अपने भाई को मार डालने का निश्चय कर लिया।

अत: उसकी हत्या करने के लिए उसने कुछ गुंडे किराए पर लिये। उन्हें यह बताकर कि कब घात लगाकर बैठना है, वह अपने भाई के पास गया और बोला—''प्यारे भाई, मैंने एक छिपा हुआ खजाना ढूँढ़ा है। आओ, चलें और उसे खोदकर आपस में बाँट लें।''

दूसरे को इसकी दुष्टता पर कोई संदेह नहीं हुआ। अत: वे दोनों इकट्ठे चल दिए। जब वह जा रहे थे, हत्यारे उसपर झपट पड़े और पकड़कर वृक्ष पर लटकाने का प्रयत्न करने लगे।

जब वे उसे लटकाने के लिए तैयार हो रहे थे तो उन्होंने दूर घोड़े के पैरों की आहट को सुना, जिसने उन्हें इतना भयभीत कर दिया कि उन्होंने अपने कैदी

का सिर और कंधे दोनों बोरी में ठूँसकर तथा उसे रस्सी से बाँधकर वृक्ष में लटका दिया और भाग गए। इस बीच उसने बंधन से छूटने के लिए संघर्ष किया और तब तक किया, जब तक बोरे से अपना सिर बाहर निकालने के लिए उसमें बड़ा छिद्र नहीं कर लिया।

जब वह घुड़सवार पास आया तो एक प्रसन्नचित्त विद्यार्थी निकला, जो अपने टट्टू पर गाते-गुनगुनाते यात्रा कर रहा था। ज्यों ही बोरीवाले आदमी ने उसको वृक्ष के नीचे, पास से जाते हुए देखा तो चिल्लाया—"शुभ प्रभात, शुभ प्रभात, मेरे मित्र!"

विद्यार्थी ने हर तरफ देखा, परंतु कोई नजर नहीं आया। तब बिना यह जाने कि आवाज कहाँ से आई थी, वह चिल्लाया—"मुझे कौन बुला रहा है?"

फिर वृक्षवाले व्यक्ति ने इस प्रकार उत्तर दिया—

"अपनी आँखें ऊपर उठाओ और देखो, मैं यहाँ बुद्धि की बोरी में बैठा हूँ; इसमें मैंने थोड़े ही समय में बड़ी और अद्‍भुत बातें सीख ली हैं। इस आसन के मुकाबले में स्कूल की सारी पढ़ाई हवा की तरह खाली है। थोड़ी देर में मैं वह सबकुछ जान जाऊँगा, जो आदमी जान सकता है और मानवजाति में अत्यंत बुद्धिमान् से भी बुद्धिमान् बन जाऊँगा। यहाँ मैं आकाश तथा सितारों के संकेत और गति पर विचार करता हूँ, हवा को नियंत्रित करनेवाले नियमों, समुद्र तट पर पड़ी रेत की संख्या, बीमार व्यक्ति के स्वास्थ्य, निष्कपट की अच्छाइयों, पक्षियों और मूल्यवान रत्नों को समझता हूँ। यदि एक बार यहाँ आ जाते, मेरे मित्र! तो तुम ज्ञान-शक्ति के महत्त्व को महसूस करते और उसे अपना लेते।"

विद्यार्थी ने यह सबकुछ सुना और हैरान हुआ; अंत में उसने कहा—

"धन्य है यह दिन और यह घड़ी, जब मैंने तुम्हें पाया। क्या तुम थोड़ी देर के लिए बोरी में जाने का उपाय मुझे नहीं बता सकते?"

फिर पेड़वाले ने अनमने ढंग से उत्तर दिया—"मैं तुम्हें यहाँ बैठने के लिए थोड़ी जगह दे सकता हूँ, यदि तुम सविनय प्रार्थना करो तो; परंतु तुम्हें अभी एक घंटा नीचे रुकना पड़ेगा जब तक मैं वे बातें न सीख लूँ, जो अब तक नहीं जानता।"

अतः विद्यार्थी नीचे बैठ गया और कुछ समय तक प्रतीक्षा की। समय व्यतीत नहीं हो रहा था। अतः उसने तत्परता से प्रार्थना की कि वह अभी ऊपर आएगा, क्योंकि उसकी ज्ञान की पिपासा अधिक तेज हो रही है। फिर पेड़वाले ने ज्ञान की बोरी सौंपने का बहाना बनाया और कहा—

"वह सामने रस्सी को खोलकर ज्ञान की बोरी को नीचे आने दो, फिर तुम

इसके अंदर जा सकोगे।''

इसपर विद्यार्थी उसे नीचे लाया, बोरी खोली और उसको स्वतंत्र कर दिया।

''अब फिर मुझे जल्दी ऊपर जाने दो।'' वह चिल्लाया।

ज्यों ही उसने अपने आपको बोरी में डालना शुरू किया और एड़ियाँ पहले डालने का उपक्रम किया त्यों ही माली ने कहा, ''थोड़ी देर रुको, यह तरीका नहीं है।''

फिर उसने पहले सिर को धक्का दिया, बोरी को बाँधा और शीघ्र ही बुद्धि के अन्वेषक को हवा में झुला दिया।

''कैसी बीत रही है तुम्हारे साथ, मेरे दोस्त?'' उसने कहा, ''क्या अपने अंदर बुद्धि को आते हुए अनुभव नहीं कर रहे हो? तुम यहाँ तब तक आसन जमाओ, जब तक पहले से अधिक बुद्धिमान् नहीं हो जाते!''

ऐसा कहते हुए वह विद्यार्थी के टट्टू पर चढ़ा और बेचारे को ज्ञानोपार्जन के लिए तब तक के लिए छोड़ गया, जब तक कोई आकर उसे नीचे न उतारे।

□

सात चुंबनों की दुःखद कहानी

—रिचर्ड वोकम

काफी दिन पहले, मेरा खयाल है, प्यारे परमात्मा ने उस समय देवदूत जिब्रील को अपने पास बुलाया, जैसे वह प्रायः बुलाया करता है; और कहा—"जिब्रील, जाओ और द्वार खोलकर नीचे देखो! मैं किसी के रोने की आवाज सुन रहा हूँ!" जिब्रील चला गया और जैसा प्यारे परमात्मा ने कहा वैसा ही किया, वह अपने हाथ आँखों तक ले गया; क्योंकि धूप चौंधिया रही थी, चारों तरफ देखा और अंत में कहा—"नीचे एक बड़ी हरी-भरी चरागाह है; एक सिरे पर बारबेलिक बैठी अपनी बतखों को चरा रही है और दूसरे सिरे पर क्रिस्टोफ अपने सूअर चरा रहा है और दोनों पत्थर का दिल पिघलाने के लिए रो रहे हैं।"

"वस्तुतः," प्यारे परमात्मा ने कहा, "चले जाओ, लंबे व्यक्ति! मुझे देखने दो।" जब उसने देखा तो हू-ब-हू वैसा ही नजर आया, जैसा जिब्रील ने कहा था।

इस प्रकार यह पता चला कि क्रिस्टोफ और बारबेलिक इस तरह दयालुता से क्यों रो रहे थे। क्रिस्टोफ और बारबेलिक परस्पर अत्यंत प्यार करते थे। एक सूअरों का ध्यान रखता था तो दूसरा बतखों का; और इस तरह उनमें बराबरी की स्थिति थी, क्योंकि श्रेणी में कोई भेद नहीं था। उन्होंने विवाह करने का विचार किया, क्योंकि दोनों एक-दूसरे को चाहते थे—यह अच्छा विचार था, परंतु उनके मालिक उनसे सहमत नहीं थे। इसलिए उन्हें सगाई से ही संतोष करना पड़ा। अब जैसाकि तमाम बातों में क्रम का होना ठीक रहता है और चुंबन सगाई का महत्त्वपूर्ण अंग है; उन्होंने समझौता किया कि सात चुंबन प्रातः और सात चुंबन सायं बिलकुल उचित रहेंगे। थोड़े समय तक सबकुछ ठीक-ठाक चलता रहा—सात चुंबन उचित ढंग से निर्धारित समय पर दिए और लिये जाते रहे, लेकिन जिस दिन यह कहानी घटित हुई, उस दिन प्रातः ऐसा हुआ कि ज्यों ही सातवाँ चुंबन दिया जा रहा था,

बारबेलिक की चहेती बतख और क्रिस्टोफ का चहेता सूअर, युद्ध के लिए धमकाते हुए अपने नाश्ते पर झगड़ पड़े। इसका निपटारा करने के लिए यह आवश्यक था कि वे अपनी उचित संख्या को बंद कर दें। बाद में, जब वे चरागाह के किनारे दूर-दूर अकेले बैठे थे, उन्हें सूझा कि यह कितनी बुरी बात है और दोनों रोने लगे। जब प्यारे परमात्मा ने देखा, तब भी रो रहे थे।

पहले प्यारे परमात्मा ने विचार किया कि समय के साथ-साथ इनका शोक अपने आप दब जाएगा, परंतु रोने की आवाज बढ़ती गई, बढ़ती गई और क्रिस्टोफ का चहेता सूअर और बारबेलिक की चहेती बतख भी सहानुभूति के लिए दु:खी होने लगी तथा शोकपूर्ण मुँह बनाने लगे; उसने कहा, 'मैं इनकी सहायता करूँगा। ये आज के दिन जो भी माँगते हैं, सही ही होगा।'

परंतु दोनों का एक विचार था। प्रत्येक ने उस तरफ देखा जिस तरफ दूसरा बैठा था, परंतु दोनों में से कोई भी एक-दूसरे को देख नहीं सकता था, क्योंकि चरागाह बहुत लंबी थी और उसके मध्य में एक झाड़ी थी। क्रिस्टोफ ने सोचा— 'काश, मैं वहाँ होता जहाँ बतखें हैं!' और बारबेलिक ने ठंडी आह भरकर कहा, 'काश, मैं वहाँ होती जहाँ सूअर हैं।'

एकाएक क्रिस्टोफ ने अपने को बतखों के पास बैठे पाया और बारबेलिक ने सूअरों के पास, परंतु इतना होते हुए भी दोनों इकट्ठे नहीं थे और अभी तक गलत संख्या के ठीक होने की कोई संभावना नहीं थी।

फिर क्रिस्टोफ ने विचार किया—'बारबेलिक संभवत: मुझे अवश्य मिलना चाहती हो' और बारबेलिक ने सोचा—'क्रिस्टोफ निस्संदेह मुझे मिलने चला गया है।' 'ओह! काश, मैं अपनी बतखों के पास होती!' 'ओह! काश, मैं अपने सूअरों के पास होता!'

इस प्रकार बारबेलिक एक बार फिर अपनी बतखों के पास बैठी और क्रिस्टोफ अपने सूअरों के पास। और दिन भर इसी तरह बारी-बारी होता रहा, क्योंकि वे एक-दूसरे से मिलना चाहते थे। और इसलिए वे अभी तक प्रात: के सातवें चुंबन से वंचित थे। विश्वस्त होने के लिए, क्रिस्टोफ इनको उसी शाम पूरा करना चाहता था। जब चाहना में मृत्यु की हद तक थककर दोनों घर लौटे तो बारबेलिक ने विश्वास किया कि इससे कोई लाभ नहीं होगा, क्योंकि चीजों को एक बार फिर सीधा करने की कोई संभावना नहीं थी।

और अब प्यारे परमात्मा ने देखा कि दोनों किस तरह एक-दूसरे से दूर होने की इच्छा कर रहे थे; उसने कहा, ''ठीक है, यह मछलियों की अच्छी डेगची है,

परंतु मैंने जो कह दिया, सो कह दिया। इसके लिए कोई सहायता नहीं।'' उसने उसी समय निश्चय किया कि भविष्य में वह प्रेमियों की इच्छाएँ बिना यह पूछे कि वे चाहते क्या हैं, उतावलेपन में स्वीकार नहीं करेगा।

बाद में मुझे बताया गया कि परमात्मा ने एक बार जिब्रील को गुप्त रूप से बताया कि उनकी इच्छाएँ इतनी अनूठी होती हैं कि वह इन्हें स्वीकार कर सके—वास्तव में यह बड़ी दया की बात है। बहुत समय पहले जब मैंने ऐसे ही मामले में प्रार्थनापत्र भेजा तो उसने सुनवाई ही नहीं की। जब जिब्रील ने मुझे यह कहानी सुनाई तो मैंने हैरान होना ही छोड़ दिया।

□

नृत्यरत बारह राजकुमारियाँ

—ब्रॉदर्स ग्रिम

एक राजा था। उसकी बारह बेटियाँ थीं—सभी प्यारी। वे एक ही कमरे में बारह पलंगों पर सोती थीं। जब वे सोने के लिए जातीं तो द्वार बंद करके ताला लगा दिया जाता था, परंतु हर प्रात:काल उनके जूते घिसे हुए पाए जाते थे, मानो वे सारी रात नाचती रही हों। फिर भी कोई यह नहीं कह सकता था कि वे कैसे सोती थीं या कहाँ जाती थीं।

राजा ने चारों ओर घोषणा करवा दी कि यदि कोई व्यक्ति इस बात का पता लगाएगा कि रात को राजकुमारियाँ कहाँ नाचती हैं तो बड़ी राजकुमारी से उसका विवाह कर दिया जाएगा और उसके बाद उसको राजा बना दिया जाएगा, परंतु यदि वह तीन दिन और तीन रात में सफल नहीं हुआ तो मृत्युदंड!

यह घोषणा सुनकर एक अन्य देश का राजकुमार उस राजा के पास आया। उसका अच्छा सत्कार किया गया और सायंकाल बारह राजकुमारियों के शयनकक्ष के साथवाले कमरे में ले जाया गया, जहाँ बैठकर उसे चौकसी करनी थी तथा उनकी हर बात सुननी थी। उसके कमरे का दरवाजा खुला छोड़ दिया गया, परंतु राजकुमार जल्दी ही सो गया और प्रात:काल जागने पर उसने पाया कि राजकुमारियाँ नाचती रही थीं, क्योंकि उनके जूतों के तलुवे छिद्रों से भरे और घिसे हुए थे। दूसरी और तीसरी रात को भी ऐसा ही हुआ। इसलिए राजा ने उसका सिर काटने की आज्ञा दे दी। उसके बाद कई अन्य राजकुमार भी आए, परंतु सबका वैसा ही दुर्भाग्य रहा और वे भी इसी ढंग से अपना-अपना जीवन खो बैठे।

एक दिन एक सिपाही, जो लड़ाई में घायल हो गया था और अब लड़ नहीं सकता था, उस देश में से गुजरा जहाँ वह राजा राज करता था। ज्यों ही वह जंगल से गुजर रहा था, उसे एक बुढ़िया मिली। उसने पूछा कि वह कहाँ जा रहा है?

"मैं नहीं जानता कि मैं कहाँ जा रहा हूँ अथवा क्या करूँगा," सिपाही ने कहा, "परंतु मैं सोचता हूँ कि मैं उस स्थान का पता लगाऊँ जहाँ राजकुमारियाँ नृत्य करती हैं, ताकि मैं राजा बन जाऊँ।"

"ठीक है," बुढ़िया ने कहा, "यह कोई कठिन काम नहीं है। तुम्हें इस बात का ध्यान रखना है कि राजकुमारियाँ शाम को जो शराब लाती हैं, उसे तुम नहीं पीओगे। और फिर जैसे ही वे तुम्हें छोड़कर जाएँ, तुम गहरी नींद में सोने का बहाना करना।"

फिर उसने उसे एक अंगरखा दिया और कहा—

"इसे पहनते ही तुम अदृश्य हो जाओगे और राजकुमारियों का पीछा कर सकोगे, जहाँ भी वे जाएँगी।"

जब सिपाही ने यह उपयोगी राय सुनी तो उसने अपने भाग्य को आजमाने का निश्चय कर लिया। अतः वह राजा के पास गया और कहा कि वह यह अनुभव करने का इच्छुक है। उसका भी पहलेवालों जैसा स्वागत किया गया और राजा ने उसे शाही पोशाक देने की आज्ञा दी। जब शाम हुई, वह कमरे में ले जाया गया। ज्यों ही वह लेटने जा रहा था, सबसे बड़ी राजकुमारी उसके लिए शराब का प्याला लाई। परंतु इस बात का ध्यान रखते हुए कि उसे एक बूँद तक नहीं लेनी, उसने उसे गुप्त ढंग से बिखेर दिया। फिर वह पलंग पर लेट गया और कुछ ही देर में जोर-जोर से खर्राटे भरने लगा—मानो वह गहरी नींद में सो रहा हो। जब बारह राजकुमारियों ने उन खर्राटों को सुना तो खूब हँसीं और सबसे बड़ी ने कहा—

"यह व्यक्ति भी बिना अपनी जान गँवाए और भी कोई बुद्धिमत्ता का काम कर सकता था!"

फिर वे उठीं, अपने दराज तथा बक्से खोले और सारे अच्छे कपड़े निकाले। फिर शीशे के सामने उन्हें पहनकर कूदने लगीं, जैसे नाचने के लिए उत्सुक हों।

सबसे छोटी ने कहा, "मैं नहीं जानती कि तुम सब खुश क्यों हो जबकि मैं अपने आपमें व्याकुल हूँ। मुझे अंदेशा है कि हमपर दुर्भाग्य टूटनेवाला है।"

"तुम मूर्ख हो," सबसे बड़ी ने कहा, "तुम हमेशा डरती रहती हो। क्या तुम भूल गई हो कि कितने राजाओं के बेटे व्यर्थ में हमारी चौकसी कर चुके हैं। जहाँ तक इस सिपाही की बात है, यदि मैं सोने के लिए शराब के घूँट न भी पिलाती तब भी यह आराम से सोता।"

वे सब तैयार होकर एक बार फिर सिपाही को देखने गईं, परंतु वह खर्राटे भरता रहा—न सिर हिलाया, न पैर। उन्होंने सोचा—कोई खतरा नहीं है। सबसे बड़ी

अपने पलंग तक गई और ताली बजाई, फिर पलंग फर्श में डूब गया और एक कूटद्वार खुला। सिपाही ने एक के बाद एक उन्हें कूटद्वार से जाते देखा—सबसे बड़ी आगे थी। और यह सोचते हुए कि उसके पास खोने के लिए समय नहीं है, वह झटपट अंगरखा पहनकर कूदा और उनका पीछा करने लगा। तभी सीढ़ियों के मध्य में सबसे छोटी राजकुमारी के लबादे पर उसका पाँव पड़ गया और वह बहनों के सामने चीख पड़ी।

''सबकुछ ठीक है, लेकिन किसी ने मेरा लबादा थाम रखा है।''

''तुम मूर्ख हो,'' सबसे बड़ी ने कहा, ''वह दीवार में कील के सिवा कुछ भी नहीं होगा।''

फिर वह नीचे चली गई और अपने को भूमि के नीचे अत्यंत रमणीय वृक्षों के झुंड में पाया। वहाँ सारे पत्ते चाँदी के थे और सुंदरता के कारण चमक रहे थे। सिपाही उस स्थान की कोई निशानी लेना चाहता था। अत: उसने एक छोटी टहनी तोड़ ली। टहनी तोड़ते ही वृक्ष में से बड़ा शोर हुआ। सबसे छोटी राजकुमारी ने पुन: कहा—''मुझे विश्वास है, सब ठीक नहीं है। क्या तुमने शोर नहीं सुना? यह पहले कभी नहीं हुआ था।''

परंतु सबसे बड़ी ने कहा, ''ये हमारे राजकुमार हैं, जो हमारे प्रवेश पर प्रसन्नता में शोर मचा रहे हैं।''

फिर वे वृक्षों के दूसरे झुंड के पास गईं जहाँ तमाम पत्ते सोने के थे। वहाँ से वे तीसरे झुंड के पास गईं जहाँ पत्ते हीरे के थे। सिपाही ने एक-एक टहनी तोड़ ली। हर बार बड़ा शोर हुआ जिसने सबसे छोटी बहन को भय से कंपायमान कर दिया। तब भी सबसे बड़ी ने यही कहा कि ये राजकुमार ही थे, जो प्रसन्नता जाहिर करने के लिए शोर मचा रहे थे। अत: वे चलती रहीं और एक बड़ी झील पर आ पहुँचीं; झील की बगल में बारह राजकुमारों के साथ बारह नौकाएँ खड़ी थीं; राजकुमार इनकी प्रतीक्षा कर रहे थे।

एक-एक करके सभी राजकुमारियाँ प्रत्येक नौका में बैठीं। अदृश्य सिपाही सबसे छोटी राजकुमारी की नौका में उसके साथ बैठा। जब वे राजकुमार झील में नौकाएँ चला रहे थे, सबसे छोटी राजकुमारी और सिपाही के साथ बैठा राजकुमार बोला—''मैं नहीं जानता कि ऐसा क्यों है—मैं अपनी सारी शक्ति से नौका चला रहा हूँ, फिर भी तेज नहीं चल रही, जैसे सामान्य रूप से चलती थी; मैं काफी थक गया हूँ और नौका काफी भारी मालूम हो रही है।''

''यह केवल मौसम की गरमी है,'' राजकुमारी ने कहा, ''मैं भी बहुत गरमी

महसूस कर रही हूँ।''

झील के उस पार, सुंदर, रोशनी से सजाया हुआ एक किला था जिसमें से मधुर संगीत सुनाई दे रहा था। वहाँ सभी उतरे और किले में गए। प्रत्येक राजकुमार अपनी राजकुमारी के साथ नाचने लगा। सिपाही, जो अब तक अदृश्य था, भी उनके साथ नाचा। जब राजकुमारियाँ अपने लिए शराब का प्याला लातीं तो यह पी जाता। परिणामस्वरूप उन्हें प्याला खाली मिलता!

इसपर भी सबसे छोटी राजकुमारी बुरी तरह से भयभीत हो गई, परंतु सबसे बड़ी ने हमेशा की तरह उसे चुप कर दिया। वे प्रातः तीन बजे तक नाचती रहीं। जब उनके जूते घिस गए तो वे लौटने के लिए विवश हो गईं।

राजकुमार उन्हें पुनः झील पर वापस लाए। इस बार सिपाही सबसे बड़ी राजकुमारी की नौका में बैठा। किनारे पर आकर उन्होंने हर-एक से विदा ली; राजकुमारियों ने अगली रात को पुनः आने का वचन दिया।

जब वे सीढ़ियों से ऊपर आईं तो सिपाही दौड़कर उनसे पहले आकर लेट गया। जब वे बारह बहनें धीरे से ऊपर आईं, तो बहुत थकी हुई नजर आ रही थीं। उन्होंने उसे पलंग पर खर्राटे भरते सुना, तो कहा—''अब सब सुरक्षित हैं।'' फिर उन्होंने कपड़े एवं जूते उतारे और सोने चली गईं।

प्रात:काल सिपाही ने किसी से कुछ नहीं कहा कि क्या हुआ था। वह इस साहसी कार्य को और देखने का इच्छुक था। उसे राजा की ओर से इसकी अनुमति मिल गई। फिर दूसरी और तीसरी रात भी वही हुआ जो पहली रात हुआ था। राजकुमारियाँ हर बार तब तक नाचतीं, जब तक उनके जूते घिस नहीं जाते थे; फिर वे घर लौटतीं। किसी प्रकार तीसरी रात को सिपाही सोने का प्याला निशानी के तौर पर ले आया ताकि सिद्ध कर सके कि वह वहाँ गया था।

ज्यों ही उसके भेद खोलने का समय आया, वह तीन टहनियों और सोने के प्याले के साथ राजा के सामने आया। तब बारह राजकुमारियाँ दरवाजे के पीछे यह देखने के लिए खड़ी थीं कि वह क्या कहता है। जब राजा ने उससे पूछा—''मेरी बारह बेटियाँ कहाँ नाचती हैं?'' तो उसने उत्तर दिया—''भूमिगत किले में; बारह राजकुमारों के साथ!''

फिर उसने राजा को वह सबकुछ बताया, जो हुआ था; उन तीन टहनियों और सोने के प्याले को दिखाया, जो अपने साथ लाया था। फिर राजा ने राजकुमारियों को बुलाया और उनसे पूछा कि जो कुछ सिपाही ने बताया है, क्या वह सत्य है? अब उन्होंने अनुभव किया कि रहस्य खुल गया है और इसको नकारना व्यर्थ होगा।

अत: उन्होंने सबकुछ मान लिया।

राजा ने जब उस सिपाही से पूछा कि उनमें से किसको अपनी पत्नी बनाना चाहेगा तो सिपाही ने उत्तर दिया, ''मैं चढ़ती उम्र का युवा नहीं हूँ। इसलिए सबसे बड़ी राजकुमारी को ही पसंद करता हूँ।''

उसी दिन उनका विवाह हो गया और सिपाही को राजा का उत्तराधिकारी घोषित कर दिया गया।

□

तुम हत्या नहीं करोगे

—ल्योपालेड वोन सेचर-मासोच

बेगम मारा बारोबिक क्रोशिया के पहाड़ी क्षेत्र की सिरसे, ओंफेल और सेमीरामिस थी।

बूढ़े और युवा (आशय पुरुषों से है) उसके कदमों में झुकते थे, जबकि वह सुंदर की बजाय कुरूप दिखाई देती थी। उसकी कुरूपता भद्रता से टकराती थी, ध्यान को आकर्षित करती थी और रुचि को जाग्रत करती थी। इससे अधिक यह कि वह भूतकाल पर गर्व करती थी, जो वर्तमान को शोभित करता है।

अफवाह फैलाई गई थी कि शिकार पर गए उसके पति को उसके प्रेमी ने अकस्मात् गोली मार दी थी। इस दुर्घटना से बेगम बहुत घबरा गई थी।

इसके अतिरिक्त वह मौलिक थी।

एक प्रसिद्ध कवि के अनुसार, यदि यह ठीक है कि स्त्री एक कलाकृति है तो यह याद रखना होगा कि आजकल कला में वह चीज मान्य और सुंदर नहीं है। ढकी हुई सुंदरता की अपेक्षा प्यार और कला से हीन और असज्जित सचाई को श्रेष्ठ माना जाता है।

बेगम उस श्रेणी से संबद्ध थी जिसकी माँग आधुनिक समाज करता है। उसके दो अधिकतम उत्सुक प्रशंसकों बेरन क्रोनेनफेल्स और हर डे ब्रोडा ने उसे क्रमशः 'मूर्ति तोड़नेवाली' और 'प्रकृति प्रेमी' के नाम दिए थे।

वह पुरुषों की तरह घोड़े पर सवार होती थी। वह साहसी घुड़सवार थी और शिकार में कामुकता की हद तक आनंद प्राप्त करती थी। क्रोशियाई किसान की पोशाक में मैदान और जंगल में घूमना उसका प्रिय शगल था और वह ऋणदाताओं पर चाबुक का प्रयोग वैसे ही हस्तकौशल और निर्दयता से कर सकती थी, जैसे अपने अस्तबल के घोड़ों पर।

वह सुंदर महिला सिर से पाँव तक उधार में डूबी हुई थी। उसके पास कोई चीज ऐसी नहीं थी जिसको अपना कह सकती, यहाँ तक कि उसने ग्रेनिक बंगले का लकड़ी का सामान और झूठे लेस को भी अच्छी तरह सँवारा-सजाया था।

युवा रईस, जो श्रीमती के सामने नाच-नाचकर हाजिरी देते थे, दो जियू प्रशंसकों क्रोनेनफेल्स और डे ब्रोडा की शानदार आर्थिक स्थिति से 'पूरब के बुद्धिमान् पुरुष' के लिए इस क्रोशियाई सिरसे द्वारा प्रदर्शित श्रेष्ठता को स्पष्ट किया।

दोनों में से बेरन क्रोनेनफेल्स का संबंध अधिक पुराने खानदान से था। संभवतया इसी कारण वह उस सुंदर महिला के सम्मान का विशेष आनंद उठाता था। डे ब्रोडा अभी-अभी सुप्रतिष्ठित बनाया गया रईसी के जंगल में छोटा पौधा था। उसने कवचसंबंधी जो अकृत्रिम भक्ति दिखाई, वह उसके अनंत व्यावहारिक मजाक का लक्ष्य सिद्ध हुई। जहाँ भी वह आराम का स्थान पाता, उसके कुल का चिह्न चमकता था; चिह्न उसके कुत्ते पर चमकता था और लाफरमे में बने उसकी सिगरेटों पर भी चमकाया गया था।

रुचि में कुछ मतभेद होने के बावजूद क्रोनेनफेल्स और डे ब्रोडा अच्छे मित्र थे और अच्छे सहयोगी भी, क्योंकि दोनों 'रिजर्व' में अधिकारी थे, परंतु कानाफूसी और ईर्ष्या के सामने मित्रता भला कब तक खड़ी रह सकती थी, विशेषकर तब, जबकि एक महिला का अनुग्रह दाँव पर लगा हुआ हो। दोनों के संबंधों में तनाव आने लगा और अस्वाभाविक हो गए; दोनों गुप्त रूप से इस बात के लिए जागरूक थे कि वे उस रास्ते पर चल रहे थे जहाँ केंद्र का थोड़ा अतिक्रम दुर्गति में बदल सकता था।

□

एक सायंकाल क्लब में चिरप्रतीक्षित वाद-विवाद हुआ। शराब पानी की तरह बह रही थी, दाँव बहुत ऊँचा था। बेगम मारा बातचीत का विषय बनी हुई थी और बेरन रोकाबीना उस महिला के घटनापूर्ण जीवन की रोचक कहानी सुना रहा था।

कई वर्षों से उसने टैक्सों का भुगतान नहीं किया था; भुगतान के लिए उसे धमकाया गया था और वह भयकारी अपमान से बचने के लिए जमीन-आसमान एक कर रही थी। वह मंत्रियों से प्रार्थना करती, प्रतिनिधियों की कृपा माँगती, अग्रम नगर जा चुकी थी और वहाँ से बोडापेस्ट और वास्तव में इतना आगे जा चुकी थी कि राजा से भी भेंट की आज्ञा माँग चुकी थी। उसे हर तरफ से आशाजनक संकेत

मिले थे। फिर भी हर बीतते क्षण के साथ खतरा उसके सिर पर मँडरा रहा था।

इस विशेष घटनाक्रम में बेरन मेयरबैच उससे मिलने आया और उसके कष्टों को दूर करने का प्रस्ताव रखा। मेयरबैच अच्छे दिलवाला, लोकप्रसिद्ध, खुले मुँह के धनवाला बुद्धिमान् व्यक्ति था परंतु हंगरी की रईसी, उसके जियू होने के कारण, इसे अपने भीतरी घेरे में स्वीकार न कर सकी।

"आपका इतना प्रभाव है क्या?" बेगम ने पूछा। प्रस्ताव ने लगभग उसकी साँस रोक दी थी।

"मेरे काम करने के ढंग को इतने गुप्त रूप से मत पूछो, बेगम," बेरन ने कहा, "तुम्हारे लिए इतना ही जानना काफी होगा कि मेरी सफलता विश्वसनीय है।"

"और इस सेवा के बदले में तुम क्या चाहोगे?"

"केवल इतना ही कि तुम आनेवाले दो सप्ताहों में प्रतिदिन दो घंटे के लिए मेरे साथ वैटजन स्ट्रीट की सैर करोगी, पार्क में एक घंटा स्केटिंग करोगी और हर शाम विभिन्न नाटकशालाओं में ले जाने का अवसर प्रदान करोगी।"

"बस, इतना ही?"

"इतना ही।"

बेगम ने स्वेच्छा से बेरन की शर्तों को मान लिया। आधे महीने के बाद उसने तमाम टैक्सों के भुगतान की रसीदें प्राप्त कर लीं—बत्तीस हजार फ्लोरिन—और बेरन मेयरबैच ने देखा कि हंगरी की रईसी खुली बाँहों से अपने भीतर-से-भीतर के घेरे में उसका स्वागत करने को तैयार थी। बेगम ने उसको भेजा था।

हँसी के धड़ाके के साथ कहानी समाप्त हो गई और कूटनीतिज्ञ के स्वास्थ्य के लिए बार-बार और भिन्न-भिन्न ढंग से शराब का दौर चला।

समस्त आनंदमयी पार्टी में केवल डे ब्रोडा मौन था। अंत में गोपये के शब्दों को मन में रखकर अपनी धीमी आवाज में कहा—"प्रत्येक आदमी पैसा चाहता है और प्रत्येक व्यक्ति इससे चिपकता है।"

क्रोनेनफेल्स ने ताश को जोर से मेज पर पटका, निर्दयतापूर्वक डे ब्रोडा की ओर देखा और भद्दी तरह भौंह चढ़ाते हुए कहा—"तुम्हारे कहने का अर्थ यह है कि बेगम मारा बारोबिक जान-बूझकर पैसे से अपने आपको अच्छा बना लेगी?"

डे ब्रोडा ने अपने कंधे झटक दिए।

अपने स्थान से उठते हुए बेरन घृणा से चिल्लाया—"तुम जियू हो।"

कुछ क्षणों के लिए ऐसा लगा कि भाग लेनेवाले और सुननेवाले लोगों को

हैरानी के साथ लकवा-सा मार गया हो! फिर डे ने क्रोध से सनसनाती हर नाड़ी के साथ अपने आक्रमणकारी पर चोट की—"तुम दूसरे हो।"

इस झगड़े का परिणाम द्वंद्वयुद्ध के लिए चेतावनी थी। इस स्थान पर सेकंड गिने गए, पिस्तौलों को हथियार बनाया गया और तय किया गया कि ग्रेनिक के पास बलूत के जंगल में अगले दिन प्रात:काल मामले को देखना है।

□

डे ब्रोडा घर चला गया था। वह अपने कागजों को ठीक-ठाक कर रहा था। तभी रब्बी सोलोमन जबरमानडेल उसके एकांत कमरे में आया।

"क्या लड़ने जा रहे हो?" ये शब्द उस बूढ़े आदमी के थे।

"हाँ।"

"और जियू के साथ? नहीं, मिस्टर डे ब्रोडा, तुम नहीं लड़ सकते, तुम्हें आदमी को मारने का साहस नहीं करना है। तुम ऐसा नहीं करोगे।"

"क्षमा करना, रब्बी सोलोमन, सम्मान के मामले में तुम्हारे ज्ञान से मेरा ज्ञान अधिक गहरा है।"

"क्या ऐसा सोचते हो?" बूढ़े आदमी ने दयार्द्र मुसकराहट के साथ उत्तर दिया—"आह, हम देखेंगे। तुम सोचते हो कि हम अपने सम्मान को खून से धो सकते हैं। मेरे प्यारे मिस्टर डे ब्रोडा, बिना धब्बे का सम्मान धोया नहीं जाता; और यदि इसपर धब्बा हो, तो खून का भी इसपर प्रभाव नहीं पड़ता। बेरन ने तुम्हें जियू कहा। यह अपमान है क्या?"

"उस अभिप्राय से, जो उसने इस शब्द के साथ जोड़ा है।"

"ऐसा नहीं है। न उस अभिप्राय से, न किसी और से। क्या सिपाही का नाम अपमान बन जाता है, क्योंकि सिपाही अपने झंडे को त्याग देते हैं? जियू लोगों की बाबत हम तब सोचते हैं, जब उनके लिए 'जियू' शब्द का प्रयोग घृणा से किया जाता है, वह भी इसलिए कि जिन्होंने अपना झंडा त्याग दिया है, वे जियू नहीं रहते। जियू मत परमात्मा का करिश्मा है—स्वतंत्रता का प्रेम, परिवार का प्रेम और मानव जाति का प्रेम। जियू का सम्मान खून बहाने में नहीं है बल्कि सचाई से काम करने में, अच्छाई के काम करने में।"

"तुम ठीक कहते हो, परंतु..."

"नहीं, नहीं, यह परंतु-वरंतु कुछ नहीं। जब परमात्मा ने गर्जन और बिजली के बीच सिगाई की पहाड़ी पर मोसिस को कानून की सूची दी थी तो उसमें परंतु-वरंतु नहीं थे। उसने कहा था—'तुम हत्या नहीं करोगे।' तुम जियू हो, मिस्टर डे

ब्रोडा, दूसरे शब्दों में मनुष्य, तुम हत्या नहीं करोगे।''

युवा खिड़की की ओर मुड़ा ताकि यहूदी धर्माचारी उसके मनोवेग को देख न सके, परंतु यहूदी का दिल पिघल चुका था; बूढ़े आदमी ने पद और कुल-चिह्न पर कोई ध्यान नहीं दिया और रईस के गर्व तथा पक्षपात को जीत लिया।

□

आधी रात बीत चुकी थी जब क्रोनेनफेल्स के मकान पर रब्बी सोलोमन पहुँचा। बेरन को उसके विरोधी का पत्र दिया; उसमें लिखा था—

''प्यारे श्रीमान्, तुमने कई भद्र पुरुषों के सामने मुझे यहूदी कहकर बुरी तरह मेरा अपमान किया है और उस समय किया है जब बर्लिन में हर डे ट्रेस्के ने जियू लोगों को जर्मन लोगों की प्लेग की संज्ञा दी है। फिर भी तुम अकेले बेटे हो, अपने परिवार का गौरव; और मैं अपनी कल होनेवाली भेंट को टालना चाहता हूँ। तुमने मुझे लंबी दूरी से इक्के पर निशाना लगाते प्रायः देखा है और तुम यह भी अच्छी तरह जानते हो कि मैं बातूनी नहीं हूँ। इसलिए मेरा प्रस्ताव है—हम दोनों हवा में गोली चलाएँगे और इस प्रबंध की बाबत कुछ न कहने के लिए सम्मान का एक शब्द परस्पर बदलेंगे।''

क्रोनेनफेल्स ने पत्र यहूदी धर्माचारी को थमा दिया।

''क्या किया जाए?'' उसने मुसकराते हुए पूछा।

''मिस्टर डे ब्रोडा ने अपने आपको सच्चा यहूदी साबित कर दिया है,'' जफरमानडेल ने नम्रता से उत्तर दिया—''उसको अपने से अधिक बढ़ने मत दो। उसको बता दो कि तुम भी उसी जाति से हो जिसको प्राचीन सभ्यता पर गर्व है और जो मानव दृष्टिकोण से बाकी सभी से ऊँची है।''

क्रोनेनफेल्स ने जल्दी से कुछ पंक्तियाँ लिखीं और रब्बी सोलोमन के द्वारा मिस्टर डे ब्रोडा को सायंकाल से पहले बता दीं; बेरन ने लिखा था—

''प्यारे श्रीमान्, मैं तुम्हें लिखने ही वाला था कि तुम्हारा पत्र मिला। मुझे भी युवा पुरुष, जिसके साथ इतनी आशाएँ बँधी हैं, के साथ विनाशकारी झगड़ा करने के लिए खेद है; मैं तुम्हारी स्थिति को स्वीकार करता हूँ। इससे अधिक, हमारे बीच यह कहा जाए कि हम यहूदी हैं—दूसरे शब्दों में हम उन पूर्वजों की संतान हैं जिनका घराना लीचटेंसिटेंस अथवा ओरेसपर्गस से भी पुराना है। पूर्वजों ने दो विशेषताएँ हमें प्रदान कीं जिनको मिस्टर डे ट्रस्के प्राप्त नहीं कर सकता था क्योंकि यह नई सभ्यता की शाखा की तरह थी और ये हैं—खून बहाने का विरोध और यहूदी दिल की दयालुता!''

डे ग्रनिक जंगल के आदरणीय बलूत वृक्ष रक्तहीन दृश्य पर गंभीरता की हवा छोड़ते हुए द्वंद्वयुद्ध प्रातः छह बजे हुआ। विरोधियों ने अपना वचन निभाया और पिस्तौलों को हवा में छोड़ा और साक्षियों ने कहा कि सम्मानजनक संतुष्टि हो गई थी। ज्यों ही डे ब्रोडा और क्रोनेनफेल्स मंगलकामना से हाथ मिला रहे थे, झाड़ी की लकड़ी टूटकर अलग हो गई और बूढ़ा रब्बी सोलोमन धीरे से युवा पुरुष के पास गया। कल्याण के हाथ ऊपर उठाते हुए प्रसन्नता की किरण उसकी आँखों में चमकी और उसने कहा—"सज्जनो, तुम यहूदी हो।"

□

टोम थंब

—ब्रॉदर्स ग्रिम

एक समय एक निर्धन लकड़हारा अपनी झोंपड़ी में आग के पास बैठा था और उसकी पत्नी उसके पास बैठी चरखा चला रही थी।

"कितना अकेलापन है," उसने कहा, "तुम्हारे और मेरे लिए, बच्चों के खेल और उनकी खुशी के बिना, जबकि लोग अपने बच्चों के साथ प्रसन्न हैं और आनंद लेते हैं!"

"जो कुछ कह रहे हो वह सत्य है," पत्नी ने आह भरकर और चरखे को चलाते हुए कहा, "मैं कितनी खुश होती, यदि हमें भी एक बच्चा होता, भले ही वह छोटा होता; नहीं, मेरे अंगूठे जितना बड़ा भी होता तो मुझे बड़ी खुशी होती और मैं उसे लाड़-दुलार करती।"

शीघ्र ही उस अच्छी महिला की इच्छा पूर्ण हो गई और जैसाकि उसने चाहा था, कुछ समय के बाद उसे एक नन्हा बालक पैदा हुआ जो स्वस्थ और सुदृढ़ था, परंतु उसके अंगूठे से बड़ा नहीं था!

अत: उन्होंने कहा—"ठीक है, हम यह नहीं कह सकते कि जो हमने चाहा था, वह हमें नहीं मिला। भले ही वह छोटा है, परंतु हम उसे लाड़-दुलार करेंगे।" और उन्होंने उसका नाम टोम थंब रख दिया।

उसको भरपूर खाना खिलाया जाता, फिर भी वह बड़ा नहीं हुआ और उतना ही छोटा रहा, जितना छोटा पैदा हुआ था। फिर भी उसकी आँखें तेज और चमकीली थीं। शीघ्र ही पता चल गया कि वह एक चालाक बच्चा था जो हमेशा यह अच्छी तरह जानता था कि उसे क्या करना है।

एक दिन जब लकड़हारा जंगल में ईंधन के लिए लकड़ी काटने जा रहा था, वह कहने लगा—"मैं चाहता हूँ कि मेरे पास कोई होता जो छकड़े को मेरे पीछे

लाता क्योंकि मैं जल्दी इस दिशा में कुछ करना चाहता हूँ।"

"ओह, पिता," टोम चिल्लाया, "इसका ध्यान मैं रखूँगा। जिस समय तुम चाहोगे, छकड़ा उस समय जंगल में पहुँच जाएगा।"

लकड़हारा हँसा और बोला, "यह कैसे हो सकता है ? तुम घोड़े की लगाम तक नहीं पहुँच सकते।"

"इसकी चिंता मत करो, पिता," टोम ने कहा, "यदि माँ घोड़ा जोत देगी तो मैं घोड़े के कान में घुस जाऊँगा और रास्ता बता दूँगा।"

जब समय आया तो माँ ने छकड़े में घोड़ा जोत दिया और टोम को उसके कान में डाल दिया। जैसे ही वह छोटा आदमी वहाँ बैठा, उसने चिल्लाकर घोड़े को बताया, जैसे उसने चाहा था, 'चलो' और 'रुको' और घोड़ा ऐसे चला, जैसे जंगल में लकड़हारा उसे स्वयं ले जा रहा हो।

जब घोड़ा तेजी से जा रहा था और टोम कह रहा था 'हौले, हौले' तो दो अजनबी आए।

"यह कितनी अजीब बात है," एक ने कहा, "छकड़ा जा रहा है और मैं गाड़ीवान् को घोड़े से बात करते सुन रहा हूँ, परंतु देख नहीं पा रहा हूँ!"

"यह हैरानी की बात है," दूसरे ने कहा, "आओ, छकड़े का पीछा करें और देखें कि वह कहाँ जाता है।"

इस प्रकार वे जंगल में गए और अंत में वहाँ पहुँचे जहाँ लकड़हारा था। फिर टोम थंब पिता को देखकर चिल्लाया—"देखो पिता, मैं छकड़े के साथ यहाँ हूँ—ठीक-ठाक और सुरक्षित, अब मुझे नीचे उतारो।"

इस तरह उसके पिता ने एक हाथ से घोड़े को थामा और दूसरे से अपने बेटे को घोड़े के कान से निकाला, फिर तिनके पर बैठा दिया। वहाँ वह काफी खुश था।

यह सब दोनों अजनबी देख रहे थे, किंतु यह नहीं जानते थे कि क्या कहें। अंत में पहले को दूसरा एक तरफ ले गया और बोला, "यह दुष्ट बच्चा हमारा भाग्य बन सकता है, यदि हम गाँव-गाँव में दिखाने के लिए इसे ले लें। हमें इसे खरीद लेना चाहिए।"

ऐसा सोचकर वे लकड़हारे के पास गए और पूछा कि छोटे आदमी के लिए वह क्या लेगा। "तुम्हारी अपेक्षा यह हमारे पास अच्छी तरह रहेगा," उन्होंने कहा।

"मैं इसे कतई नहीं बेचूँगा," पिता ने कहा, "मेरी अपनी चमड़ी और खून मुझे संसार के सोना-चाँदी से अधिक प्यारे हैं।"

उस सौदे को सुनकर टोम पिता के कोट को पकड़कर, रेंगता हुआ उसके

कंधे तक जा पहुँचा और कान में कहा—"पैसा ले लो, पिता, और उनको मुझे ले लेने दो। मैं जल्दी ही तुम्हारे पास लौट आऊँगा।"

इस तरह लकड़हारा टोम को अजनबियों के हाथ काफी सोने के टुकड़ों के बदले में बेचने के लिए सहमत हो गया।

"तुम कहाँ बैठना चाहोगे?" उनमें से एक ने पूछा।

"ओह, मुझे अपनी टोपी के किनारे पर बैठा दो, वहाँ से अच्छी तरह दिखाई देगा और मैं चल-फिरकर देहात को देख सकूँगा जहाँ हम जाएँगे; ऊपर हवा भी लगती रहेगी।"

उन्होंने वैसा ही किया। टोम ने पिता से विदा ली और उन्होंने इसे अपने साथ ले लिया। जब तक रास्ता धूल से भर नहीं गया, वे चलते रहे। फिर छोटे आदमी ने कहा—"मुझे नीचे उतरने दो, मैं थक गया हूँ।"

इस कारण, आदमी ने टोपी उतारी और उसे सड़क के किनारे जुते हुए खेत में ढोंके पर बैठा दिया। टोम हल की लकीरों में दौड़ता रहा और अंत में चूहे के एक बिल में घुस गया।

"मालिको, शुभ रात्रि," उसने कहा, "मैं जा रहा हूँ। दूसरी बार मुझपर ध्यान रखना और जल्दी करना।"

वे सीधे उस जगह की तरफ गए और छड़ियों के सिरों को चूहे के बिल में ठूँसने लगे। टोम आगे-ही-आगे बढ़ता गया। अंत में अंधेरा हो गया। अतः उनको अपना उपहार वहीं छोड़कर उदासीनता से जाना पड़ा।

जब टोम ने जाना कि वे चले गए हैं; वह छिपनेवाले स्थान से निकला, 'इस जुते हुए खेत में चलना कितना खतरनाक है,' उसने कहा, 'यदि मैं इन बड़े ढोंकों में से एक में गिर जाऊँ तो अवश्य गरदन तुड़वा लूँ।'

सौभाग्य से, अंत में उसे एक बड़े घोंघे का ढाँचा मिल गया। 'यह भाग्यशाली है,' उसने कहा, 'मैं इसमें अच्छी तरह सो सकता हूँ।' और अंदर रेंग गया।

ज्यों ही वह सोने जा रहा था, उसने दो आदमियों को जाते सुना; एक ने दूसरे से कहा—"उस धनी पादरी का सोना-चाँदी हम किस तरह चुरा सकते हैं?"

"मैं तुम्हें बताऊँगा," टोम चिल्लाया।

"यह कैसा शोर है?" चोर ने डरते हुए पूछा—"मुझे विश्वास है, मैंने किसी की आवाज सुनी है।"

वे सुनते हुए निश्चल खड़े रहे; टोम ने कहा, "मुझे अपने साथ ले चलो। मैं तुम्हें बताऊँगा कि उस पादरी का सोना-चाँदी कैसे ले सकते हो।"

"परंतु तुम हो कहाँ?" उन्होंने पूछा।

"तुम भूमि पर देखो," उसने उत्तर दिया, "और सुनो कि आवाज कहाँ से आ रही है।"

अंत में चोरों ने उसे ढूँढ़ लिया और अपने हाथों में उठा लिया।

"छोटे दुष्ट बच्चे," उन्होंने कहा, "तुम हमारे लिए क्या कर सकते हो?"

"मैं उस पादरी के घर की खिड़कियों की सलाखों के बीच से जा सकता हूँ। जो चीज तुम चाहोगे मैं उसे बाहर फेंक सकता हूँ।"

"यह काफी अच्छा विचार है," चोरों ने कहा, "चलो आओ, हम देखेंगे कि तुम क्या कर सकते हो।"

जब वे पादरी के घर पहुँचे तो टोम खिड़कियों की सलाखों के बीच से कमरे में गया और जितना ऊँचा चिल्ला सकता था, चिल्लाकर बोला—"क्या तुम सभी चीजें, जो यहाँ हैं, लेना चाहोगे?"

इसपर चोर डर गए और बोले—"धीरे-धीरे बोलो ताकि कोई जाग न जाए।"

परंतु टोम ने उन्हें न समझने का बहाना किया और पुनः चिल्लाया—"तुम कितना कुछ लोगे? क्या मैं सबकुछ बाहर फेंक दूँ?"

एक नौकरानी साथवाले कमरे में लेटी हुई थी। शोर सुनकर वह अपने बिस्तर पर बैठ गई और सुनने लगी। इतने में चोर डर गए और कुछ दूर भाग गए परंतु अंत में साहस करके बोले—"दुष्ट बच्चा हमें मूर्ख बनाने का प्रयत्न कर रहा है।"

कुछ पल बाद वे लौट आए। एक ने धीमे से कहा—"अब और अधिक मजाक न करो और कुछ धन बाहर फेंक दो।"

फिर जितनी ऊँची आवाज में कह सकता था, टोम ने कहा—"बहुत ठीक, अपने हाथों से थामो, यह लो।"

नौकरानी ने सब सुना। अतः वह बिस्तर से उछली और दरवाजा खोलने के लिए दौड़ी। इसपर चोर भाग खड़े हुए, जैसे भेड़िया उनका पीछा कर रहा हो और नौकरानी ने अंधेरे में हाथ मारा; कुछ न मिलने पर वह रोशनी करने के लिए चली गई।

जब तक वह लौटी, टोम अनाज की कोठरी में खिसक गया। उसने इधर-उधर देखा और प्रत्येक छिद्र और कोना ढूँढ़ मारा, लेकिन किसी को न पाकर यह सोचकर कि वह आँखें खोले सपना देख रही होगी, अपनी चारपाई पर चली गई।

छोटा आदमी घास की ताक पर रेंगता रहा। अंत में रात्रि-विश्राम के लिए उसने एक उत्तम स्थान ढूँढ़ लिया और प्रातः की रोशनी की प्रतीक्षा में सोने के लिए लेट गया ताकि वह अपने माता-पिता के घर का रास्ता जान सके।

परंतु वह किसी गंभीर कारण से निराश हो गया। संसार में कैसी उलटी और शोकाकुल घटनाएँ घटती हैं। नौकरानी गायों को चारा डालने के लिए दिन चढ़ने से पहले ही जाग गई; वह सीधी घास की ताक की ओर गई और सोते हुए छोटे आदमी के साथ घास का एक बड़ा गट्ठर अपने साथ ले गई। फिर भी वह सोता रहा; तब जागा, जब उसको पता चला कि वह गाय के मुँह में था, जो उसे घास के साथ निगल गई थी। "हाय, हाय," उसने कहा, "मैं इस चक्की में कैसे आ गया?"

परंतु उसने जल्दी ही पता लगा लिया कि वह वस्तुतः कहाँ था। वह अपनी सारी चातुरी का प्रयोग करने पर विवश हो गया, इसलिए कि वह गाय के जबड़े में न आ जाए और पीस न दिया जाए। अंत में वह गाय के पेट में चला गया। 'यहाँ काफी अँधेरा है,' उसने कहा, 'वे इस कमरे में धूप आने के लिए खिड़कियाँ लगाना भूल गए; एक मोमबत्ती भी बुरी नहीं रहेगी!'

हालाँकि उसने अपने दुर्भाग्य को अति उत्तम बनाया। फिर भी उसको वह स्थान पसंद नहीं आया; सबसे बुरी बात यह थी कि अधिक-से-अधिक घास नीचे आ रही थी और वह स्थान, जहाँ वह था, छोटे-से-छोटा होता चला जा रहा था। अंत में जितने जोर से वह चीख सकता था, चीखा, "मेरे लिए और घास मत लाओ! मेरे लिए और घास मत लाओ।"

तब नौकरानी गाय का दूध दूह रही थी और किसी को देख नहीं रही थी, बल्कि बोलते हुए सुन रही थी और इसपर आश्वस्त होते हुए कि यह वही आवाज थी जो उसने रात को सुनी थी, वह डर गई और स्टूल से नीचे आ गिरी; दूध की बालटी पलट गई। वह जितना तेज दौड़ सकती थी, दौड़कर अपने मालिक पादरी के पास गई और कहने लगी—"श्रीमान्, श्रीमान्, गाय बात कर रही है!"

परंतु पादरी बोला, "ऐ औरत, तुम वाकई पागल हो।" फिर भी वह उसके साथ गोशाला में इसलिए गया कि देखें, मामला क्या है। उन्होंने दहलीज पर पाँव रखा ही था कि टोम बोला, "मेरे लिए और घास मत लाओ।"

तब पादरी स्वयं डर गया और यह सोचते हुए कि गाय पर जादू किया गया है, आज्ञा दी कि गाय को तुरंत मार दिया जाए। अतः गाय को मार दिया गया और उसका पेट, जिसमें टोम था, गोबर के ढेर पर फेंक दिया गया।

टोम ने शीघ्र ही बाहर निकलने के लिए प्रयत्न आरंभ कर दिया। बाहर

आना आसान नहीं था परंतु जैसे ही अपना सिर निकालने के लिए उसने जगह बनाई, एक नई विपत्ति उसपर टूट पड़ी। एक भूखा भेड़िया कूदकर आया और सारे पेट को एक ही बार में निगल गया—साथ में टोम को भी—और आनंद मनाता हुआ भाग गया।

फिर भी टोम निरुत्साहित नहीं हुआ और यह सोचते हुए कि भेड़िया उससे बात करना नापसंद नहीं करेगा क्योंकि वह अकेला ही जा रहा था, उसने पुकारा, ''मेरे अच्छे मित्र, मैं तुम्हें विशेष भोजन दिखा सकता हूँ।''

''कहाँ है वह?'' भेड़िये ने पूछा।

''अमुक घर में,'' टोम ने अपने पिता के घर का वर्णन करते हुए उत्तर दिया—''तुम नाली में से रेंगकर रसोई में जा सकते हो। वहाँ तुम्हें केक, सूअर का मांस और हर वह वस्तु, जिसको तुम्हारा मन करेगा, मिलेगी।''

भेड़िये को दोबारा पूछने की जरूरत नहीं पड़ी; इस प्रकार वह हर रात घर में जाता और नाली से रेंगता हुआ रसोईघर में जाकर जी भरकर खाता और पीता। जैसे ही उसकी संतुष्टि होती, वह जाना चाहता, परंतु अत्यधिक खा जाने के कारण उसी रास्ते से जाना कठिन हो जाता था जिस रास्ते से वह आता था। वास्तव में टोम ने ऐसा ही चाहा था और अब उसने शोर मचाने के लिए जोर-जोर से पुकारना आरंभ कर दिया।

''क्या तुम चुप नहीं रहोगे?'' भेड़िये ने कहा, ''तुम घर में सबको जगा दोगे।''

''मुझे इससे क्या?'' छोटे आदमी ने कहा, ''तुमने अपना मजा ले लिया, अब मैं आनंद लेना चाहता हूँ।'' और पुनः गाना तथा शोर मचाना शुरू कर दिया, जितना ऊँचा वह कर सकता था।

लकड़हारा और उसकी पत्नी शोर से जाग गए; उन्होंने दरवाजे की दरार से झाँका, परंतु जब उन्होंने देखा कि एक भेड़िया वहाँ है तो वे डर गए। लकड़हारा अपनी कुल्हाड़ी लेने के लिए दौड़ा और अपनी पत्नी को दराँती दे दी। ''अब तुम पीछे खड़ी हो जाओ,'' लकड़हारे ने कहा, ''जब मैं उसके सिर पर चोट कर दूँ तो तुम दराँती से उसका पेट चीर देना।''

टोम ने यह सब सुन लिया और कहा, ''पिता, मैं यहाँ हूँ, भेड़िये ने मुझे निगल लिया है।'' उसके पिता ने कहा, ''हे ईश्वर, तुम्हारी बड़ी कृपा, हमने पुनः अपने बच्चे को पा लिया है।'' और उसने अपनी पत्नी को दराँती का प्रयोग करने से रोक दिया, ताकि टोम को कहीं चोट न लग जाए।

तब उसने भेड़िये के सिर पर चोट की और उसे उसी स्थान पर मार दिया। फिर उसके शरीर को काटकर टोम को आजाद कर दिया।

"आह!" पिता ने कहा, "हमें तुम्हारी कितनी चिंता थी।"

"हाँ, पिता," उसने कहा, "जबसे हम जुदा हुए थे, मैं दूसरे तरीके से सारी दुनिया देख चुका हूँ। अब पुनः ताजा हवा खाकर मैंने खुशी पाई है।"

"क्यों, तुम कहाँ रहे?" पिता ने पूछा।

"मैं एक चूहे के बिल में, एक घोंघे के ढाँचे में, गाय के पेट में एवं भेड़िये के पेट में रहा और अब मैं यहाँ पर हूँ, एकदम सुरक्षित!"

"ठीक है," पिता ने कहा, "संसार के सारे धन के लिए भी हम तुम्हें कभी नहीं बेचेंगे।"

उन्होंने अपने प्यारे बच्चे को गोद में उठा लिया, चूमा और खाने-पीने के लिए चीजें दी और उसके लिए नए कपड़े लाए, क्योंकि पुराने कपड़े यात्रा में खराब हो चुके थे।

□

।वा।चत्र महाकक्ष

—थ्योडोर डब्ल्यू. स्टोर्म

दोपहर को बपतिस्मा की रस्म हो चुकी थी; अब लगभग संध्या हो रही थी। शिशु के माता-पिता अपने अथितियों के साथ विचित्र महाकक्ष में बैठे थे; उनमें उस आदमी की दादी भी थी। बाकी बूढ़े और युवा, उनके करीबी, संबंधी थे, परंतु दादी सबसे बूढ़े से भी एक पीढ़ी बूढ़ी थी। उसके नाम पर बच्ची का नाम बारबारा रखा गया था, परंतु उसे एक दूसरा नाम दिया गया था, प्यारा सा नाम; क्योंकि बारबारा बहुत पुराने फैशन का लगता था। उस प्यारी बच्ची के लिए फिर भी यही नाम था जिससे उसे पुकारा जाना था। दोनों, माता और पिता को भी इसे अपनाना था, भले ही उनके मित्रों को इसपर कड़ी आपत्ति रही हो, परंतु दादी ने अपने पुराने प्रमाणित किए हुए नाम का एक शब्द भी नहीं सुना था, जिसपर आपत्ति उठाई गई थी।

अपना कार्य समाप्त करने के शीघ्र बाद पादरी परिवार के समारोह को उसपर छोड़कर चला गया था। अब पुरानी, प्राय: आम कही जानेवाली प्यारी कहानियों को पुन: रोशनी में लाया गया, परंतु अंतिम बार के लिए नहीं। हर कोई एक-दूसरे को जानता था; बूढ़ों ने छोटों को युवा होते देखा था और सबसे बूढ़ों ने बूढ़ों के बालों को सफेद होते देखा था। सबने अपने बचपन की लुभावनी और मनोहारी कहानियाँ सुनाईं, जैसे कोई उन्हें जानता न हो; दादी ने भी अपनी बारी पूरी की। उस अकेली के अतिरिक्त और कोई कहानी नहीं सुना सकता था; उसके बचपन के दिन औरों के जन्म से पहले थे, उसको जानने के लिए व्यक्ति को मानव आयु की सीमा पार करनी पड़ती है। इन बातों में शाम हो गई। महाकक्ष का मुँह पश्चिम की ओर था; सफेद, महीन चूने से पोती हुई दीवारों पर लगे प्लास्टिक के गुलाबों पर खिड़कियों से आती हुई चमकीली रोशनी पड़ रही थी; फिर यह भी मद्धिम हो गई। यह और बढ़ती गई और दूर से थकानेवाली कलकल ध्वनि शेष रह

गई। कुछ अतिथियों ने सुना।

"यह सागर की आवाज है," युवा पत्नी ने कहा।

"हाँ," दादी ने कहा, "मैंने इसे प्रायः सुना है; यह चिरकाल से चली आ रही है।"

फिर कोई नहीं बोला। खिड़कियों के पास बाहर पत्थर बैठाए हुए तंग सेहन में नीबू का पेड़ खड़ा था; और उसके पत्तों में चिड़ियों को आराम करते देख सकते थे। मेजबान ने अपनी पत्नी का हाथ थाम लिया था जो उसकी बगल में चुपचाप बैठी थी और ऊपर मुड़ी हुई पुराने फैशन की पलस्तर की हुई छत को टकटकी लगाए देख रही थी।

"यह क्या है?" दादी ने पूछा।

"छत में दरार पड़ गई है," उसने कहा, "छज्जा भी झुक गया है। महाकक्ष पुराना हो रहा है, दादी। हमें इसे पुनः बनाना होगा।"

"नहीं, महाकक्ष इतना पुराना नहीं है," दादी ने उत्तर दिया—"मुझे ध्यान है यह कब बनाया गया था!"

"बनाया गया? यहाँ पहले क्या था?"

"पहले," दादी ने दोहराया। तत्पश्चात् वह थोड़ी देर के लिए चुप हो गई और निर्जीव आकृति की तरह बैठ गई; उसकी आखें गुजरे समय से परे देख रही थीं; उसके विचार चिर लुप्त परछाइयों में तैर रहे थे। अंत में वह बोली, "अब अस्सी वर्ष हो गए हैं; तुम्हारे दादा और मैं, इस कहानी को बहुत बार दोहरा चुके हैं; उन दिनों कक्ष का दरवाजा चेंबर में खुलने की बजाय घर के बाहर क्रीड़ा-उद्यान में खुलता था, परंतु दरवाजा यह नहीं था; पुराने दरवाजे में रंग-बिरंगे शीशे लगे थे जिनमें से उद्यान को देखा जा सकता था, जैसे ही कोई सड़क के दरवाजे से दाखिल होता। तीन डंडे की सीढ़ी जिसके दोनों ओर प्रसन्नता से रंगी चीनी हथ-अरगनी लगी थी, उद्यान में जाती थी। नीचे बक्सनुमा बाड़ के साथ दोनों छोरों के बीचोबीच सफेद छिलकों से भरा रास्ता नीबू के वृक्षों के वृत्तखंड को जाता था और इससे पहले चेरी के दो वृक्षों के बीच झूला लटक रहा था। उद्यान की ऊँची दीवार के साथ वृत्तखंड के चारों ओर अच्छी तरह से रक्षित खुबानी के पेड़ खड़े थे। गरमियों के दिन की दोपहरी होते ही तुम्हारे परदादा छोरों पर लगे हॉलैंड के भिन्न-भिन्न रंगों के फूलों को देखते, अपने कानों को साफ करते अथवा फूलों को सफेद छड़ियों पर नीबू की भीतरी छाल से बाँधते, यथासमय इधर-उधर सैर करते देखे जा सकते थे। वह फौजी ढंग के कठोर और अनुशासित व्यक्ति थे और उनकी काली भौंहें, सफेद

कृत्रिम बाल, उन्हें प्रसिद्ध जाना-पहचाना रूप प्रदान करते थे।

"अब सुहावने अगस्त की एक दोपहरी को ऐसा हुआ कि तुम्हारा दादा उद्यान की छोटी सीढ़ियाँ उतरा, उस समय दादा नहीं बना था; मेरी बूढ़ी आँखें अब भी उसको तुम्हारे परदादा के पास हलके कदमों से जाते हुए देख सकती हैं। सफाई से नक्काशी की हुई जेबी-पुस्तक से उसने एक पत्र निकाला और विनम्रतापूर्वक सिर झुकाकर पेश किया। वह नम्र, युवा व्यक्ति था और उसका काले बालों का झब्बा, उसके सफेद रंग-रूप और मोतीनुमा भूरे रंग के कपड़े के कोट में भेद दिखाता था। पत्र पढ़ने के बाद तुम्हारे परदादा ने सिर हिलाया और तुम्हारे दादा को हाथ से हिलाया। उसने उसे जरूर चाहा होगा, क्योंकि प्राय: ऐसा नहीं होता था। तत्पश्चात् उसको घर में बुलाया गया और तुम्हारा दादा उद्यान से होता हुआ चल दिया।

"वृत्तखंड से पहले झूले पर एक आठ वर्षीया लड़की गोद में चित्रोंवाली पुस्तक लिये बैठी थी, जिसको वह ध्यानपूर्वक पढ़ रही थी; चमकीली सुनहरी लटें, धूप से चमकती, उसके छोटे चेहरे पर लटक रही थीं। "तुम्हारा क्या नाम है?" युवक ने पूछा।"

अपने काले बालों को पीछे फेंकते हुए उसने उत्तर दिया, "बारबारा।"

"ध्यान रखो, बारबारा, तुम्हारी लटें धूप से पिघल जाएँगी।"

"शीघ्रता से उसने अपने गरम बालों में हाथ फेरा; युव. पुरुष मुसकराया, यह अत्यंत नम्र मुसकराहट थी। "चिंता न करो! आओ, झूला झूलें।"

"वह नीचे कूद गई। "ठहरो, मैं पहले देख लूँ कि मेरी पुस्तक सुरक्षित है।" उसने इसको वृत्तखंड में रख दिया। जब लौटी तो उसको ऊपर उठाने के लिए पेश किया, "नहीं," उसने कहा, "मैं स्वयं ऊपर उठ सकती हूँ।" तत्पश्चात् झूले पर खड़ी होते हुए वह चिल्लाई—"अब हट जाओ।" और तुम्हारा दादा खींचता ही रहा, जब तक उसके कृत्रिम बाल उसके कंधे के आसपास नाचते रहे, नाचते रहे—कभी दाईं ओर, कभी बाईं ओर! छोटी लड़की के साथ, धूप की चकाचौंध में ऊपर गया, नीचे आया और उसकी लटें प्रसन्नता से उड़ती रहीं, परंतु फिर भी वह काफी ऊँचा नहीं जा सकी! अब झूला वेग से नीबू के वृक्ष की टहनियों में गया; तार से ढके वृक्षों से पक्षी तेजी से उड़े, पकी हुई खुबानियों को भूमि पर बिखेर गए।

'यह क्या था?' उसने कहा और झूला रोक दिया।

"वह हँसी कि उसको ऐसा प्रश्न पूछना चाहिए था! वह लाल छातीवाली चिड़िया थी, जो प्राय: इतनी डरपोक नहीं होती।

"उसने उसे झूले से उठा लिया और दोनों तार से ढके वृक्षों की ओर गए; झाड़ियों में सुनहरे फल लगे हुए थे। 'तुम्हारे पक्षी ने तुमसे अच्छा व्यवहार किया है,' उसने कहा। अपने सिर को हिलाते हुए उसने एक प्यारी खुबानी उसके हाथ में दे दी, 'तुम्हारे लिए,' वह नम्रता से बड़बड़ाई।

"तदुपरांत तुम्हारा परदादा उद्यान से लौटा। 'सावधान! सावधान,' उसने मुसकराते हुए कहा, 'तुम इससे कभी छुटकारा नहीं पा सकोगे।' फिर उसने उनके मामले की बात की और दोनों घर के अंदर आ गए।

"उस शाम तुच्छ बारबारा को मेज पर बैठने की आज्ञा मिल गई। दयालु युवक ने उसकी माँग की थी। जैसा उसने चाहा था, वैसा ही हुआ, क्योंकि अतिथि लोग उसके पिता के पास मेज के सिरे पर बैठे थे, परंतु तुच्छ कुँवारी लड़की होने के कारण उसे छोटे लिपिकों के साथ मेज के दूसरे सिरे पर बैठना था। इसलिए वह शीघ्र खाना समाप्त करके चोरी से अपने पिता की कुरसी के पास खिसक गई, परंतु उसने आय-व्यय और छूट की बात इस उत्साह से की कि युवक को बारबारा की ओर देखने का अवसर ही नहीं मिला। हाँ, हाँ, यह अस्सी वर्ष पहले की बात है परंतु दादी को अब भी अच्छी तरह याद है कि तुच्छ बारबारा उस शाम किस तरह से बेचैन हो गई थी और किसी ने भी उसके पिता के साथ अच्छा व्यवहार नहीं किया था। घड़ी ने दस बजा दिए और उसे शुभरात्रि कहना पड़ा। जब वह तुम्हारे दादा को कहने आई, तो उसने पूछा, 'क्या हम कल झूला झूलेंगे?' और फिर तुच्छ बारबारा पुनः प्रसन्न हो गई···'तुम बच्चों के साथ खेलनेवाले कैसे हो!' परदादा ने कहा; परंतु वह स्वयं अपनी छोकरी को अनुचित ढंग से प्यार करता था। और अगले दिन शाम को तुम्हारा दादा हमसे पुनः विदा हो गया।

"आठ वर्ष बीत गए। सर्दियों के समय बारबारा प्रायः शीशोंवाले दरवाजों के पास खड़ी होती थी और शीशों पर अपनी साँस फूँकती थी। फिर वह झाँकनेवाले छिद्रों से बर्फ से ढके उद्यान को झाँकती और सुंदर गरमियों के सपने देखती थी, चमकते पत्तों और तेज धूप का ध्यान करती थी। लाल छातीवाली चिड़िया तो तारों से ढके वृक्षों में घोंसला बनाती थी, पकी खुबानियों को, जो भूमि पर बिखर गई थीं, फिर गरमी के दिन को याद करती थी; अंत में, और किसी को नहीं, परंतु उन गरमियों के दिन को याद करती थी जब वह गरम ऋतु के बारे में सोचती थी। इस प्रकार वर्ष-दर-वर्ष बीतते चले गए। तुच्छ बारबारा दुगुनी आयु की हो गई और वास्तव में तुच्छ नहीं रही; परंतु गरमियों के उस दिन वह स्मृतियों के साथ दीप्तिमान खड़ी रही। फिर वह सुंदर दिन वास्तव में लौट आया।

"कौन? गरमियों का दिन?" कहकर उसका पोता मुसकरा दिया।

"हाँ, हाँ," उसने कहा, "तुम्हारा दादा। वह यथोचित गरमियों का दिन था।"

"और फिर?" उसने पुनः पूछा।

"फिर," दादी ने कहा, "फिर विवाह हो गया और तुच्छ बारबारा तुम्हारी दादी बन गई जैसीकि वह अब है, तुम्हारे पास बैठी पुरानी कहानियाँ सुनाती हुई, परंतु अभी बात वहाँ तक नहीं पहुँची थी। पहले विवाह करना था और विवाह के लिए तुम्हारे परदादा ने यह महाकक्ष बनवाया था। ठीक है, उद्यान और उसके फूलों का अंत हो गया परंतु उससे कोई अंतर नहीं पड़ा, क्योंकि जीते-जागते फूल, दोपहर का आनंद फिर जल्दी आ गए। तुम्हारे पिता और तुम्हारे दादा, तुम्हारी माताएँ तथा तुम्हारी दादियाँ सभी विनोदी स्वभाव के लोग थे, जो अपनी-अपनी बात कर सकते थे। वे शांत थे और समय भी आडंबरहीन था। हम हर चीज को, अपने राजाओं और उनके मंत्रियों से अधिक जानने का बहाना नहीं करते थे; और यदि कोई अपनी नाक राजनीति में घुसेड़ता था तो हम उसे ठठेरा कहते थे और यदि वह मोची होता तो हम उसके पड़ोस में जूतों के लिए जाते थे। सारा और जेन नौकरानियाँ सादी होती थीं और हम अपनी हैसियत की पोशाक पहनते थे और तुम वीरों और घुड़सवारों की तरह मूँछें रखते हो। तुम चाहते क्या हो? क्या तुम सब राज करना चाहते हो?"

"क्यों नहीं?" पोते ने कहा।

"तो श्रेष्ठ और सुप्रतिष्ठित व्यक्तियों का क्या होगा, जो इसके लिए पैदा हुए हैं। उनका क्या बनेगा?"

"ओह, सुप्रतिष्ठित!" माँ ने अपने पति की गौरवशाली और प्यार भरी आँखों को देखते हुए कहा। उसने मुसकराते हुए कहा, "उनको मिटा दो, दादी, या हम सब सुप्रतिष्ठित बन जाएँ, समस्त जर्मनी, हममें से हर व्यक्ति! मैं इसके अतिरिक्त कुछ नहीं देखता।"

बूढ़ी औरत ने कोई उत्तर नहीं दिया; वह केवल इतना बोली, "मेरी शादी में सरकारी मामलों की बाबत कोई बातचीत नहीं हुई थी; समारोह बराबर चलता रहा और हम इतने खुश थे जितने तुम अपनी नई कौतूहलपूर्ण पार्टियों में। मेज पर दिल्लगी के कूटप्रश्न, काँपती हुई यमक कविता और जब वे मिठाई परोसते तो हम तमाम सुंदर गीत गाते, जिनको चिरकाल से भूल चुके थे और तुम्हारे दादा की साफ आवाज सबसे ऊपर सुनाई देती थी। आह, लोग एक-दूसरे के प्रति शिष्टाचारयुक्त थे। स्वच्छ जन-समूह में शोर मचाना और वाद-विवाद करना दिखावा माना जाता

था। यह सब अब बदल गया है परंतु तुम्हारा दादा विनम्र शांतप्रिय व्यक्ति था। बहुत दिनों पहले हमें छोड़ गया। वह मुझसे दूर चला गया है; समय आ गया है कि मैं उसका पीछा करूँ।''

दादी क्षण भर के लिए मौन हो गई और कोई कुछ नहीं बोला, परंतु वह अपने हाथ का पकड़ा जाना महसूस कर रही थी। वे सभी उसको अपने पास रखना चाहते थे। प्यारे बूढ़े चेहरे पर शांतिमयी मुसकान चमकी और अपने पोते पर टकटकी लगाकर बोली, ''उसका शरीर भी यहाँ लेटा हुआ है। हाँ, इसी महाकक्ष में; और तुम केवल छह वर्ष के थे और रोने के लिए उसके शव के पास खड़े थे। तुम्हारा पिता कठोर और निर्दयी व्यक्ति था। 'छोकरे, चिल्लाओ मत,' उसने कहा और तुम्हें अपनी गोद में उठा लिया। 'यह देखो, जब एक ईमानदार व्यक्ति मर जाता है तो कैसा नजर आता है।' और अपनी आँखों से एक गुप्त आँसू पोंछ दिया। उसने हमेशा तुम्हारे दादा को बहुत आदर दिया। वे सभी जा चुके हैं और आज मैंने अपनी पड़पोती को इस महाकक्ष के सामने थामा है और तुमने अपनी बूढ़ी दादी का नाम उसको दिया है। ईश्वर करे कि उसकी आयु मेरे जितनी हो, इसी तरह प्रसन्न और संतुष्ट रहे।'' युवा माँ ने उसके घुटनों पर अपना सिर रख दिया, इससे पूर्व कि दादी उसके कोमल हाथों को चूमे।

पोते ने कहा, ''दादी, हम पुराने कक्ष को बिलकुल गिरा देंगे और नया क्रीड़ा उद्यान बनाएँगे। तुच्छ बारबारा पुनः आ गई है। सारी महिलाएँ कहती हैं कि यह तुम्हारी मूर्ति है, यह फिर झूले पर बैठेगी और उसकी सुनहरी लटों पर एक बार फिर धूप चमकेगी और फिर संभवतः गरमियों की दोपहर को छोटी चीनी सीढ़ियों से दादा आएँगे और संभवतः…''

''चलो, हटो,'' दादी ने मुसकराते हुए कहा, ''तुम सपने देखनेवाले हो और तुम्हारा दादा भी ऐसा ही था।''

□

क्राइस्टबर्ग का किला

—लोथर

टीर हिल की प्रसिद्ध लड़ाई उस समय के जर्मन नाइटक्रम के लिए घातक सिद्ध हुई थी। क्राइस्टबर्ग का शोभायमान और सुंदर किला, जो डेनजिम से अधिक दूर नहीं था, खंडहरों का ढेर बन गया था और कई श्रेष्ठ परिवारों को विवश होकर विदेशी भूमि में पनाह लेनी पड़ी थी। इस लड़ाई के कई वर्षों बाद एक निर्धन, फटे एवं चिरे हुए भिक्षुक ने कड़वे बारूद से क्षतिग्रस्त दीवारों के नीचे शरण ली थी।

प्रचलित वृत्तांतों, जिन्होंने प्रभावशाली सेना, पुराने उजड़े भूमिगृहों और दूसरे अवशेषों के महत्त्व को प्रतिपादित किया था, से अनभिज्ञ, उसने अपने लिए किले की बगल में एक छोटी झोंपड़ी बनाई, जहाँ वह अपनी सांसारिक यात्रा को समाप्त करना चाहता था। प्रतिदिन उचित रीति से उसने अपने पुराने व्यवसाय के अभ्यास को जारी रखा। वह पड़ोस में भिक्षा माँगता था और रोटी के टुकड़ों से धनी बना अपनी एकांत झोंपड़ी में लौटता था।

लगभग एक वर्ष बीत गया। किले के खंडहरों में एक शाम भ्रमण करते हुए उसने समय से घिसी हुई दीवारों को ढकनेवाली झाड़ियों में चमकती रोशनी देखी। अलौकिक प्रकार के विचारों में व्यस्त न होते हुए वह निश्चल खड़ा रहा; उसने एक छिद्र से झाँककर नीचे भूमिगृह को देखा।

वहाँ खुला और ऊँचा, किंतु भूमिगत कमरा था। उसमें एक मेज थी जिसमें मुँह तक भरे कलश, प्याले और डोंगे रखे थे। इन सुंदर चीजों के दृश्य को देखकर उसके मुँह में पानी आ गया। 'यहाँ न ही खानसामा है और न ही नौकर,' उसने अपने आपसे कहा, 'इनके सिवा मुझे अच्छे घूँट पीने से कौन रोक सकता है?'

किसी तरह उसने जल्दी ही दरवाजा ढूँढ़ लिया जिसमें किसी भी दरवाजे की तरह सिटकनी लगी हुई थी; उसने उसे खोला। कुछ सीढ़ियाँ चढ़ता हुआ

वह शराब पीनेवाले कमरे में आया, जो उसके देखने के लिए काफी प्रकाशित था। उसके अंत में और सीढ़ियाँ भूमिगृह को जाती थीं जहाँ बहुत अँधेरा था, जिसने उसे दुःखी बना दिया था, परंतु उसके सामने बर्तनों की कतार थी। अतः वह संतुष्ट हो गया।

और देखो! उसने पाया कि वह अकेला नहीं था; एक माननीय बूढ़ा आदमी कोने में मेज के सामने बैठा था, प्रत्यक्ष रूप में कुछ गिनता हुआ। अनुमान लगाते हुए कि यह मालिक होगा, बिना बुलाए आनेवाले ने उसे सलाम किया और एक गिलास शराब की याचना की।

"हाँ," आदमी ने उत्तर दिया—"पीयो, जितना जी चाहता है। कल प्रातः फिर आना।"

अतिथि के नम्र व्यवहार ने उसमें रुचि पैदा कर दी। उसने शराब के गिलास को भरा और पिया। ऐसा उसने चार बार किया और जाते हुए पूछा कि वह वास्तव में पुनः आने का प्रयास कर सकता है क्या?

"हाँ," उत्तर था—"जब जी चाहे आओ, सप्ताह में सातों दिन, परंतु एक दिन में दो बार नहीं। बुद्धिमान् बनो, अपनी जुबान को काबू में रखो; तुम सौभाग्यशाली हो।"

भिखारी चला गया और पुनः आया; अपने आपको प्रसन्न किया और आगामी सात दिनों में इतनी पी गया कि उसे ऐसा लगा कि शराब ने उसके शरीर पर अतिक्रमण शुरू कर दिया है। फिर उसने अपनी दैनिक खुराक का आधा लेने पर विचार किया और बाकी आधा बिक्री के लिए रहने दिया, ताकि उससे होनेवाली आमदनी से वह ताजा खाना और वस्त्र खरीद सके।

नगर में एक भिखारी का शराब बेचना वस्तुतः एक चमत्कार था। उसके खरीदार हँसते थे; सभी स्वाद चखना चाहते थे और सुन चुके थे कि इसकी शराब देवताओं के लिए उपयुक्त है। उन्होंने उसे नगरगृह का रास्ता दिखा दिया। चूँकि सामान्य नागरिकों की रुचि के लिए वह अच्छी चीज थी और श्रेष्ठ लोग उसकी अच्छी कीमत दे सकते थे, इसलिए वह प्रसन्नता से गया। नगर शासक ने उसका घड़ा खाली कर दिया और उसी स्वाद की और शराब लाने के लिए कहा तथा कीमत की बाबत विवाद न करने का वचन दिया।

जब भी वह ताजा शराब लेकर गया, उसे वही मनोहर इनाम मिला, परंतु पाँचवें दिन उन्होंने इस अमूल्य चीज के उद्‌गम स्थल की बाबत पूछना शुरू कर दिया। उसके चुप रहने की शपथ, सौभाग्य से उसे याद आ गई; उसने कहानी

सुनाना शुरू कर दिया, परंतु उसके सच न बताने पर उसे पीटने की धमकी दी गई, जिसे सुनकर उसने घड़े को नगर शासक के सिर पर दे मारा और भाग गया—भागा, इतना तेज, जितना वह भाग सकता था।

जब वह फिर भूमिगत कमरे में गया तो ऐसा लगा, जैसे शराब का व्यापारी बूढ़ा, जो कोने में बैठकर कुछ गिन रहा था—उस सारी घटना से परिचित था जो इसके साथ घट चुकी थी।

"अपनी तरफ देखो," उसने भिखारी से कहा, "क्योंकि वे तुम्हारा पीछा कर रहे हैं। वे तुम्हारी खोज कर चुके हैं, परंतु वे पुनः यहाँ नहीं आएँगे।"

उन्होंने इसे खंडहर में आते हुए देख लिया था, इसका पीछा किया था, परंतु उनका प्रवेश, डर से अधमरे हुए व्यक्ति की तरह था, इसलिए आगे आने का उनका इरादा नहीं हुआ। उसका पीछा करनेवाले जब किले की डरावनी सीमा पर पहुँचे थे तो उन्होंने पृथ्वी से उच्छ्वसन की तरह निकलती हुई शवयात्रा देखी थी जो उनके आगे-आगे चल रही थी; वे डरकर घबराकर लौट गए थे; बड़ी कठिनाई के साथ नगर में पहुँचे, अपनी-अपनी चारपाइयों पर गिरे और मर गए!

इस संक्षोभित घटना के साथ आम लोगों की आवाजों ने इसे नया डर बना दिया; भिखारी को पूर्ण रक्षा प्रदान की। वह बिना परेशानी के अपनी झोंपड़ी में रहा। अपनी शराब पीता रहा और भूल गया कि वह भिखारी था; पुराने और नए दिनों की तुलना करते हुए अपने को अत्यंत सौभाग्यशाली व्यक्ति मानने लगा।

एक दिन वैसे अभागे कपड़े पहने, जैसे कभी वह पहनता था, एक दुरात्मा उसके संसर्ग में आई। उसने उसके साथ भी उसी तरह कठोरता से व्यवहार किया था; उसके पास सिर छिपाने के लिए जगह नहीं थी और उसके अच्छे भाई, जो अपनी पिछली सफलता से अकलुषित था, ने मानवता के नाते, अपनी छत का हिस्सा पेश किया था। वास्तव में उसने इसको हिस्सेदार बना लिया था; वे दोनों अपने जनपद में विभिन्न दिशाओं में घूमे। अपनी कमाई का साझा संचय किया; उनका व्यापार काफी समय तक चलता रहा। नए साझेदार को शराब के अतिरिक्त कुछ नहीं दिया गया।

परंतु एक शाम वह खूब भरी झोली के साथ सामान्य रूप से जल्दी घर लौट आया। जैसे ही वह पास आया, उसने शोर-शराबे और प्रसन्नता की आवाजें सुनीं। उसने विचार किया कि समस्त भीड़ कहीं पड़ोस में ही इकट्ठी हुई थी। एक आवाज अपने पूरे स्वर में थी। उसने खुले दरवाजों और खिड़कियों को देखा। ज्यों ही वह निकट आया, उसे बड़े महोत्सव जैसा शोर अंदर से आता जान पड़ा जैसे देश

में दूर-दूर तक सुनाना चाहते हों।

वह अंदर आया और अपने पुराने मित्र के अतिरिक्त उसने किसी और को नहीं देखा। सारी आवाजें उसी की थीं। उसका चेहरा प्रसन्नता से चमक गया, उसकी आँखें जगमगा उठीं, उसने गाना गाया। दो कुप्पियाँ उसके घुटनों के बीच पड़ी थीं—एक खाली थी, दूसरी शराब से भरी हुई।

"स्वागत है, पुराने साथी!" ज्यों ही वह अंदर आया, यह चिल्लाया—"यहाँ बैठो! शराब पीयो और जीवन में एक बार गाना गाओ। मैं सदा शोभायमान जर्मनी के समस्त नाईटों से अधिक धनी हूँ।"

मौन हैरानी में बूढ़ा आदमी बैठ गया और आज्ञानुसार शराब पीकर शीघ्र ही जाने लगा। दूसरी कुप्पी शीघ्र ही खाली हो गई और पीने की इस अच्छी शक्ति-परीक्षा के बाद दोनों सो गए। नया साझेदार इस एकांत स्थान पर इतनी बहुमूल्य शराब पाने की विचित्रता के सपने देखता रहा। जागने पर उसने आपसे पहला प्रश्न यह किया कि यह पिशाच इसे लाता कहाँ से है? उसका मित्र अभी तक सो रहा था। इसने उसकी जेब टटोली और घर में हर वस्तु की परीक्षा यह जानने के लिए की कि संभवतः भेद मिल जाए; परंतु सब व्यर्थ गया; फिर भी अगले दिन, उससे अगले दिन और हर अगले दिन कुप्पी हमेशा भरी हुई मिलती। उसने देखा, अपने मित्र से पूछा, परंतु कोई संतोषजनक उत्तर नहीं मिला, अतिरिक्त इसके कि 'खानसामे ने इसकी बाबत एक शब्द भी कहने के लिए मना कर दिया है, यह उसने दी है।'

परंतु वह अनोखा बूढ़ा व्यक्ति भेद जानने के लिए मर रहा था और तेज चौकसी रखने का निश्चय कर चुका था। इस दृष्टि से उसने पुरानी युक्ति का सहारा लिया। ज्यों ही वे गिलास लेनेवाले थे, वह एकाएक बेहोश होकर गिर गया, ठोकर मारना और मुँह बनाना शुरू कर दिया और मेज के नीचे जाकर उसे झटके से हिलाया कि पीने-पिलाने का सारा सामान नीचे-ऊपर हो गया और शराब की एक-एक बूँद नष्ट हो गई। बेहोशी के बीच उसने उस हर बात का ध्यान रखा जो उसके मित्र ने की। यह सोचते हुए कि पूर्व इसके कि यह होश में आए, उसने नई शराब लाने के लिए अपनी जेब से चाबी निकाली और चला गया।

ज्यों ही वह गया, उसका मित्र उछला और धीरे से उसके पीछे गया। शाम हो चुकी थी और उसे उसपर निगाह रखनी थी, जब तक चाँद उदय न हो जाए। इसने उसे पुराने किले में जाते और वस्तुतः भूमिगत गृह में लुप्त होते देखा। वह अब असली तरह बेहोश होना चाहता था; उसकी दृष्टि में खंडहर प्रभावशाली ढंग से चमक रहे थे। फिर भी वह प्रवेश द्वार तक पहुँच गया था; उसका पाँव पहली सीढ़ी

पर था। वह ऊपर लटकती हुई झाड़ियों के बीच में से गया और उसने अपने साझेदार, जो दूर नहीं था, को ताला खोलते देखा। उसने दूर चमकती रोशनी देखी और जब उसने दरवाजा खोला, वह अच्छी तरह नज़र आई, परंतु वह दरवाजे की ओर कठिनाई से कुछ कदम ही गया था कि वह भयंकर शोर के साथ बंद हो गया और बंद होते-होते जिज्ञासु भिखारी की कोहनी पर तेज चोट कर गया।

इसपर उसने दु:खी होकर कोलाहल किया जो भीतरी भूमिगृहों में प्रतिध्वनित हुआ। एक आकृति सीढ़ियों पर चढ़ती नजर आई और बूढ़ा आदमी डर की पीड़ा में अपने कोट का किनारा रास्ते में छोड़ते हुए इतनी तेजी से भागा जितना जीवन में कभी नहीं भागा था। उसने केवल एक बार पीछे मुड़कर देखा था कि उसका कोई पीछा तो नहीं कर रहा है। वह अंत में जीवित से अधिक मरा हुआ-सा अपनी झोंपड़ी में पहुँचा। रोशनी के लौटने के कारण थोड़ा साहस बटोरकर और अपने मित्र की रक्षा के प्रति चिंतित बूढ़े भिखारी ने खंडहरों में जाने का निश्चय किया ताकि खुले दिन में उसे ढूँढ़ सके। उसने रास्ता ढूँढ़ा और झाड़ियों के पास आया जिनके निकट से वह गत शाम को गुजरा था, परंतु उसे वह छोटा दरवाजा कहीं नजर नहीं आया। सारा दृश्य बदला-बदला सा दिखाई दिया।

यह सोचकर कि रास्ता भूल गया होगा, वह खंडहरों के ऊपर-नीचे घूमता फिरा, फिर भी उसके सारे अनुसंधान निष्फल गए। यह देखकर कि सूर्यास्त का समय हो रहा है वह भयभीत हो गया और वेग से घर की ओर चला—पुराने भिखारी की चाल में! उसने दृढ़ता से निश्चय किया कि वह प्राणनाशक स्थान के निकट जाने का प्रयास नहीं करेगा और ईमानदारी से पड़ोस में भीख माँगेगा। एक वर्ष बीत गया और सेंट मार्टिन के दिन की शाम आ गई।

पहले की तरह उसी स्थान पर, जहाँ उसके साझेदार ने उसकी आवभगत की थी—साझेदार, जो प्राणनाशक अभियान का शिकार हो गया था—पुराना भिखारी बैठा। चाँदनी छिटक रही थी। तभी दरवाजा खुला और एक आकृति अंदर आई जो कुछ-कुछ पहचानी सी थी। उसने कुछ क्षणों के लिए अपनी दृष्टि उसपर गड़ा दी और उसकी ओर दौड़ा। वह उसका पुराना मित्र था।

"क्या यह संभव है?" वह चिल्लाया—"क्या वास्तव में तुम हो?"

"हाँ, विश्वास करो, मैं ही हूँ, श्रीमान्," दूसरे ने उत्तर दिया—"हाँ, वही जिसने तुम्हें साझी बनाया और यहाँ सहारा दिया। फिर तुम इतने दुष्ट और विवेकशून्य निकले कि मेरी सारी शराब उलट-पलट कर दी—तुम्हारी बेहोशी पर प्लेग पड़े! और इस कारण खानसामे का कहना न मानकर मुझे जबरदस्ती विकट खुरचन में

जाना पड़ा।''

अजीब भिखारी ने फिर वह सबकुछ बताया जो उसने देखा था। उसने पाताल की शराबों के साथ, उनके सारे भेदों से अभिमंत्रित होते हुए उनकी शक्ति के अत्यंत कठोर और भयावने पाठ याद करने के लिए अपराधी बनते हुए किस तरह पूरा साल व्यतीत किया था।

अंत में उसकी सावधानी के लिए उसको बताया गया कि उसकी मुक्ति का दिन निकट ही था। इसलिए उसे जाकर ऊपरवाली दुनिया को उन भेदों को बताना होगा जो वह जानता था या उसने देखे थे।

□

चतुर दुर्जन

—लोथर

कई वर्ष पहले एक व्यक्ति रहता था, जो केवल चतुर दुर्जन के नाम से ही जाना जाता था। जादू में चातुरी के बल पर और कपट की कलाओं में उसका कारोबार उस समय के जादूगरों के कारनामों की अपेक्षा अधिक सफल था। एक देश से दूसरे देश में, केवल मानव जाति पर आधारित खेल खेलते जाना उसकी प्रसन्नता का कारण था और इस कारण कोई भी जीवित व्यक्ति अपने घर में या बाहर निर्भय नहीं था।

दूसरों की संपत्ति हड़पने के उसके द्रुत गति के साधनों से, एक देश के राजा को उससे ईर्ष्या होने लगी। उसने उसको शाही अधिकार के विरुद्ध आक्रमण से कम नहीं समझा। उसने उसे पकड़ने के लिए एक के बाद एक सिपाहियों को भेजा, परंतु उसको ढूँढ़ने के सारे प्रयास विफल हो गए। अंत में, गंभीर चिंतन करने के बाद राजा ने अपने आपसे कहा, 'केवल थोड़ी प्रतीक्षा करो, दुष्ट! तुम जितना चाहे बचो, मैं फिर भी तुम्हें पकड़ लूँगा।'

अंततः उसने एलान कर दिया कि हलकी अंगुलियोंवाले अपूर्व बुद्धिमान् को शाही मदद मिलेगी, यदि वह अपने आपको दरबार में पेश करने पर राजी हो जाता है और अपनी दक्षता का नमूना महाराज के मनोविनोद के लिए पेश करता है।

एक दोपहर में राजा शाही खिड़की से जंगलों और घाटियों के मनोहर दृश्य को निहार रहा था। तभी एकाएक कोई आया और अपने हाथ से उसका कंधा थपथपाया। राजा ने मुड़कर देखा तो उसके पीछे एक लंबा, तगड़ा, काली मूँछोंवाला व्यक्ति उसके पास खड़ा था, जिसने कहा—''मैं यहाँ हूँ।''

''कौन हो तुम?'' राजा ने पूछा।

''जिसको तुम देखना चाहते हो, वही।''

राजा की चिल्लाहट उसके आश्चर्यपूर्ण आत्मविश्वास के कारण भययुक्त थी, क्योंकि वह अकेला था और साहसी नजर आता था।

अजनबी ने यह सब भाँपते हुए कहा, ''चौकन्ने मत होओ, केवल तुम मेरे साथ अपना वचन निभाओ, मैं अपने को तुम्हारा आज्ञाकारी सिद्ध करूँगा, शांति रखो।''

जब यह मान लिया गया तो राजा ने अपनी रानी और सारे दरबार को जानकारी दी कि हाथ की सफाईवाले महान् बुद्धिमान् ने अपने आपको प्रस्तुत कर दिया है। शीघ्र ही पूरी सभा में महाराज ने उससे प्रश्न करना शुरू कर दिया— ''ध्यान रखो कि मैं क्या कहता हूँ,'' उसने आगे कहा, ''मेरी किसी आज्ञा का उल्लंघन करने की कोशिश मत करना। तो शुरू करते हैं; क्या तुम उस जंगल के पास, उस गँवार को खेत में हल चलाते देखते हो?''

जादूगर ने हाँ में सिर हिला दिया।

''तो फिर जाओ,'' राजा ने कहना जारी रखा, ''जाओ और जाकर बिना कुछ जाने, उसके बैल और हल लूट लो।'' उस समय राजा ने अपनी अत्यधिक प्रशंसा की कि यह संभव नहीं है, न ही वह सोच सकता था कि दिन में वह इसको कैसे कर पाएगा। उसने सोच लिया कि इस प्रकार वह उसकी शक्ति के अधीन होगा और उसको तीव्र पीड़ा होगी।

जादूगर उस स्थान की ओर प्रस्थान कर गया। ज्यों ही तूफान बढ़ता हुआ नजर आया और तेजी से वर्षा होने लगी—किसान ने बैलों को आराम करने के लिए खोल दिया और स्वयं बचने के लिए वर्षा थमने तक एक वृक्ष के नीचे शरण ली।

तभी उसने जंगल में मजेदार गाना सुना, एक शानदार गाना, जो उसने जीवन में पहले कभी नहीं सुना था। वास्तव में उसने अपने आपको आश्चर्य से रोमांचित पाया और मौसम को मंद और उदासीन देखा तो अपने आपसे कहा—'ठीक है, यदि मैं एक गिलास ले लेता हूँ तो इसमें क्या हानि है। हाँ, मैं देखूँगा कि वहाँ क्या खेल खेला जा रहा है।' और वह जंगल में खिसक गया, आगे-ही-आगे, उस अच्छे गायक को ढूँढ़ने। वह नाक की सीध में इतनी दूर निकल गया कि न कुछ देख सका और न ही सुन पाया।

इस बीच जादूगर, दुष्ट गायक निकम्मा नहीं था। उसने गँवार के स्थान बदले और बैलों का ध्यान रखा, जबकि उनका मालिक जंगल में गाना गाता रहा। वह झाड़ियों में तीव्र गति से चलता रहा। कुछ ही क्षणों में उसने बैलों के कान और पूँछ काट डाले और हल की अंतिम लकीर में आधे छिपा दिए। फिर वह बैलों को

जल्दी से हाँककर महल की ओर ले चला।

थोड़ी देर में गँवार ने जब जंगल से बाहर रास्ता ढूँढ़ लिया और बैलों की तरफ देखा, तो उसे कुछ नहीं मिला।

अत्यंत चिंता से ढूँढ़ता हुआ वह अंत में हल की अंतिम लकीर का निरीक्षण करने आया और भूमि पर फैले बैलों के कानों और पूँछों को अति घृणा से देखा। अनुमान लगाया कि बिजली गिरी होगी और पृथ्वी उनको निगल गई होगी। उसने अपने भाग्य पर विलाप किया और जोर से गरजा। जब वह थक गया तो घर जाकर कुदाली लाने का विचार किया ताकि भूमि खोदकर शीघ्रातिशीघ्र बैलों को निकाल सके।

घर जाते हुए वह रास्ते में राजा और जादूगर से मिला। उन्होंने उसके दयनीय विलाप का कारण पूछा। "मेरे बैल, मेरे प्यारे बैल!" गँवार चिल्लाया और फिर जो कुछ उसके साथ घटा था, कह सुनाया और राजा से प्रार्थना की कि साथ चलकर घटनास्थल पर वे दुर्घटना का निरीक्षण करें।

तब जादूगर ने कहा, "तुम बैलों को सींगों या पूँछ से पकड़कर निकालने का प्रयास क्यों नहीं करते?" इसके साथ गँवार दौड़कर पीछे गया और अपनी सारी शक्ति से पूँछ को पकड़कर खींचा और पीठ के बल गिर गया।

"तुमने अपने बैल की पूँछ निकाल दी है," जादूगर ने कहा, "यदि तुम उन्हें सींगों से पकड़कर निकालने में सफल नहीं होते तो अच्छा है कि भूमि खोदकर उन्हें निकाल लो।"

वह प्रयास में जुट गया जबकि इस दृश्य को देखकर राजा हँस दिया, परंतु चूँकि किसान अपने दुर्भाग्य पर अत्यंत दुःखी हो रहा था, राजा ने वचन दिया कि वह उसे बैलों की दूसरी जोड़ी देगा। इसपर गँवार संतुष्ट हो गया।

जैसे ही वे महल को लौटे, राजा ने जादूगर से कहा, "तुमने अपने इस कार्य को पूरा कर दिखाया है, परंतु अब तुम्हें इससे अधिक कठिन कार्य से निपटना होगा, इसलिए कमर कस लो। आज रात तुम्हें घुड़साल से मेरा प्रिय घोड़ा चुराना होगा, इस तरह कि किसी को इसका पता न चले।"

राजा ने सोचा कि आखिर उसने उसे फंदे में फँसा लिया है, क्योंकि वह कभी भी घोड़े के रखवाले को पराजित नहीं कर सकता, तमाम अश्वपालकों को नीचा नहीं दिखा सकता। मामले को विश्वसनीय बनाने के लिए राजा ने सावधान अधिकारियों के अधीन सशक्त संतरियों को घुड़साल के सेहन में चारों तरफ नियुक्त करने की आज्ञा दे दी। उनको लड़ाई के दृढ़ कुलतोड़ दिए गए और आधे-

आधे घंटे के बाद आवाज लगाने और बारी-बारी से सेहन में चक्कर लगाने का हुक्म दिया गया। शाही घुड़सालों में दूसरे भी इसी ढंग से कर्तव्य का पालन करते थे और घोड़े का रखवाला सारा समय स्वयं अपने प्रिय घोड़े की सवारी करता था, जिसको राजा ने नसवार की सोने की डिबिया के साथ उपहार में दी थी—नसवार, जिसकी कई चुटकियाँ जागते रहने के लिए लेनी पड़ती थीं और ऊँची छींक से चेतावनी देनी होती थी कि वह जाग रहा है। उसके पास भारी तलवार होती थी जिसे चोर के आने पर उसके सिर पर मारना होता था।

दुर्जन ने पहले निद्राकक्ष के रखवाले की अनुमति लिये बिना उसके कपड़े पहने। आधी रात को वह सिपाहियों से मिलने चला और भिन्न-भिन्न प्रकार की शराब अपने साथ, यह कहते हुए ले गया कि राजा ने उसकी आज्ञा का प्रसन्नतापूर्वक पालन करने के लिए उनको धन्यवाद देने के लिए कहा है और वह पाखंडी पकड़ा जा चुका है। इसलिए राजा ने उन्हें एक गिलास पीने की आज्ञा दे दी। यह भी कहा कि ऊँची आवाज न की जाए क्योंकि महारानी के लिए आँख बंद करना अभी तक संभव नहीं हुआ। फिर वह घुड़साल में गया जहाँ उसने घुड़साल के रखवाले को शाही घोड़े पर सवार हुए देखा; वह नसवार लेता जा रहा था और कभी-कभी छींकता भी जा रहा था।

निद्राकक्ष के रखवाले ने चमकता हुआ गिलास राजा के स्वास्थ्य के नाम पर पीने के लिए दिया—वह राजा ने भेजी थी और उससे बचा रहना कठिन प्रतीत होता था। रखवाले और सिपाही लोग अच्छे विषयों की तरह चतुर दुर्जन के भाग्य का मजाक उड़ाते हुए राजा के स्वास्थ्य के लिए प्याले-पर-प्याला उड़ेलने लगे। उन्होंने जल्दी ही नींद का प्रभाव महसूस किया; उन्होंने उबासियाँ लीं और शरीर को फैलाया, हौले-हौले जमीन पर आ गए और फिर सो गए।

रखवाला ताजा चुटकियों के प्रहार से, किसी तरह बचनेवाला अंतिम था। अब उसकी आँखें झपकीं। जिस घोड़े पर वह काफी समय से घूम रहा था, उसको रोक दिया और कहा, "अब मैं व्याकुलता से निद्राग्रस्त हूँ, मैं इसे अधिक समय तक रोक नहीं सकता—कुछ क्षणों के लिए घोड़े का ध्यान रखो; खूँटी से कसकर बाँध दो और सचेत रहो।"

इतना कहकर वह अनाज के भारी बोरे की तरह भूमि पर गिर गया और खर्राटे लेने लगा। चालाक जादूगर ने घोड़े पर उसका स्थान ले लिया; चाबुक और एड़ लगाई तथा सोए हुए सिपाहियों के बीच से सीटी बजाता हुआ दरबार के द्वार की ओर सरपट भागा।

प्रात: परिणाम जानने की उत्सुकता में राजा शीघ्रता से शाही घुड़साल की ओर गया और सारे रखवाले सिपाहियों को भूमि पर गहरी नींद में सोते देखकर चकित हुआ, परंतु उसे अपना घोड़ा नजर नहीं आया!

"यहाँ क्या कर रहे हो?" वह ऊँची आवाज में चिल्लाया—"उठो, जागो, नीच पुरुषो।"

अंत में एक आदमी ने अपनी आँखें खोलीं और चिल्लाया—"महाराज!"

"ऐ, ठीक है, मैं यहाँ हूँ," राजा ने उत्तर दिया—"परंतु मेरा प्यारा घोड़ा चला गया है। बोलो, अभी जवाब दो।"

डरे हुए अपराधी द्वारपाल अपनी भारी आँखें मलते हुए एक-दूसरे को बुला रहे थे; राजा ने एक बार फिर घोड़े का निरीक्षण किया और अपने घोड़े के रखवाले से ठोकर खाकर उसकी ओर मुड़ा और कानों के पास जोर से मुक्का मारा, परंतु वह दूसरी ओर मुड़ गया और कुछ-कुछ गुर्राया—"मुझे अकेला छोड़ दो, दुष्ट, मेरे शाही मालिक का घोड़ा तुम्हारे लिए नहीं है।"

"दुष्ट," अपमानित राजा ने हैरानी से कहा, "जानते हो, यहाँ कौन है?" और वह अपने रक्षकों को बुलाने ही वाला था, तभी उसने तेज कदमों की आवाज सुनी और अगले ही क्षण जादूगर उसके सामने खड़ा था।

वह प्रसन्नतापूर्वक हँस रहा था। उसने कहा, "मेरे स्वामी, मैं अभी आपके अच्छे घोड़े पर हवाखोरी करके आ रहा हूँ। यह वास्तव में अच्छा पशु है परंतु एक-दो बार मुझे छड़ी से काम लेना पड़ा।"

दुर्जन की सफलता पर राजा को अत्यंत पीड़ा हुई। फिर भी वह कुछ-न-कुछ करने पर तुला हुआ था जिससे अंत में उस लोमड़ी की खाल को सराय में डाला जा सके।

ऐसा विचार करके अगले दिन राजा ने जादूगर से कहा, "तुम्हारी तीसरी परीक्षा शुरू होने जा रही है और यदि तुम इतने चतुर हो कि उसे कर पाओ, तो न सिर्फ तुम्हें अपना जीवन और स्वतंत्रता ही मिलेगी, बल्कि अच्छा भत्ता भी दिया जाएगा। यदि इसका उलटा हुआ तो तुम जानते ही हो···अच्छा, अब सुनो! आज की रात तुम्हें मेरी रानी की विवाहवाली अंगूठी चुरानी है; अंगूठी उसकी अंगुली में है; किसी को भी चोरी एवं चोरी के तरीके से अवगत नहीं करवाना।"

राजा ने अपने आपमें विचार किया; 'अंत में मैंने उसे फँसा ही लिया है, क्योंकि यह संभव ही नहीं है। वह कौन सा तरीका अपनाएगा? ठीक है, हम उसे भी देखेंगे।'

जब रात हुई तो राजा ने महल के सारे दरवाजे बंद करवा दिए और हर-एक पर पहरा बैठा दिया। उसने स्वयं आराम करने की बजाय रानी के पलंग के पास कुरसी पर अपना स्थान लिया; वह अस्त्र-शस्त्रों से भी लैस था।

यह चाँदनी रात थी और रात के दो बजे थे। राजा ने सीढ़ी को खिड़की पर लगते स्पष्ट सुना और उसके ऊपर आदमी के कदमों की हलकी आवाज को भी; और ज्यों ही वह चोटी पर पहुँचा और अंदर झाँका तो राजा बोला, "गिर जाने दो।" अगले ही क्षण बाहरवाला शटर शिथिल पड़ गया और कोई चीज बुरी तरह से टूटती हुई पृथ्वी पर आ गिरी।

"चातुरी!" राजा ने हैरानी से कहा और रानी को यह कहता हुआ कि देखूँ वह मर गया या भाग गया, वह सेहन की ओर गया। नहीं, वह मरा नहीं था बल्कि बिलकुल चुस्त और चपल था; उसने शव को नीचे सेहन में गिराया था जिसको वह फाँसीगृह से चुराकर लाया था।

जिस क्षण उसने राजा के कदमों को सीढ़ियों से आते सुना, उसने खिड़की से लगी सीढ़ी को बदल दिया और कमरे के अंदर आकर राजा की आवाज में बोला, "हाँ, वह पत्थर की तरह मर गया, तुम जाकर चुपचाप सो जाओ और यह विवाह की अंगूठी मुझे दे दो, यह बहुमूल्य है और जब तक तुम बिस्तर में हो, भरोसा करने के लिए उत्कृष्ट है।"

अनुमान लगाते हुए कि यह राजा का ही शाही हाथ है, उसने किसी प्रकार की शंका न करते हुए अपने हीरे की अंगूठी उसी समय दे दी और जादूगर उसे अंगुली में पहनकर खिड़की के रास्ते तुरंत चला गया। उसी समय राजा भी लौट आया। "अंत में," उसने कहा, "मैं वास्तव में इस मजाक को दूर तक ले गया था। मैंने उसे चुकता कर दिया है, वह वहाँ दरवाजे की कील की तरह मरा पड़ा है, और अब हमें छल नहीं सकेगा।"

"मैं इसे पहले से ही जानती हूँ; तुमने यही बात दो बार मुझे सुनाई है, भले ही मैं यह सोचना कठिन समझती हूँ कि तुमने मुझे मेरी अंगूठी देने के लिए कहा!"

"यह कैसे हुआ कि तुम यह सबकुछ जानती हो?" राजा ने पूछा।

"कैसे? तुम्हीं से, विश्वास के साथ कह सकती हूँ," रानी ने उत्तर दिया—"तुमने मुझे बताया कि जादूगर मर चुका है और तुमने मेरी विवाह की अंगूठी के लिए कहा।"

"मैंने अंगूठी के लिए कहा?" राजा ने हैरान होकर पूछा, "तब मेरा विचार है कि तुमने उसी को दी है।" राजा ने क्रोध से कहना जारी रखा, "क्या अंत में यही

हुआ? समस्त संतों की सौगंध! यह वास्तव में अत्यंत चतुर और अनुमान न करने योग्य दुष्ट लोगों में से एक है। मैंने आज तक इसके बराबर का कोई और चतुर नहीं देखा।'' और रानी को उसने सारा मामला कह सुनाया, भले ही इसके समाप्त होने तक वह गहरी नींद सो चुकी थी।

जल्दी ही जब प्रातः की रोशनी हुई, चतुर जादूगर प्रस्तुत हुआ। रानी के सामने तीन बार झुकने के बाद चुराया हुआ खजाना उनके सामने पेश किया। बुरी तरह से लज्जित होता हुआ भी राजा अपने आपको हँसने से रोक नहीं पाया और कहने लगा, ''चतुर दुर्जनों के राजा, अब सुनो, जैसे तुम आ रहे थे, मैंने तुम्हें अपनी अंगुलियों के बीच से देखा था, तुम कभी भी इतनी अच्छी तरह जुदा नहीं हो सकते थे, जैसा अब। किसी तरह हमें पुरानी ईर्ष्या को भुला देना चाहिए और क्षमा कर देना चाहिए। कुछ समय तक तुम हमारे दरबार में रहो, साथ-ही-साथ इस बात का ध्यान रखो कि तुम अपने मजाक इतनी दूर तक नहीं ले जाओगे। ऐसा न हो कि मुझे तुम्हारे प्रति अपना अनुग्रह वापस लेना पड़े।''

□

नीला एप्रेन

—जोहन जिब्राईल सैडल

मैंने अपने मित्र डॉक्टर के घर के दरवाजे पर लगी घंटी बजाई ही थी कि गली के बहुत बड़े दरवाजे के शीशे के ऊपर जाली लगे छोटे छिद्र से दो चमकदार काली आँखों ने एक बार मुझे देखा। फिर जैसे प्राय: होता था, चाँदी के सदृश्य आवाज ने प्रश्न किया—"कौन है?" उसके बाद तुरंत दरवाजा बंद हो गया। जब मैंने अपना नाम बताया तो आकर्षक युवती ने खेद के स्वर में मुझे बताया—"ओह, प्यारे श्रीमान्, मुझे खेद है कि आपका आना व्यर्थ हुआ, डॉक्टर शहर में अपने मित्र से मिलने गया है।" ऐसे अवसरों पर अनपढ़, घरेलू या कंधा झटकनेवाले अभिमानी वर्दीधारी चपरासी के मूर्खतापूर्ण उत्तरों से यह जानकारी कितनी भिन्न थी!

बहुत कम बार, मैं मानता हूँ कि लड़की के विनम्र खेदों से मुझे बहुत कम बार संतोष हुआ है; फिर भी मुझे ज्यादा देर रुकने की इच्छा हुई। मैंने डॉक्टर के शहर जाने के बारे में प्रश्न किया; जैसे—उसके कब तक लौटने की आशा है, और रुचिकर उत्तर प्राप्त करने के लिए दूसरे कई बिंदुओं पर प्रश्न किए। मैंने हमेशा यह महसूस किया कि मैं एक विनम्र नौकरानी से नहीं, बल्कि किसी युवा स्त्री से बात कर रहा हूँ। कोमल लज्जा के भाव से मैंने उसके चेहरे की ओर देखा। मुझे कितना प्यारा लगता था और कितना पीला—हमेशा चमकीली आँखों के ऊपर गहरी पीड़ा के साथ। मैंने अपने किसी भी प्रश्न पर उसके टालनेवाले उत्तरों पर ध्यान दिया, जो मेरे मित्र की सेवा में आने से पूर्व अपनी स्थिति को देखते हुए उसने रचे थे।

काफी समय पहले मैं डॉक्टर से इस लड़की के बारे में पूछना चाहता था, जिसकी पोशाक और मुहावरों से मालूम होता था कि वह वस्तुत: किसी दूर के जनपद से आई थी; परंतु अकाट्य विश्वास होते हुए भी, जो मैंने, दोनों—डॉक्टर और उसकी प्यारी लड़की के लिए लिख रखा था, मैं जरूरी साहस नहीं

जुटा पाया था। आप मानेंगे कि कुछ स्थितियाँ ऐसी होती हैं जो केवल निकट संबद्ध व्यक्तियों के लिए दुःखदायी बन जाती हैं जब वे निरर्थक गपबाजी और जिज्ञासा को विषय बना लेते हैं और मैं अपने कौतूहल को जिज्ञासा बनाना नहीं चाहता था। अंत में एक सुहावनी शाम जब हम अपने मित्र के घर पर कुँवारेपन की सख्त अनिश्चितता और उतावलेपन की बाबत आत्मीय बातचीत कर रहे थे, बिना ढूँढ़े हमें अवसर प्राप्त हो गया।

"जहाँ तक मेरी एकांत परमानंद की स्थिति का प्रश्न है," डॉक्टर ने सूचित किया—"मुझे किसी प्रकार की शिकायत नहीं; मैं इसकी समस्त सुविधाओं का आनंद लेता हूँ। जहाँ तक इसकी सुविधाओं का प्रश्न है, वह अचेत, भद्दे और अनभिज्ञ पर छा जाती है, संक्षेप में मेरी जेटी प्रत्येक व्यक्ति से मेरा संरक्षण करती है।"

"तुम्हारी जेटी?" मैंने पूछा, "वह विनोदी और शर्मीली लड़की, जो हमेशा मेरे लिए दरवाजा खोलती है? बड़े अच्छे स्वभाववाली और घरेलू मालूम पड़ती है; उसके हर काम में उसके विशिष्ट गुण प्रकाशित होते हैं।"

"वह हमारे लिए कुछ भी कर सकती है।" डॉक्टर ने उत्तर दिया, "मैं सोचता हूँ कि उसके बारे में कुछ भी न कहूँ, परंतु मैं अपने स्वभाव और साथ-ही-साथ सामान्य पक्षपात के मामलों में अपने विशाल दृष्टिकोण का श्रेय, मेरे प्रति उसके भक्तिपूर्ण व्यवहार को देता हूँ। वह राईन से आई है; मैं अपनी पिछली यात्रा में संयोगवश उसे वहाँ मिल गया था।"

"मैंने भी हमेशा सोचा कि वह राईन इलाके की रहनेवाली है। क्या वह अनाथ है? मैं प्रायः हैरान होता हूँ कि उसके शोक में कौन सी अद्‌भुत कहानी छिपी है और उसकी पूरी आकृति ने मुझे प्रायः विलक्षण दया से प्रेरित किया है।"

मैंने डॉक्टर की हिचकिचाहट को देखा। उसने जारी रखने के लिए तैयार होते हुए कहा, "मैं सोचता हूँ कि मैं इस विनोदी लड़की की कहानी तुम्हें सुनाऊँ, इस आशा से कि तुम जान सको कि उसके प्रति मेरा व्यवहार शिष्ट है। सुनो—

"अपनी यात्राओं के दौरान एक दिन मैं राईन के किनारे एक गाँव में आया; नदी उसके एक तरफ बहती थी और बाकी तरफ पहाड़ियों से घिरा था, जो अच्छी-खासी ऊँची थी। रविवार का दिन था और गिरजे की घंटियाँ लोगों को प्रार्थना के लिए बुला रही थीं। ताजे रंग-रूपवाली और प्रसन्न लड़कियाँ समय की अभिलाषा करती हुईं-सी मेरे पास से गुजरीं। उनकी चाल-ढाल और पोशाक से उनकी स्वच्छता और मधुरता प्रकट हो रही थी। लड़कियाँ और युवा लोग गिरजा को जा

रहे थे। मैं विशेषकर उनके धब्बारहित सफेद एप्रेन, जो प्रत्येक लड़की पहने हुए थी, से प्रभावित हुआ। वे इनमें विशेष प्रसन्नता महसूस कर रही थीं, भले ही यह एप्रेन उनकी सादी और रुचिकर पोशाकों के अतिरिक्त थे, जो वह पहने हुए थीं। ज्यों ही मैं गिरजे के निकट मोड़ पर मुड़ा, एक अद्‌भुत दृश्य मेरी आँखों ने देखा—एक सुंदर, पीतवर्णा नवयुवती बिलकुल अकेली—वह जेटी थी—तेजी से जा रही थी और चमकीला नीला एप्रेन पहने हुए थी। जैसे ही वह औरों के पास पहुँची, उसने मित्रतापूर्ण और प्रसन्नतापूर्वक उनका अभिवादन किया, परंतु उन्होंने अपने आपको इससे दूर रखा, मानो यह कोढ़ी हो और चिल्लाईं—'नीला एप्रेन!' उन्होंने इसे अकेली छोड़ दिया। जेटी आसूँ टपकाती, डगमगाती हुई पीछे मुड़ी और गाँव के नीबू के वृक्षों का सहारा लिया—मैं लगभग उसके पीछे था; क्योंकि मैं यह सब खड़ा होकर देख रहा था—और उसने ऊँची-ऊँची सिसकियाँ भरते हुए निराशा से अपने हाथ मरोड़े। दुःखी लड़की ने मेरी सहानुभूति को जाग्रत किया। मैंने ध्यान दिया कि जानेवाली लड़कियाँ उससे किस तरह से दूर होती थीं, घृणा से कानाफूसी करती थीं; कितने गर्व से अपने चमकीले सफेद एप्रेन को सीधा करती थीं और जाँचती थीं जबकि उस लड़की के नीले एप्रेन पर सुनसान निराशा छाई हुई थी जिसका उन्होंने तिरस्कार किया था।

"तब तक किसी कारण का अनुमान लगाए बिना मैंने जान लिया था कि एप्रेन के रंग की लोकमत में कुछ प्रतिष्ठा है। फिर जाते हुए कुछ युवा लोगों की टिप्पणियों ने मुझे सूत्र दिया, जिसको मैं खोज रहा था। विनीत लड़की, घृणा के कारण, जो उसपर दिखाई गई थी, इधर-उधर नहीं हिली और देर तक उसी स्थान पर जमी रही। एकाएक जैसे शक्तिशाली प्रवृत्ति ने जगा दिया हो, उसने अपने आपको संभाला और दुर्बलता से लड़खड़ाती तंग गली से चली गई। मैंने पीछा किया। राईन नदी के किनारे वह रुक गई। मैं उसके ठीक पीछे था, भले ही यह अनुचित था। मैंने उसे हाथ जोड़ते हुए मौन प्रार्थना में खड़े देखा। फिर नीला एप्रेन उतारा और लहरों में कूदने के लिए अपने को उठाया···गाँव की सराय के मेरे कमरे में वह लंबी मृत्युतुल्य अचेतना से जागी, जहाँ मैंने गाँव के लोगों की टिप्पणियों पर ध्यान न करके, जिनकी घृणा का मेरे लिए कोई अर्थ नहीं था, उसे लाकर लिटा दिया था। जब वह होश में आई तो मैंने बताया कि मैं कौन हूँ और इस समय उसे मुझे अपना डॉक्टर समझना चाहिए।

उसने वह सबकुछ किया जो मैंने करने को कहा। मुझे तब अधिक प्रसन्नता हुई जब वह शीघ्र ही गहरी निद्रा में सो गई। मुझे उसकी बाबत पूछताछ करने का

अवसर मिल गया। गाँव की सराय का मेरा यजमान, जो लड़की का मालिक था, ने व्यर्थ की सजावट और मजाक के साथ उसका इतिहास बताया। नीरस पक्षपात, जिसमें वह आनंद लेता था और सचाई को जुदा करना मेरे लिए कठिन नहीं था और उस विनोदी लड़की की कहानी कुछ इस प्रकार थी—

''जिस गाँव में मैंने इस लड़की का जीवन बचाया था वही इसका जन्मस्थान था, वह स्थान जिसने अपनी एकांत और अलग-थलग स्थिति के फलस्वरूप अपने निवासियों में एकांतप्रियता और अद्‌भुत विचारों तथा आदतों को उत्तेजित किया था, इसलिए—जैसाकि प्राय: होता है, एकांत के लिए प्रसिद्ध इस गाँव में कुछ कहावतें, आदतें और मजाक अनोखे थे। विनीत लड़की ने अपने किसान माता-पिता जल्दी खो दिए थे और इसका पालन-पोषण पड़ोस की जागीर में रहनेवाली, कल्पित कथाएँ पढ़नेवाली, परंतु प्यारी बूढ़ी महिला ने पुत्री मानकर किया था ताकि कोई बुढ़ापे में उसे प्रसन्न रख सके। बूढ़ी महिला ने अपनी कल्पित कथाओं के साथ स्वाभाविक रूप से जेटी को कुछ हद तक प्रभावित किया और वह शीघ्र ही मिश्रित और सस्ते साहित्य के जहर को पचाने लगी जो उसके साहसिक अकेलेपन के पनपने के लिए पर्याप्त था। कठोर एकांत, ज्ञान की पूर्ण कमी और बौद्धिक सहारे की जरूरत ने उत्साही भावना के विकास को गलत दिशा में सहायता की। अपनी गोद ली हुई लड़की के लिए कुछ किए बिना जेटी की हिचचिंतक माँ एक दिन मर गई। जेटी पुन: अनाथ हो गई। यह उस समय अपने अत्यंत चंचल स्वभाव के विकास के द्वार पर थी। अपने आपको भाग्य पर छोड़ते हुए, सभ्यता के वातावरण और दयालु व्यवहार की अभ्यस्त उस लड़की ने अब गाँव की सराय, जहाँ मैं ठहरता था, में दासी की नौकरी कर ली। यहाँ राईन नदी के यात्री प्राय: आते और रहते थे; जेटी ने अपनी असामान्य शिक्षा से शीघ्र ही अपने आपको उनसे, मेरे यजमान और उसकी पत्नी से, लोकप्रिय बना लिया था।

''जब मैंने उसे विश्वास दिलाया कि मैं उसकी सारी कहानी जानता हूँ तो उसने स्वयं मुझे बताया कि एक दिन, घुँघराले बालों एवं गुलबंदी मूँछों और दाढ़ीवाला, अग्निमयी आँखें, ऊँचा माथा जिसके ऊपर घनी लटों पर चौड़े किनारेवाली भद्‌दी तरह से रखी हुई टोपी, छवि में उत्साही और बात करने में निष्कपट, वियना का रहनेवाला एक युवा चित्रकार आया। यह तुरंत आपसी जान-पहचान का मामला बन गया, क्योंकि वह एक अमीर सुप्रतिष्ठित व्यक्ति का साथी था और इस कारण लंबे समय तक गाँव में ठहरने की उसकी प्रवृत्ति नहीं थी। फिर भी दो चित्र बनाने, आपस में अंगूठियाँ बदलने और शीघ्रता से विश्वास दिलाने के लिए काफी समय

था—विश्वास, जो विनीत जेटी के जीवन की प्रसन्नता के लिए जहर था। चित्रकार अपनी इच्छा के विरुद्ध, टूटे दिल के साथ, जैसा उसने कहा था, चला गया—पहाड़ियों और घाटियों से दूर। जब पहली बार गाँव-समाज ने धोखा खाई हुई विनीत जेटी की लज्जा पर अंगुली उठाई तो शीघ्र ही उसकी आत्मा तीव्र वेदना से तड़पने लगी। फिर बाद में दुर्बल और बीमार रहने, टूटे प्राणी की तरह हफ्तों घर में यूँ ही रेंगने, तिरस्कारपूर्ण नजरों को सहन करने और कठोर शब्द सुनने के बाद एक दिन आया—वह गाँव में मेरे आनेवाला रविवार था—जब उसने पहली बार पुनः बाहर कदम रखा था। पास ही गिरजाघर में बाजा की ध्वनि गाँववालों को प्रार्थना के लिए बुला चुकी थी। अपने दिल से पाप के बोझ को उतार फेंकने के लिए, पवित्र स्थान पर जाकर पश्चात्ताप करके अपने आपको शुद्ध करने के लिए एक मधुर इच्छा उसे उत्तेजित कर रही थी। उसने रविवारीय पोशाक की याचना की। सराय की दूसरी दासी ने चुपके से वह कुरसी खिसका दी जिसपर पोशाक रखी थी। अभी उसने अपने पतले-दुबले शरीर पर घाघरा पहना, अभी उसके सुंदर बालों को मुरेठे ने सुशोभित किया, अभी उसका हाथ चमकते सफेद एप्रेन के लिए बढ़ा और जब उसने देखा कि झक सफेद एप्रेन की बजाय एक चमकीला नीला एप्रेन उसके लिए रखा था, वह डर से सिकुड़कर पीछे हट गई। अब उसे उस कथन के विकट अर्थ का ध्यान आया जिसे उसके सच्चे अभिप्राय को जाने बिना, उसने भयानक अपमान के साथ सुना था।

"उसके जन्मस्थान, गाँव और बवेरिया तथा कई अन्य जर्मन प्रांतों में एक पुराना रिवाज था कि जो लड़की जेटी जैसे पाप की दोषी होती थी, उसे सफेद की बजाय नीला एप्रेन पहनाया जाता था। इस रिवाज का अभिप्राय यह था कि उसका पाप हमेशा उसकी आँखों के सामने रहे। गिरजे में कोई भी ऐसी जाति-बहिष्कृत को बैठने की आज्ञा नहीं देगा, उत्सव-संबंधी अवसरों पर उसका कोई साथ नहीं देगा, नाचघरों में उसे साथी नहीं मिलेगा, उसे हर अशिष्ट मजाक सहना पड़ेगा और यदि वह अपनी हालत की शिकायत करे तो लोग, एक तरफ होकर कहेंगे, 'आह, उसे रहने दो, वह नीला एप्रेन पहनती है।'

"जेटी को अपने कटु अनुभव से सीखना था कि पोशाक की एक अप्रसिद्ध रंग की वस्तु कितने भयानक ढंग से कष्टदायक हो सकती थी। इससे पीड़ित व्यक्ति को अधिक कठोर दंड देने के लिए समाज भला और किस महत्त्वहीन तरीके का प्रयोग करेगा! उसकी विनय और प्रार्थना को किसी ने नहीं सुना। चूँकि घर में पुराने एप्रेनों में कोई भी सफेद रंग का नहीं था, अतः उसे तीखे नीले रंग का ही पहनना

पड़ा, वह भी लगभग अचेत अवस्था में। कुछ समय के बाद उसने साहस जुटाया और गिरजे को जाती हुई लड़कियों से मिलने के लिए गली में आई—प्रार्थना-स्थल में कृत्रिमता से अपने आपको बचाने के लिए, गंदे को साफ से मिलाने के लिए! गाँव की लड़कियाँ, जो युवावस्था में जेटी के साथ खेलती थीं, अपने प्रतापी सफेद एप्रेनों में प्रसन्न, जोड़ों में सुपरिचित संगति और मानसिक उन्नति में घूमती जा रही थीं। वह अपनी इच्छा को आगे रोक नहीं पाई; मौत के साथ परिश्रांत संघर्ष के बाद क्रमशः बल की पुनर्प्राप्ति का ज्ञान, उसको पुनः देखने पर उसकी सहेलियों के आनंद की आशा; उनके हृदयों में उसके प्रति तिरस्कार के लिए कोई जगह नहीं छोड़ेगी; इन विचारों ने उसके अपमान के बाहरी और नजर आनेवाले चिह्नों को क्षण भर के लिए भुला दिया। उसे कितने भयानक और दुःखदायी रूप से इसकी याद दिलाई थी, मैंने स्वयं अनुभव किया, जिसे मैं पहले बता चुका हूँ।

''जबकि सोती-जागती यह विनीत लड़की अभी तक दुःखदायी और कठोर तथापि अनुचित दंड से जूझ रही थी, मैंने वियना लौट जाने और उसको अपने साथ ले जाने की अपनी इच्छा नरमी से बताई ताकि पूरे मान के साथ वह मेरे घर का प्रबंध संभाल सके।''

''मेरा सादा स्वभाव, मेरी अकृत्रिम दया, मेरा एकाएक कर्तव्य निर्देश—संक्षेप में हर चीज ने उसे मेरे साथ आने का निर्णय लेने में सहायता की। मैंने अपना वचन पूरी तरह निभाया, इतना कि मैं अपनी प्रशंसा में कह सकता हूँ, वह यहाँ कुछ नहीं चाहती और न ही किसी चीज की कमी महसूस करती है—किसी चीज की भी—सिवाय··· !''

''संभवतः उसको परखने के अवसर को,'' मैंने टोका, ''जो इसके सारे दुर्भाग्य का कारण है।''

''किसी दूसरी जगह की अपेक्षा, यह अवसर उसे नहीं दिया जा सकता।'' डॉक्टर ने प्रत्युत्तर दिया। चित्रकार वियना का ही था और उसका दिल, जिसके लिए यह आज तक जोर देती है, बुरा नहीं था। जैसा मैंने सोचा था, उसकी अपेक्षा यदि मैं इसके लिए और अधिक कर पाऊँ तो कैसा रहेगा? तुम इसके बारे में क्या कहते हो?''

''मैं कहता हूँ कि यह तुम्हारे अत्यंत अच्छे कार्यों में से एक होगा, डॉक्टर! एक टूटे दिल की व्याधि को दूर करना शोभनीय विजय होगी। मैंने आज तक जासूसी का काम नहीं किया परंतु यदि मैं उस युवा घुँघराले बालवाले, अग्नियुक्त आँखोंवाले और गुलबंदी मूँछों और दाढ़ीवाले चित्रकार को ढूँढ़ सकूँ तो मैं अपनी

मित्रता को सार्थक बना सकूँगा। एक घंटे के पारस्परिक भरोसे से मैं उसका दिल और अंत:करण में कोमल स्थान को जीत लूँगा और उसके बीते हुए कर्ज को याद करवाऊँगा जिसका उसने भुगतान नहीं किया है—निर्दोष लड़की के साथ विश्वासघात! यदि वह मुझे बता दे कि जीवन में अपनी गलती को सुधारने की उसकी इच्छा है तो मैं प्रसन्नतापूर्वक मित्रता के लिए अपना हाथ बढ़ा दूँगा और उसको तुम्हारे पास ले आऊँगा, डॉक्टर! भाग्य का ऐसा संतुलन दिव्य वस्तु होगी।''

डॉक्टर और मैंने चुपचाप हाथ मिलाए। उसी समय जेटी कमरे में आई। उसने ध्यान दिया होगा कि जब हमने उसकी तरफ देखा तो हमारी आँखों में नमी थी।

□

पीविट (मूत्र-बुद्धि)

—ब्रॉदर्स ग्रिम

एक निर्धन देहाती, जिसका नाम पीविट था, अपनी पत्नी के साथ पादरी के प्रदेश में, जहाँ वह पैदा हुआ था, चुपचाप ढंग से रहता था। एक दिन जब वह अपने दो बैलों के साथ खेत में हल चला रहा था, उसने किसी को अपना नाम पुकारते सुना। उसने घूमकर देखा, तो एक पक्षी के अतिरिक्त वहाँ कोई नहीं था और वह 'पीविट-पीविट' की रट लगा रहा था।

इस विनीत पक्षी को पीविट के नाम से पुकारा जाता है, और कुक्कू की तरह यह हमेशा अपना नाम पुकारता रहता है।

परंतु देहाती ने समझा कि यह उसका तिरस्कार कर रहा है। अत: उसने एक बड़ा पत्थर उसपर दे मारा। पक्षी सुरक्षित उड़ गया परंतु पत्थर एक बैल के सिर पर गिरा और वह वहीं मर गया।

"इस विचित्रता के साथ क्या किया जाए?" पीविट ने सोचा और जो बैल बच गया था, उसकी ओर देखा और अंतत: बिना किसी दोष के उसको भी मार डाला। दोनों की खाल उतारी और पड़ोस के नगर में चमड़ा रंगनेवाले के हाथों, जितना भी वह मूल्य दे, बेचने के लिए चला गया।

उसने चमड़ा रंगनेवाले का घर शीघ्र ही ढूँढ़ लिया। उसने दरवाजा खटखटाया। इसके पूर्व कि दरवाजा खुले, उसने खिड़की में से देखा कि घर की गृहिणी अपने एक मित्र को एक पुराने बक्से में छिपा रही थी ताकि कोई उसे देख न सके। फिर दरवाजा खोल दिया गया।

"क्या चाहते हो तुम?" औरत ने पूछा। उसने बताया कि वह खालें बेचना चाहता है; और यह भी कि उसे पता चला कि चमड़ा रंगनेवाला घर पर नहीं है। उसने यह भी कहा कि इसके अतिरिक्त वह दूसरा कोई व्यवसाय नहीं करता।

देहाती ने कहा कि वह कम मूल्य पर खालें दे देगा। इनके एवज में कोने में रखा पुराना बक्सा उसे स्वीकार हो सकता है। इसका अभिप्राय उस बक्से से था जिसके अंदर उस अच्छी औरत को इसने अपने प्रेमी को छिपाते देख लिया था। वस्तुतः पत्नी को इसके लिए सहमत नहीं होना था। अतः वे इस मामले पर इतनी देर तक बात करते रहे कि अंत में चमड़ा रंगनेवाला आ गया और पूछा कि मामला क्या है?

पीविट ने उसे सारी कहानी सुना दी और पूछा कि क्या वह खालों के बदले में पुराना बक्सा दे देगा।

''विश्वास करो, मैं दूँगा।'' उसने कहा और ऐसा सौदा न करने के लिए पत्नी को बुरा-भला कहा, जिसे देहाती के कहने पर उसे मान लेना चाहिए था।

तदुपरांत उसने बक्सा अपने कंधों पर उठा लिया। अच्छी औरत ने कुछ कहा तो उसपर ध्यान नहीं दिया; बक्सा देहाती की गाड़ी में रख दिया गया और वह गाड़ी चलाकर ले गया।

जब वह थोड़ी ही दूर पहुँचा तो अंदरवाले युवक ने अपनी करुण आवाज में पुकारा और बाहर निकालने के लिए प्रार्थना की।

पीविट किसी तरीके से तब तक खरीदा नहीं जा सकता था, जब तक एक हजार डॉलर के लिए बातचीत पूरी नहीं हो जाती और रकम ले ली नहीं जाती। रकम का भुगतान होने पर विनीत व्यक्ति को छोड़ दिया गया और वह अपने काम पर चला गया।

फिर पीविट खुशी-खुशी घर लौटा; नया घर बनाया और इतना धनवान् नजर आया कि पड़ोसी हैरान रह गए; कहने लगे, 'पीविट अवश्य ऐसे स्थान पर गया होगा जहाँ सोने की बर्फ गिरती होगी।' वे उसे जज के पास ले गए ताकि वह कारण बता सके और दिखा सके कि उसने धन ईमानदारी से अर्जित किया था। उसने बताया कि उसने अपनी खालें एक हजार डॉलर में बेची थीं।

यह सुनकर सभी ने अपने-अपने बैल मार डाले और उसी चमड़ा रंगनेवाले को खालें बेचने की ठानी, परंतु जज ने कहा, ''मेरी नौकरानी को पहला मौका दिया जाएगा।'' जब वह चमड़ा रंगनेवाले के पास पहुँची तो उसने सब पर हँस दिया और बताया कि उनके पड़ोसी को तो एक पुराने बक्से के अतिरिक्त कुछ नहीं दिया गया था।

इसपर वे क्रोधित होकर चले गए। सबने सोचा कि उसके साथ कुछ उपद्रव किया जाए और वह तब किया जाए जब वह उद्यान में खुदाई कर रहा हो।

देहाती, जो अपनी पत्नी के बारे में शोकपूर्ण दोष निकाले जाने पर दुःखी

था, के कानों में किसी तरह इसकी भनक पड़ी और उसने अपने आपमें विचार किया, 'यदि किसी को कष्ट सहना ही है तो वह मेरी अपेक्षा मेरी पत्नी क्यों न हो!' अतः उसने अपनी पत्नी से कहा कि उसकी इच्छा है कि वह इसे चपलता से संतुष्ट करे और बदले में इसके कपड़े पहनकर वह उद्यान में खुदाई का काम करे।

पत्नी ने वही किया जो इसने कहा था। अगले दिन उसने खुदाई का काम शुरू कर दिया, परंतु शीघ्र ही पड़ोसी आ गए और यह सोचते हुए कि यह पीविट है, उसपर पत्थर फेंका (संभवतः जितना वे चाहते थे उससे अधिक कठोर) और उसे तुरंत मार डाला।

विनीत पीविट को इसके लिए शोक हुआ, परंतु फिर उसने विचार किया कि यह उसके लिए शुभ बचाव है और संभवतः वह अपनी पत्नी की मृत्यु को किसी घटना में बदल दे। अतः इसने उसको उसीके कपड़े पहनाए और सुंदर फल (जो शरद ऋतु के कारण अब नहीं मिलता था) की टोकरी को उसके हाथ में थमा दिया और सड़क के किनारे चौड़ी बेंच पर बैठ गया।

कुछ देर के बाद छह घोड़ोंवाली एक बग्घी नौकरों और घुड़सवारों के साथ आई। उसमें एक सुप्रतिष्ठित लॉर्ड बैठा था, जो दूर नहीं रहता था। जब लॉर्ड ने सुंदर फल को देखा तो एक नौकर को औरत से उसकी कीमत पूछने के लिए भेजा।

नौकर वहाँ गया और पूछा, "इस फल की क्या कीमत है?"

कोई उत्तर नहीं मिला।

उसने पुनः पूछा। कोई उत्तर नहीं मिला। जब तीन बार पूछ चुका तो उसे क्रोध आ गया और यह सोचते हुए कि वह सो रही है, उसे धक्का दिया। वह पीठ के बल जोहड़ में जा गिरी जो उसके स्थान के पीछे था। तभी शोकाकुल पीविट चिल्लाता हुआ आया, क्योंकि उन्होंने उसकी विनीत पत्नी को डुबो दिया था; लॉर्ड और उसके नौकरों पर, जो कुछ उन्होंने किया था उसके लिए मुकदमा चलाने की धमकी दी।

उसको शांत करने के लिए लॉर्ड ने क्षमायाचना की और घोड़ों के साथ अपनी बग्घी, नौकर-चाकर और सबकुछ पेश किया। कुछ समय के बाद उसने अपने आपको कुछ सांत्वना दी; जो कुछ उन्होंने दिया उसको ले लिया; बग्घी में बैठा और पुनः अपने घर को चला आया।

ज्यों ही वह निकट आया, पड़ोसियों को सुंदर बग्घी और घोड़े देखकर हैरानी हुई, इससे भी अधिक हैरानी तब हुई, जब सभी पीविट के दरवाजे के सामने आकर रुके और पीविट बग्घी से उतरा। फिर उसने सारी कहानी सुनाई

जिसे सुनकर वे और अधिक घबरा गए, अतः उन्होंने इसको एक टब में बाँध दिया और निकटवर्ती झील में फेंकने का विचार किया। जब टब से बँधे पीविट को पानी की ओर ले जा रहे थे, वे शराबखाने के पास से गुजरे और अपने आपको थोड़ा ताजा करने के लिए खड़े हो गए। इसके पूर्व कि वे पीविट को समाप्त कर देते, उन्होंने टब को एक वृक्ष से बाँध दिया और स्वयं दरवाजों के अंदर मौज मनाते रहे।

पीविट ने अकेला पाकर अपने आपको इस बंधन से छुड़ाने का उपाय सोचा। उसने शीघ्र भेड़ों और मेमनों के झुंड, जो पास ही आ रहा था, से आती बाँ-बाँ की आवाज़ सुनी।

फिर वह अपनी ऊँची आवाज में चिल्लाया—

"मैं मेयर नहीं बनूँगा, मैं कहता हूँ, मुझे मेयर न बनाया जाए।"

चरवाहे ने यह सुना और जाकर पूछा—

"यह शोर किसलिए है?"

"ओह," पीविट ने कहा, "मेरे पड़ोसी मेरी इच्छा के विरुद्ध मुझे मेयर बना देंगे; जब मैंने कहा कि मैं सहमत नहीं हूँ तो उन्होंने मुझे टब में बंद कर दिया और झील में फेंकना चाहते हैं।"

"यदि मैं तुम्हारी जगह होता तो अवश्य मेयर बनना चाहता।" चरवाहे ने कहा।

"फिर टब खोलो," पीविट ने कहा, "मुझे बाहर आने दो और तुम अंदर आ जाओ, वे मेरी जगह तुम्हें मेयर बना देंगे।" कहने से पहले ही सबकुछ इतनी जल्दी किया कि चरवाहा अंदर और पीविट बाहर। चूँकि चरवाहे के झुंड को देखनेवाला कोई नहीं था, इसलिए इसने उनको हाँका और प्रसन्नता से अपने घर की ओर चला आया।

जब पड़ोसी शराबखाने से निकले तो उन्होंने टब को लपेटना शुरू कर दिया और चरवाहे ने चीखना आरंभ कर दिया, "अब मैं मेयर बन जाऊँगा, अब मैं मेयर बन जाऊँगा!"

"मैं कह सकता हूँ कि तुम मेयर बन जाओगे परंतु उससे पहले तुम्हें तैरना होगा।" एक पड़ोसी ने कहा और अंतिम धक्के के साथ टब को झील में फेंक दिया।

यह सब करके वे चरवाहे को भाग्य भरोसे छोड़कर खुशी-खुशी घर की ओर चले गए।

परंतु ज्यों ही वे गाँव की एक तरफ आए, उन्हें दूसरी ओर से आता हुआ पीविट मिला जो अपने सामने भेड़ों और मेमनों के झुंड को हाँक रहा था।

"तुम यहाँ कैसे आए?" सबने एक आवाज में पूछा।

"ओह, झील आनंदकर है," उसने कहा, "जब तुमने मुझे फेंका तो मैं पानी की गहराई में चला गया और तल तक पहुँच गया। वहाँ मैंने टब के तले को खटखटाया और एकाएक अपने को एक सुंदर चरागाह में पाया, जिसपर यह झुंड घास चर रहा था। अत: मैंने अपने लिए कुछ चुन लिये और मैं इन्हें लेकर यहाँ हूँ।"

"क्या कुछ हमें नहीं मिल सकतीं?" उन्होंने पूछा।

"क्यों नहीं? वहाँ सैकड़ों-हजारों पड़ी हैं; तुम्हें केवल झील में कूदना है और उनको बाहर लाना है।"

अत: गोता लगाकर भेड़ों को लाने के लिए सभी सहमत हो गए; पहले जज, फिर उसका लिपिक, बाद में सिपाही लोग और उनके बाद पादरी के प्रदेश के बाकी व्यक्ति एक के बाद एक!

जब वे झील की तरफ आए तो नीला आसमान भेड़ों के झुंड की तरह, छोटे सफेद बादलों से ढका हुआ था और वे स्वच्छ पानी में प्रतिबिंबित हो रहे थे। अत: उन्होंने आवाज दी, "वे वहाँ हैं, वे पहले से ही वहाँ हैं।" और डरते हुए कि कहीं जज ही सभी भेड़ों को न ले जाए, वे सारे तुरंत कूद पड़े। पीविट चहलकदमी करता हुआ घर आया और सब उन वस्तुओं से आनंदित हुआ जो उसने पाई थीं; पड़ोसियों को भेड़ों और मेमनों के झुंड ढूँढ़ने के लिए छोड़ दिया, जितनी अच्छी तरह वे ढूँढ़ सकते थे!

□

सुनहरा कलहंस

—ब्रॉदर्स ग्रिम

एक आदमी के तीन बेटे थे। सबसे छोटे को सब डमलिंग कहते थे। वे सभी अवसरों पर उसका तिरस्कार करते और उससे बुरी तरह पेश आते थे।

एक दिन सबसे बड़े के दिमाग में आया कि वह ईंधन के लिए लकड़ियाँ काटने जंगल में जाए। उसकी माँ ने उसे स्वादिष्ट कचौड़ी और शराब की एक बोतल साथ ले जाने के लिए उसे दे दी, ताकि काम में वह अपने आपको ताजा रख सके। जैसे ही वह जंगल में गया, एक बूढ़े व्यक्ति ने उसका अभिवादन किया और कहा, ''अपनी प्लेट से मांस का एक छोटा टुकड़ा मुझे दो और अपनी बोतल से थोड़ी शराब; मैं बहुत भूखा और प्यासा हूँ।''

इस चतुर युवक ने कहा, ''तुम्हें अपना मांस और शराब दूँ? नहीं, खेद है, मेरे लिए कम पड़ जाएगा।'' और वह चला गया। उसने शीघ्र ही वृक्ष काटना शुरू कर दिया। कुछ ही देर बाद उसका वार चूक गया और उसने अपने आपको घायल कर लिया। उसे घर लौटना पड़ा ताकि घाव पर पट्टी कर सके। यह उसी बूढ़े व्यक्ति का शाप था जिसने यह उपद्रव किया था।

तदुपरांत दूसरा बेटा काम करने गया। माँ ने उसे भी कचौड़ी और शराब की बोतल दी। बूढ़ा आदमी इसे भी मिला और खाने तथा पीने के लिए माँगा, परंतु उसने भी वस्तुतः अपने आपको चतुर समझा और कहा, ''जो कुछ तुम्हें दूँगा वह मेरी क्षति होगी, इसलिए अपना रास्ता नापो!''

तुच्छ आदमी ने ध्यान रखा कि उसे इनाम मिलना चाहिए। लिहाजा दूसरे वार का निशाना, जो उसने वृक्ष पर लगाया, उसकी टाँग पर लगा। अतः उसे भी घायल होकर घर लौटना पड़ा।

डमलिंग ने कहा, ''पिता, मैं भी लकड़ी काटने के लिए जाना चाहता हूँ।''

पिता ने उत्तर दिया—"तुम्हारे भाइयों ने अपने आपको लंगड़ा बना लिया है। अच्छा रहेगा कि तुम घर में रहो, क्योंकि तुम्हें काम का कुछ पता नहीं है।"

डमलिंग ने जाने का हठ किया तो अंत में पिता ने कहा, "जो जी में आए करो। जब कष्ट सहोगे तो तुम्हें अपनी गलती का पता चलेगा।"

उसकी माँ ने उसे केवल सूखी रोटी और खट्टी बीयर की बोतल दी। जब वह जंगल में गया तो वही तुच्छ बूढ़ा व्यक्ति उसे मिला और बोला, "मुझे कुछ मांस और पीने को दो, मैं भूखा-प्यासा हूँ।"

डमलिंग ने उत्तर दिया—"मेरे पास केवल सूखी रोटी और खट्टी बीयर है। यदि तुम्हें पसंद हो तो हम दोनों मिलकर खा-पी लेते हैं।"

वे दोनों बैठ गए। उसने पाया कि उसकी रोटी एक बड़ी कचौरी और खट्टी बीयर मजेदार शराब बन गई थी। उन्होंने दिल खोलकर खाया-पिया। जब वे खा-पी चुके तो तुच्छ आदमी ने कहा, "चूँकि तुम दयालु हो और मेरे साथ सबकुछ बाँटना चाहते हो। अतः मैं तुम्हें आशीर्वाद देता हूँ। वह एक पुराना वृक्ष है, उसको काटो तो उसकी जड़ों में तुम्हें कुछ मिलेगा।"

फिर उसने अनुमति ली और अपने रास्ते चला गया।

डमलिंग ने काम करना शुरू कर दिया। वृक्ष को काट दिया और जब वह गिरा तो उसकी जड़ों में से उसे सुनहरे परोंवाला कलहंस मिला। उसने उसे उठा लिया और एक सराय में गया जहाँ वह रात को सोना चाहता था। सराय के मालिक की तीन बेटियाँ थीं। जब उन्होंने कलहंस को देखा तो उनके मन में परीक्षण इच्छा जाग्रत हुई कि यह अद्भुत पक्षी कैसा है। उसने उसकी दुम में से एक पर लेना चाहा।

सबसे बड़ी ने कहा, "मुझे एक पर लेना ही होगा।" अतः उसने उसके पीठ मोड़ने की प्रतीक्षा की और फिर कलहंस को पर से पकड़ लिया। वह तब विस्मित हुई जब वह अपना हाथ और अंगुली पर से पुनः जुदा नहीं कर सकी।

उसी समय दूसरी बहन आ गई। उसने भी पर लेना चाहा, परंतु ज्यों ही उसने अपनी बहन को छुआ, वह भी कसकर उससे चिपट गई।

अंत में तीसरी आई और पर लेना चाहा, तभी उन दोनों ने चिल्लाकर कहा, "दूर रहो, परमात्मा के लिए दूर रहो!"

उसने उनका अभिप्राय नहीं समझा। 'यदि वे वहाँ हैं,' इसने विचार किया, 'तो मैं भी वहाँ जा सकती हूँ।' अतः यह उनके पास गई, परंतु ज्यों ही अपनी बहनों को छुआ, वह भी कसकर कलहंस के साथ लटक गई, जैसे वे थीं। इस प्रकार सारी

रात कलहंस के साथ रहीं।

अगली प्रातः तीनों लड़कियों का ध्यान न करते हुए, जो कलहंस के पीछे कसकर जुड़ी हुई थीं, डमलिंग ने उसे बगल में उठा लिया और बाहर चला गया। जहाँ कहीं भी गया, लड़कियों को, जितना तेज वे चल सकती थीं, चलकर उसके साथ जाना पड़ा।

खेत के मध्य में उनको पादरी मिला और जब उसने लंबी पंक्ति देखी तो कहा, "तुम्हें अपने पर लज्जा नहीं आती, तुम युवा होकर लड़कियों को अपने पीछे खेतों में इस तरह दौड़ने के लिए थामे हुए हो? क्या यह व्यवहार उचित है?"

फिर उसने सबसे छोटी को उसके रास्ते पर ले जाने के लिए, उसको हाथ से पकड़ा, परंतु ज्यों ही इसने उसको छुआ, वह भी कसकर लटक गया और पंक्ति का पीछा करने लगा।

उसी समय उसका लिपिक आ गया, अपने मालिक पादरी को लड़कियों के पीछे भागता देखा वह अत्यधिक विस्मित हुआ और बोला, "सुनिए, सुनिए, पूज्य श्रीमान्! इतनी जल्दी किधर को? आज तो बपतिस्मा है।" फिर वह दौड़ा और उसके चोगे को पकड़ा और पकड़ते ही वह भी चिपट गया।

जब वे पाँचों एक-दूसरे के पीछे घिसटते हुए जा रहे थे, वे दो श्रमिकों को कुल्हाड़ियों के साथ काम से लौटते हुए मिले। पादरी चिल्लाया कि उसे छुड़ाया जाए, परंतु जैसे ही उन्होंने उसे हाथ लगाया, वे भी पंक्ति में लग गए। इस प्रकार डमलिंग और उसके कलहंस के पीछे दौड़नेवालों की संख्या सात हो गई।

अंत में वे एक नगर में आए, जहाँ एक राजा राज करता था। उसकी एक बेटी थी। राजकुमारी इतनी सावधान और गंभीर थी कि उसे कोई हँसा नहीं सकता था। राजा ने घोषणा कर रखी थी कि जो उसे हँसाएगा, उसको वह अपनी पत्नी के रूप में पाएगा।

जब युवा आदमी ने सुना तो वह अपने कलहंस और पंक्ति के साथ वहाँ गया। ज्यों ही राजकुमारी ने सातों को इकट्ठे लटकते देखा और अपनी-अपनी एड़ियों पर दौड़ते पाया तो वह अपनी लंबी और ऊँची हँसी को रोक नहीं पाई।

फिर डमलिंग ने उसे अपनी पत्नी के रूप में पाने का अपना अधिकार राजा के सम्मुख प्रस्तुत किया। विवाह संपन्न हुआ, वह राज्य का उत्तराधिकारी बनाया गया और लंबे समय तक अपनी पत्नी के साथ प्रसन्नतापूर्वक जीता रहा।

□

गृफेल्सब्रन का गाड़ीवान

—थ्योडोर फोन्टेन

स्नान का आनंद लेने के लिए नहीं, बल्कि समुद्र को पुनः एक बार देखने और उसी समय कुछ पुराने मित्रों से मिलने का अवसर जुटाने के लिए, गरमियाँ मुझे नोर्डरने ले आई थीं। पुराने मित्रों, जो नियमित रूप से अपनी छुट्टियाँ सुंदर न सही, लेकिन उत्तरी सागर के उस आकर्षक टापू पर गुजारा करते थे, के आने के नियम ने उनके रहने के लिए समुद्र के निकट ही एक उचित अलग सराय में स्थायी स्थान ढूँढ़ लिया था। अपने कमरों से हम थूले के राजा की तरह प्याले सुगमता से समुद्र में फेंक सकते थे, परंतु इसके विरुद्ध हमने बैठकर पुरानी और नई चीजों के बारे में गपशप लगाने को प्राथमिकता दी। एक सायंकाल यह प्रस्ताव रखा गया कि हममें से प्रत्येक, बारी-बारी अपनी पूर्ण योग्यता से कहानी सुनाए और कहानी वास्तविक जीवन से ली गई हो—यह जरूरी शर्त थी। अंतिम कहानी सुनानेवाला शिल्पकार ओलडर्सन था।

''एक कहानी है, जो मैं तुम्हें सुना सकता हूँ,'' उसने शुरू किया—''गाड़ीवान की; और कहानी को नाम देने के लिए मैं इसे गृफेल्सब्रन का गाड़ीवान कहूँगा।

''अब गृफेल्सब्रन, जो एक समय स्वास्थ्य विहार के नाते अनजाना था, शताब्दी के आरंभ में पड़ोसी शहर क···के निवासियों में 'कॉफी-बाग' के नाम से विकसित हो गया और जब बाद का शहर, जैसा तुम जानते हो, सातवें दशक में फैला और समस्त पड़ोसी पर्यटन केंद्रों तथा ग्रामों को अपने अंदर ले लिया तो गृफेल्सब्रन का भट्ठा बैठ गया। यह घटना के स्वाभाविक क्रम से हुआ; समस्त मंडप, दुकानों और छायादार वृक्षों को नष्ट हो जाना पड़ा ताकि भूखंड पर बाजार के साथ बड़े होटल बनाए जा सकें।

''मेरे नक्शे पास होने पर मुझे काम मिल गया। जैसे ही खुदाई शुरू की गई,

मुझे विश्वास हो गया कि मिट्टी दलदली होने के कारण पक्की नींव का होना अनिवार्य था। अतः मैंने मकान बनानेवाले और उसके पुराने प्रधान कर्मचारी, जो दोनों ही, वहीं के निवासी थे, को जरूरी निर्देश दिए; उन्होंने ईमानदारी से काम करने का वचन दिया।

खुदाई के आरपार लंबे तख्ते डाल दिए गए थे और कुछ दर्जन मजदूर जरूरी कंकड़ और रेत के पहाड़ को दुपहिया गाड़ी में डालकर नींव के किनारे पर डालने के लिए लगाए गए थे। मैं दिन में दो बार काम का निरीक्षण यह देखने के लिए करता था कि वह ठीक-ठाक चल रहा है या नहीं और मैंने चाहा कि यदि संभव हो तो फसल की कटाई से पहले इसपर छत डाल दी जाए। सब चीजें बिना रुकावट के ठीक-ठाक चलीं। सब आदमियों ने अच्छा काम किया। सबसे अच्छा काम करनेवाला एक काले रंग का, परंतु सुंदर पैंतीस वर्षीय आदमी था। अपने आपको औरों से पृथक् रखे बिना और किसी प्रकार का निरर्थक काम किए बिना वह स्पष्टतया औरों से भिन्न लगता था। वह तगड़ा और सुदृढ़ था, सजी-सँवरी दाढ़ी थी और हलकी लाली लिये हुए पलकें थीं। वह कोट की बजाय तंग वस्त्र पहनता था; फौजी कट की टोपी और चौड़े जूते ऐसे लगते थे जैसे आल्पस के पहाड़ों में किसी पर्यटक की सेवा कर चुके हों। उसके सारे कपड़े शोचनीय दशा में थे और लगता था कि उसने अपने हाथों से उनमें टुकड़े लगाए थे और रफू किए थे। उनका कटाव और वह स्वयं प्रभावी थे। उसकी प्रत्येक चाल में संसार की चाल-ढाल से कुछ पाने की विशेष लालसा थी, जो उसके दुपहिया गाड़ी के चलाने के ढंग से खासकर नजर आती थी। दस्तों से पकड़कर वह दुपहिया गाड़ी को बिलकुल तख्ते के केंद्र से पहियों पर इस प्रकार घुमाता था जैसे सर्कस का कोई खेल कर रहा हो, परंतु सबसे विजयी क्षण वह होता था जब वह शीघ्र, निपुण झटकों से दुपहिया गाड़ी के माल को गड्ढे में डालता था।

''इस प्रकार वह डेढ़ सप्ताह तक काम करता रहा जब मुझे उसकी बाबत कुछ जानकारी प्राप्त करने के लिए प्रधान कर्मचारी, जो आसपास में विशिष्ट रूप से खड़ा था, से बात करने का अवसर मिला। प्रधान कर्मचारी किसी भी तरह मेरे कौतूहल को संतुष्ट नहीं कर पाया, क्योंकि दस-बारह दिन पहले जब उसने नौकरी के लिए प्रार्थना की थी, तभी उसने उसे पहली बार देखा था।

''और मैंने उसे रख लिया, क्योंकि कोई भी अनाड़ी दुपहिया गाड़ी चला सकता है। यह आसानी से देखा जा सकता है कि वह हममें से नहीं है; तुम्हें केवल उसके हाथों की ओर देखना है, वे धूप से झुलस गए हैं, यह सच है, परंतु वे

कर्मचारी के हाथ् नहीं हैं।

''मैं यही कुछ जान सका। यह जरूरी नहीं था कि मैं आगे पता कर सकूँ। एक दिन मेरे कौतूहल ने अथवा कहूँ कि मेरी सहानुभूति ने कहा कि मैं उस आदमी के पास जाकर उससे कहूँ—'क्या तुम आगामी रविवार को मेरे घर आकर मुझसे मिल सकते हो? मैं नौ से ग्यारह बजे तक वहीं होता हूँ।'

''और वह आया। उसके कपड़े जर्जर थे; वे वही थे जो वह प्रतिदिन पहनता था—वही कोट, वही जूते, परंतु हर वस्तु झाड़ी हुई और नैतिक सतर्कता से साफ। उसने मुझपर प्रभाव डाला कि उसने पढ़े-लिखे और कुलीन आदमी के अच्छे दिन देखे थे। वह दरवाजे पर रुक गया और कहने लगा, 'आपकी सेवा में।' मैंने उसे अंदर आने के लिए कहा, परंतु वह हिला नहीं और वहीं खड़ा रहा, जब तक मैंने उसे पुनः न कहा, जो मैंने किया।

'' 'वस्तुतः तुमने अनुमान लगा लिया होगा कि मैं तुमसे क्यों मिलना चाहता हूँ। मैं देखता हूँ कि जैसे तुम इस समय नजर आते हो, उससे भिन्न श्रेणी के हो। तुम दुपहिया गाड़ी चलाने के लिए पैदा नहीं हुए हो। तुम अच्छे परिवार से हो और अच्छी शिक्षा प्राप्त की है। कभी-कभी तुम दुःखी हो जाते हो, कौन कह सकता है? संभवतः अपने ही दुर्गुण से! ताश, औरतें, लेखापत्र संभवतः एक बार भी सराहे नहीं गए। यह तुम्हारे लोगों के लिए बहुत था; उनका सब्र एक हद तक पहुँच चुका था और तुम्हारा परिवार नहीं रहा। और क्या हुआ...क्या हुआ?' ''

''उसने सिर हिलाकर मेरे हर वाक्य का अनुगमन किया और जब समाप्त करते हुए मैंने पूछा, 'क्या मैं ठीक कह रहा हूँ?' तो उसने उत्तर दिया—

'' 'हाँ, हम नौ थे—छह स्कूल चले गए और बाकी फौज में। हमारे पिता इससे अधिक नहीं कर सके।'

'' 'हाँ...मैं समझता हूँ। मैं काफी जानता हूँ; तुम्हारे बारे में और ज्यादा जानने का मेरा इरादा नहीं है। और अब सुनो, मैं धनी नहीं हूँ, परंतु मेरी जान-पहचान है; यदि तुम चाहो तो मैं तुम्हारी सहायता कर सकता हूँ।'

''वह चुप रहा और मैं कहता रहा—'मैं प्रधान कर्मचारी से कहूँगा और उससे अच्छा, मकान बनानेवाले को कि वह तुम्हें मकान पर कोई दूसरा काम दे दे और मैं तुम्हारे कपड़ों की बाबत सोचूँगा। जहाँ चाह वहाँ राह। तुम युवा हो और हृष्ट-पुष्ट हो। मैं नैतिकता से आशा करता हूँ कि इस तरह तुम दलदल से निकल सकते हो। यह इसपर निर्भर करता है कि क्या तुम मेरा हाथ थाम सकते हो।' उसने

मेरी ओर कदम बढ़ाए और मैंने देखा कि उसकी पलकें लाल हो गई थीं। शीघ्र और एकाएक उसने मेरा धन्यवाद किया और मैंने अपने हाथ पर एक आँसू महसूस किया। मैं इतना प्रेरित हुआ जितना वह हुआ था और फिर अपनी ओर से लगातार आश्वासन देने के बाद हम जुदा हो गए। मैंने उसी दिन मकान बनानेवाले से कहा, जो सामान्य रूप से रविवार को मेरा अतिथि था। वह हर बात मान गया और अपनी पूरी कोशिश करने का वचन दिया, परंतु उसने सोचा कि सप्ताह के अंत तक कुछ कर पाना कठिन होगा। यह तय हो जाने पर उसी सायंकाल मैं ड्रेसडेन के लिए चल दिया जहाँ मुझे तीन दिनों तक रुकना पड़ा। लौटने पर मेरा पहला काम अपने गाड़ीवान की बाबत पूछताछ करना था, परंतु वह वहाँ नहीं था।''

''परंतु वह है कहाँ, प्रधान कर्मचारी? मेरा अभिप्राय है, तुम उस आदमी को जानते हो?''

''जानता हूँ, वह कभी वापस नहीं आया।''

''मुझे चिंता हुई और पूछताछ शुरू कर दी जिसमें अधिकारियों ने भरसक सहायता की, परंतु व्यर्थ! उस आदमी का कहीं भी पता नहीं चला।''

''वह कहाँ चला गया था? नई दुनिया में···या उससे आगे!''

□

हंगरी की बेगम

—पाल वो हेसे

गत शताब्दी की प्रथम चौथाई में एक बेगम, जो अपनी सुंदरता और चतुराई के लिए अपने देश की सीमाओं के बाहर तक प्रसिद्ध थी और जिसका दु:खद अंत वर्षों तक चर्चित रहा—हंगरी की पश्चिमी सीमा पर स्थित एक सुंदर किले में रहती थी।

बेगम हेलन ऑस्ट्रिया के एक सुप्रतिष्ठित परिवार की सदस्या थी। यद्यपि वह युवा और देदीप्यमान शिष्ट मनुष्यों के समुदाय से पति चुन सकती थी, मगर उसने अपने चाहनेवालों में से बूढ़े और किंचित् मात्र आकर्षक, पचास वर्षीय नवाब एलवाई को स्वीकार किया और अपने घर से दूर, उसके साथ जहाँ उसकी भू-संपत्ति थी, हंगरी को चली गई। उसका पति, जिसने घोड़े से गिर जाने के कारण फौज की नौकरी त्याग दी थी, किसी सुंदर लड़की को आकर्षित करने में असमर्थ लगता था; न ही उसकी संपत्ति इतनी थी जो बेगम की संपत्ति की बराबरी कर सकती थी; उसके अद्भुत चयन का यही कारण था। केवल उसके निकट संबंधी, जो उसकी गंभीरता और चरित्र की गहराई को जानते थे, वही समझते थे कि उसने कई वर्षों तक धार्मिक मठ में जाने की इच्छा प्रकट की थी और अब उसने बूढ़े पति का साथ देने के लिए अधिक बोझ को चुना था। उसकी माँ की चेतावनी व्यर्थ गई। जब वह बच्ची थी, तब भी किसी की राय नहीं मानती थी और दूसरों से छिपकर मनमानी करती थी। विवाह के पाँच वर्षों में उसने अपने खेद का कारण ढूँढ़ा हो, यह कोई नहीं कह सकता था। अपने पति की मृत्यु पर उसने अत्यंत मातमी वस्त्र इसलिए नहीं पहने कि लोग इसे पाखंडी न समझें, भले ही पति का आदर-मान करती थी। फिर भी पति की मृत्यु का मातम एक वर्ष तक मनाने के बाद भी तेईस वर्षीया विधवा किले में अकेली रहने के लिए आग्रह करती रही और कभी-कभी

कुछ अंतराल के बाद अपने माता-पिता से मिलने कुछ सप्ताहों के लिए चली जाती थी; लोगों ने सोचा कि उसका शोक उनकी आशा से अधिक था।

लड़का, जो पति की मृत्यु से एक वर्ष पूर्व पैदा हुआ था—बड़ा कोमल था और उसपर लुटाए गए प्यार तथा निःस्वार्थ पालन-पोषण के कारण बच गया था। जब वह बड़ा होना शुरू हुआ और जबकि मानसिक शक्तियाँ विकसित होना शुरू करती हैं, तो पता चला कि उसके मस्तिष्क से उत्तर नहीं मिलता था; बड़ी कठिनाई और अश्रांत धैर्य से उस अभागे बच्चे को साधारण शब्द सिखाए गए। फिर भी उसका विकास एक सुंदर युवक के रूप में हुआ। उसके चेहरे से उसका दुर्भाग्य नजर नहीं आता था। इसी के बदले उसने अपनी माँ की सुंदरता पाई थी; केवल उसकी आँखें अधिक सोनेवाले बच्चे की तरह स्वप्नमयी और कुछ उदास लगती थीं। कुछ अवसर ऐसे भी आते थे कि लड़के को उदासी के दौरे पड़ते थे। उस समय उसकी हालत किसी को भी स्पष्ट हो जाती थी; फिर उसकी माँ उसे मंद सी मुसकराहट प्रदान करती जिससे किसी तरह उसके शिथिल मन की समस्त मिठास और शिष्टता खुलती कली की पत्तियों की भाँति झाँकती प्रतीत होती। किले में रहनेवाले लोग, गाँव के निवासी और विशेषकर नौकर, लड़के के प्रति समर्पित थे।

बेगम ने उसके लिए प्रत्येक डॉक्टर और वैज्ञानिक से परामर्श किया था। ध्यानपूर्वक शारीरिक इलाज से व्याधि को कम करने के अतिरिक्त कोई भी कुछ नहीं कर सका और जब वह दूसरे दशक में पहुँचा तो स्पष्ट हो गया कि वह जीवन में बिना सहायता के नहीं चल सकेगा। समस्त आशा को छोड़नेवाली उसकी माँ अंतिम थी, परंतु अंत में उसने भी उसके महादुर्भाग्य से संधि कर ली और कम-से-कम समस्त धैर्य को बाहर से सहन करती हुई ऐसे लगती थी कि अब वह अंदर से भी शांत हो गई है और होनी से समझौता कर लिया है। उसने आसपास की भू-संपत्तियों के मालिक पड़ोसियों से मिलना और अपने किले में उनको आमंत्रित करना शुरू कर दिया था और जब उन्होंने अपनी सहानुभूति व्यक्त की तो इसने उन्हें बताया कि वह अपने लड़के के साथ कई माताओं से अधिक प्रसन्न है, जिनके लड़के पूर्ण मानसिक और शारीरिक शक्ति रखते हैं और जो उस शक्ति को असंयम में लगाकर अपने और अपने परिवार को अपमानित करते हैं।

जब एक बार भेंट करने के बाद बेगम लौटी, जो अधिक देर तक नहीं होती थी, तो दूर से उसने अपने बेटे को वायलिन बजाते सुना, जो अपने पुराने नौकर के साथ उसे बाहर मिलने आया था। आज जब उसने उसका प्यारा सिर साज से लगा देखा, उसके बालों की सुंदर लटें उसके कंधों तक पहुँचती देखीं,

और आँखों को प्रसन्नता से चमकता देखा, तो उसने अपने आपको अप्रसन्न माँ नहीं पाया। कोई भी समझ सकता था कि यह उसके मित्रों को उत्तर था जिन्होंने सहानुभूति दिखाई थी।

संगीत ही एक वह भाषा थी जिसमें युवा नवाब निपुण था। दुर्भाग्य से बेगम हेलन ने संगीत में कभी रुचि नहीं ली थी। इसलिए वह बेटे की सहायता नहीं कर सकती थी और क्योंकि उसके गुरु, गाँव के पुराने स्कूल के अध्यापक की बदली हो गई और नया अध्यापक संगीत से अनभिज्ञ था, इसलिए उसने संगीत के शिक्षक के लिए आवेदन दिया था। उन सारे आवेदनों में, जो प्राप्त हुए थे, केवल एक ही होनहार लगता था। पत्र सलेशिया के छोटे से कस्बे से आया था; यह सादा और अच्छी शैली में लिखा हुआ था जिसने तुरंत बेगम के चित्त को आकर्षित कर लिया। हालाँकि आवेदन के साथ कोई प्रमाणपत्र नहीं आया था; उसने जॉर्ज लिंडर नामक उस प्रार्थी को नियुक्ति का पत्र भेज दिया, साथ ही उसकी यात्रा के खर्च के लिए अच्छी रकम भी भेज दी और लिखा कि यदि वह उसके बेटे का वृत्तांत ठीक तरह पढ़कर, नियुक्ति को स्वीकार करता हो तो तुरंत चल दे।

कुछ सप्ताह बीत जाने पर भी संगीत शिक्षक नहीं आया तो बेगम ने उसका खयाल छोड़ दिया। एक सायंकाल धूल से भरा, थका हुआ एक आवारा व्यक्ति आया। वह पीला और पतला युवा आदमी था, जो छिन्न-भिन्न आकृति के बावजूद, अपने आपको अच्छे ढंग से संभाले हुए था और उसकी भेदनेवाली काली आँखों में बुद्धिमानी की झलक थी। उसने सादी भाषा में उसको बताया कि जो रकम उसने भेजी थी, वह अपनी माँ के पास छोड़ आया है और जरूरी चीजें थैले में डालकर अधिकतम यात्रा पैदल ही की है और उसकी अन्य वस्तुएँ पीछे आ रही हैं।

बेगम ने उसको उसका कमरा दिखाया, जो युवा नवाब के कमरे के निकट ही था। उसे कुछ निराशा हुई, परंतु कारण न बता सकी। युवा व्यक्ति वैसा ही था जैसा उसके पत्र से बेगम ने आशा की थी। उसने अपनी गरीबी को अस्वीकार नहीं किया था और अपने आपको आशान्वित रखा था। फिर भी उसने, जिसकी सुंदरता और स्थिति ने बड़े-बड़े प्रतिष्ठित व्यक्तियों को उन्मत्त कर दिया था, आशा की थी कि इस महत्त्वहीन युवा व्यक्ति को वह प्रभावित कर सकेगी। उसने सिवाय उस दिन के जिस दिन यह अपनी गौरवशाली वैभवयुक्त किले की मालकिन की हाजिरी में उपस्थित हुआ था, कभी उसपर नजर नहीं डाली थी और उसे बताया था कि इसकी नसों में मनुष्यता का रक्त संचार करता था।

वह एक बार फिर तब हैरान हुई, जब उसने भोजनकक्ष में कुछ घंटों के बाद

अपने बेटे के कंधों पर उसे अपना हाथ रखे देखा; जैसे वह उसे बताना चाहता हो कि उसने अपने समय का कितना अच्छा उपयोग किया था; अपनी साधारण पोशाक के बावजूद वह उसके बेटे के लिए कितना उचित साथी साबित होगा। युवा नवाब उत्साही प्रतीत हो रहा था और भोजन करते समय अपने गुरु को कभी-कभी थपथपाता था, जो अपनेपन का द्योतक था।

रात के भोज के बाद संगीत शिक्षक, जैसाकि युवा व्यक्ति को किले में कहा जाता था, ने प्यानो खोला और अपने शिष्य की निपुण संगत से बेगम की चित्तवृत्ति को जाग्रत किया। उस समय उसके अद्‌भुत ढंग के वादन ने किले के लगभग प्रत्येक नौकर को बाहर बरामदे में आकर्षित किया जो 'जर्मन' का वाद्य संगीत सुनने आए थे। युवा नवाब ने अपनी वायलिन कभी की एक तरफ रख दी थी और हंगरी के विचित्र लोक संगीत से वशीभूत हुआ, बैठा सुनता रहा था जो उम्मीदवार का तत्कालीन प्रसंग था। "प्रसन्न! प्रसन्न!" सिर्फ इतना ही माँ के कान में वह कह पाया था।

दोनों युवा व्यक्ति अभिन्न साथी बन गए। जब जॉर्ज काम करता था अथवा संगीत की रचना करता था तो नवाब स्टीफन दीवान पर बैठा अपने मित्र को ध्यानपूर्वक देखता था और ज्यों ही वह समाप्त करता तो यह उछल पड़ता और अपने शिक्षक से मालिक की बजाय नौकर की तरह अपने भद्‌दे और टूटे-फूटे शब्दों में पूछता कि आगे क्या करना है! हर कोई कह रहा था कि अब नवाब कितना अच्छा लगता है, उसकी आँखें चमक उठी हैं, उसका बोलना सुधर गया है और अत्यंत प्रसन्नचित्त नजर आता है—यह सब लड़के के उपचार के लिए चतुर जर्मन की मौलिक योजना के द्वारा ही हो पाया था।

केवल उस समय, जब शिष्य अपने कमरे में रहता, जॉर्ज कई घंटों के लिए जंगल और देहात में घूमने निकल जाता था। वह अभी भी अपना पुराना सूट पहनता था। किले के आसपास गाँव की स्त्रियाँ उसकी बाबत बातें करती हुई कहती थीं कि वह कितना अच्छा व्यक्ति है, हैरान होती थीं कि उन्हें मोहने के लिए उसके पास आँखें क्यों नहीं हैं और उनकी उत्साही नज़रों का उत्तर वह क्यों नहीं देता। वे एक-दूसरी से कहतीं कि वह अपनी किसी प्रेमिका को जरूर पीछे छोड़ आया होगा; हंगरी के रहनेवालों की अपेक्षा जर्मन लोग अधिक निश्चल होते हैं। फिर यह दया की बात थी। यदि वह अपनी आँखों का उपयोग करता और अपनी ओर देखता तो अच्छा समय गुजार सकता था।

बेगम की नौकरानी, जो जर्मन युवा के प्रति विशेषकर अनुरक्त थी, ने

अपनी मालकिन को वे सब बातें बताईं, जो उसके बारे में की गई थीं, परंतु उसने अपने लड़के के तत्काल कल्याण के अतिरिक्त उम्मीदवार के किसी काम में रुचि नहीं दिखाई। जॉर्ज के आने के कुछ सप्ताह बाद उसने उसके प्रभाव के लिए धन्यवाद किया था, जो उसके बेटे पर उसने डाला था और माँ की दयालुता से उसके परिवारवालों और स्थिति के बारे में पूछताछ की थी, परंतु जॉर्ज ने उसकी इस चिंता के भाव को निराशापूर्वक लिया था और बताया था कि चुपचाप रहना तथा लज्जा उसके अंदर जन्मजात थे और उसका पिता, जो अच्छी प्रसिद्धिवाला मामूली अधिकारी था, ने उदासी के दौरे में अपने आपको डुबो दिया और इसने अपने संगीत-प्रेम से जीवन को जीने योग्य बनाया था।

इसके पश्चात् यह देखते हुए कि इसका उसपर कोई प्रभाव नहीं पड़ा था, उसका उम्मीदवार के साथ बराबर सुशीलता के अतिरिक्त व्यवहार करना उसने अपनी स्थिति के साथ असंगत पाया। जब भी किले में अतिथि लोग आए, जॉर्ज उसी भद्दे सूट में नजर आया। उसे बजाने के लिए कहा जाता, मगर ऐसे अवसरों पर अधिकतर राजनीति पर वार्त्तालाप होता था और वह निडर होकर अपनी राय देता था। बेगम के मित्रों की उत्तेजना को उभारते हुए वह अपने पुराने विश्वास को कायम रखता था, परंतु शीघ्र ही अपने अद्भुत संगीत से उन्हें प्रसन्न कर लेता था।

किले के निवासियों के परस्पर संबंधों में जरा भी परिवर्तन हुए बिना कई महीने व्यतीत हो गए। केवल जॉर्ज ही उसका मित्र था। वह पीला पड़ गया था, चुपचाप और अशांत हो गया था। उसका संगीत मनोहर होने की बजाय जंगली हो गया। कुछ दिन उसने अपने आपको ध्यानपूर्वक बेगम से दूर रखा, परिवार के साथ खाना न खाने के लिए क्षमा माँगी और किले के आसपास देहात में घंटों गायब रहता; नवाब स्टीफन के साथ सदा दयालु, विचारवान्, मार्गदर्शक मित्र की तरह रहता। नौकरानी बोरिसका पुनः अपनी मालकिन से बोली, परंतु केवल इतना ही बताया कि वसंत ॠतु उदास मनुष्यों को प्रायः प्रभावित करती है। यह परिवर्तन उसी कारण से है और जल्दी ही यह स्थिति समाप्त हो जाएगी।

गरमियाँ आईं और जॉर्ज की दशा सुधरने की बजाय और अजीब हो गई। बेगम हेलन भले ही पिछला प्रतिघात भूल न पाई थी, उसने निश्चय किया कि एक बार पुनः युवा व्यक्ति से बात करे। उसने इसे अपना कर्तव्य इसलिए समझा कि उसने इसके बेटे के लिए इतना कुछ किया था बल्कि उस माँ के प्रति भी जिसने अपने बेटे को इतनी दूर हंगरी में भेजा था।

उसी समय एक घटना घटी और मामला कुछ देर के लिए उसके दिमाग

से उतर गया।

क्रिसमस पर पड़ोसी भू-संपत्ति का मालिक नवाब सेंडोर कई वर्षों के बाद विदेश यात्रा से लौटा था और सैंतीस वर्षीया बेगम हेलन, जो अब अपनी सुंदरता के शीर्ष बिंदु पर थी, के साथ अपनी पहली मुलाकात में ही उसने इसके साथ प्रेम करने के शुद्ध चिह्न दिखाए। नवाब ने पहले मित्रतापूर्वक इनकार को गंभीरता से नहीं लिया था और इस सुंदर महिला के दिल पर डोरे डाले रखे। सर्दियों में सामाजिक चहल-पहल ने काफी अवसर प्रदान किए थे। जिस महिला को वह प्यार करता था, उसके साथ दिन व्यतीत करने के लिए प्राय: रोज प्रात: अपने कुलीन घोड़े पर किले में आता था। उसने इसको अपने निर्णय से अवगत करा दिया था कि वह पुन: विवाह नहीं करेगी और अपने पति की मृत्यु के तुरंत बाद उसने इस बिंदु पर दृढ़ निश्चय कर लिया था और अपना बाकी जीवन अपने विनीत बेटे को समर्पित करने का निर्णय ले लिया था। इसके अतिरिक्त, किसी अन्य पुरुष से शादी करेगी तो वह कुछ समय के बाद इस अभागे लड़के की उपस्थिति को अवरोध समझने लगेगा और देर-सवेर लड़के से उदासीनता का व्यवहार करके उसकी माँ को दु:खी करेगा। ''इस संभावना के बारे में हमें और आगे बात नहीं करनी है।'' उसने अंतिम बार कहा।

नवाब एलेक्जेंडर उसकी सच्ची और शुद्ध मित्रता के प्रस्ताव से संतुष्ट प्रतीत होता था, परंतु कुछ समय के पश्चात् चालीस गरमियाँ आसानी से काटने के बावजूद रक्त उसकी नसों में अब भी गरमी से संचार कर रहा था। फिर एक ऐसा दिन आया, जब देहात में घुड़सवारी के बाद उसने लगाम दाँतों में लिये, दूसरा प्रबल और उत्साही प्रस्ताव रखा।

बेगम ने उसे अपनी बात समाप्त करने दिया, अपना घोड़ा रोका और फिर कहा, ''मुझे खेद है, नवाब, कि तुमने मेरी इच्छाओं को अपने वचन की भाँति इतने हलकेपन से लिया। इस स्थिति में मुझे अपनी मित्रता को रोक देना होगा—जो मुझे बहुत प्यारी है, परंतु मैंने निर्णय लिया है कि मैं तुम्हें दूसरा उत्तर नहीं दूँगी, प्यारे नवाब! यदि एक वर्ष के समय में हवा के परिवर्तन ने तुम्हें भूल जाने में सहायता की तो मैं तुम्हें पुन: मिलकर प्रसन्न होऊँगी।''

चाबुक के झटके के साथ वह धीमी चाल से चल दी और सामान्य चीजों पर अपने शांत ढंग से बात करनी शुरू कर दी।

नवाब उसकी गहराई से प्रभावित हुआ, उसने अपने आपको संभालने में कठिनाई महसूस की; और जब वे किले में लौटे तो उसने तुरंत जाने के लिए आज्ञा

माँगनी चाही। उसने किसी तरह इसको नहीं सुना और उसको बताया कि उस दिन प्रत्येक चीज पहले की तरह रहनी चाहिए। वह अनिच्छापूर्वक रुक गया और संगीत कक्ष में एक व्यग्र घंटे के बाद रात के अद्‌भुत मौन वातावरण में खाना परोसा गया। बेगम ने अपने बेटे और उसके शिक्षक का अभिवादन सामान्य से अधिक किया। वह प्रसन्न प्रतीत होती थी, क्योंकि स्थिति साफ हो गई थी और वह अब दोनों के साथ स्वयं भी रह सकेगी।

जॉर्ज ने अभी तक शोभायमान प्रतिष्ठित हंगरी निवासी के सामने वाद्य बजाना शुरू नहीं किया था और यह स्पष्ट दिखाते हुए कि जो उत्तर उसे मिलेगा, वह पूर्णतया उदासीनता का होगा, जब उसने पूछा कि उस शाम वह किस चीज से उनका मनोरंजन करेगा तो जॉर्ज ने यह कहकर उसे टरका दिया कि मैं आज रात नहीं बजाऊँगा।

"क्या तुम्हारी तबीयत ठीक नहीं है?" नवाब ने पूछा, "या सुननेवाले कम हैं?"

"मेरे अपने कारण हैं, नवाब। कदाचित् मुझे अपने लिए छोड़ दिया जाए।"

"जैसी तुम्हारी इच्छा, मिस्टर लिंडर," नवाब ने शांत भाव से उत्तर दिया और फिर लक्ष्य करके कहा, "विशेषकर इसलिए कि जब तुम्हारी आवाज से पता चलता है कि इससे संभवतः तुम्हारे संगीत में विरोध उत्पन्न हो जाए।"

उस युवा ने नवाब की ओर अर्थपूर्ण दृष्टि से देखा और काँपती हुई आवाज में चिल्लाकर कहा, "मैं जानता हूँ कि जिस घर में रहता हूँ, उसका कितना ऋणी हूँ; किसी दूसरे स्थान पर मैं तुम्हें दूसरी तरह से उत्तर देता, नवाब!" हलके से सिर झुकाकर वह कमरे में चला गया।

"तुम मेरे संगीतकार को क्या कह रहे थे?" बेगम ने पूछा, जो अभी-अभी कमरे में आई थी, "उसके चेहरे से प्रतीत होता था कि तुमने उसके मनोभाव को चोट पहुँचाई है। मैं उसका चेहरा पढ़ सकती हूँ।"

"वास्तव में, बेगम, मैंने असावधानी से उसको क्रोधित कर दिया, परंतु यह मेरे बुरे दिनों का कारण हुआ। मैं अपना मुँह केवल प्रतिघात सहने के लिए खोलता हूँ, परंतु मुझे तुमसे तुम्हारे पक्षपात के लिए विरोध करना है, बेगम! तुमने मेरे लिए कल से अपना दरवाजा बंद कर दिया है जबकि उस व्यक्ति की अपेक्षा, जिसने अपने पंख बुरी तरह जला लिये हैं, मुझे तुम्हारे साथ प्रतिदिन, प्रतिक्षण रहना है।"

उसने उसकी ओर व्यग्र होकर देखा।

"मैं वास्तव में तुम्हें नहीं समझती, नवाब सेडोर।"

"आश्चर्य है! अभी कुछ क्षण पहले तुमने यह दावा किया कि तुम युवा जर्मन का चेहरा पढ़ सकती हो।"

"तुम्हारा मजाक भद्दी किस्म का है, नवाब।"

"भद्दी किस्म का? मैं नहीं जानता। फिर भी इस मामले को परिहास के रूप में मत लो। मैंने यहाँ अपना दिल खो दिया है, परंतु लगता है कि यह युवक अपना दिमाग खोने जा रहा है। किसी तरह मैं तुमसे क्षमा माँग चुका हूँ; अब मुझे प्रसन्नता होगी, यदि जाने की अनुमति मिल जाए; पहले ही देर हो गई है।"

उसने हलके से उसका हाथ अपने होंठों से लगाया। "फिर एक वर्ष के समय के लिए अलविदा और पूर्ण आराम!" उसने अपने चेहरे पर शून्यचित्त का भाव लाते हुए कहा। नवाब के चले जाने की अपेक्षा उसके विचार गंभीर विषय पर लगे हुए थे।

उसके दूसरे अथितियों के जाने के उपरांत वह तुरंत अपने कमरे में चली गई। बोरिसका ने बत्तियाँ जलाने के बाद सारी खिड़कियाँ खोल दीं। उसकी मालकिन ने गरमी और बेचैनी महसूस की और विचारों में खोई हुई बैठ गई। दस बजे अपनी दासी के लिए घंटी बजाई और कहा कि मिस्टर लिंडर से आने के लिए कहे, क्योंकि वह उससे बात करना चाहती है।

पाँच मिनट के बाद उसने दरवाजा खटखटाया और अंदर आ गया।

"बेगम, आप मुझसे मिलना चाहती हैं?" उसने शांत भाव से पूछा।

उसने तुरंत उत्तर नहीं दिया और कुछ हैरान एवं कुछ घबड़ाकर उसकी ओर देखा, जैसे उसने उसके चरित्र में कोई नया लक्षण देखा हो। लिंडर ने अपलक उसकी ओर देखा।

"मैंने तुम्हें यहाँ बुलाया है, प्यारे जॉर्ज," उसने उसको बैठने के लिए कहे बिना धीरे से कहा, "मुझे तुमसे कोई जरूरी बात करनी है और यह सोने से पहले कही जाए तो अच्छा है। तुम जानते हो कि मैं तुम्हारा बड़ा सम्मान करती हूँ और जो कुछ तुमने मेरे बेटे के लिए किया है, उसके लिए आभारी हूँ। मैंने आशा की थी कि तुम भी मेरे घर में खुश और संतुष्ट हो और अपनी स्थिति से प्रसन्न हो। मैं यह जानकर दुःखी हुआ हूँ कि मुझे गलत समझा गया है।" वह क्षण भर के लिए रुक गई। उसने अपना मुँह मोड़ लिया और फर्श को देखने लगी।

"आप ऐसा किसलिए सोचती हैं, बेगम!" उसने ऐसी आवाज में पूछा जिसमें उसकी व्याकुलता का निर्णय उसके चौकन्ने कान ही कर सकते थे।

"तुम अधिक अल्पभाषी, अधिक लोक-शत्रु बन रहे हो; तुम पीले और

पतले होते जा रहे हो और तुम्हारी आँखें भोथरा गई हैं; संक्षेप में, तुम जरूर किसी गुप्त रोग या किसी महान् शोक से पीड़ित हो। मैं तुम्हारे हृदय की अच्छाई, अपने बेटे के प्रति तुम्हारे समर्पण को जानती हूँ। संभवतः तुम अपनी व्यक्तिगत इच्छाओं को उसके कल्याण की प्यारी इच्छाओं के अधीन बनाने की सोच रहे हो; मैं ऐसा बलिदान स्वीकार नहीं कर सकती और न मेरा धर्म या तुम्हारे प्रति मेरा आदर इसकी अनुमति देता है।'' वह अपने शब्दों पर विचारार्थ उसको समय देने के लिए पुनः रुक गई और भारी कालीन पर चहलकदमी करने लगी। उसकी आँखों ने उसका पीछा किया; ऐसा लगता था कि स्त्रियोचित आकृति ने उसपर जादू कर दिया था।

''और आप बेगम?'' उसने अंत में कहा, ''क्या आप बलिदान नहीं दे रही हैं? क्या कर्तव्य के प्रति मेरे बलिदान से आपका बलिदान अधिक नहीं है?''

वह उसके सामने रुक गई, ''तुम तुलना किस प्रकार कर सकते हो? मैं उसकी माँ हूँ। इसके अतिरिक्त सोचने के लिए मेरा भविष्य भी नहीं है। हमें बुद्धिमान् होना चाहिए, जॉर्ज! तुम अपने उचित स्थान पर नहीं हो। तुम गुप्त रूप से भागने के लिए व्याकुल हो। मैं अपनी बहन बेगम डी—को लिखूँगी (तुम उस महिला को जानते हो जो गत सर्दियों में आई थी और वियना में अपने बच्चों को पढ़ाने के लिए तुम्हें ले जाना चाहती थी)। मैं उसे कहूँगी कि तुम्हें अपने घर के वादकवृंद को प्रशिक्षित करने दे। वहाँ खुले हाथों तुम्हारा स्वागत होगा; मैं आज रात ही लिख दूँगी।''

उसने फिर कालीन पर टकटकी लगाई। उसकी मुद्रा से व्याकुलता टपक रही थी। अपने आपको कठिनाई से संभालते हुए वह खिड़की तक गया। अंत में उसके होंठों से स्वरहीन उत्तर आया—

''यह पत्र न लिखें, बेगम, मुझे अपने भाग्य पर छोड़ दें, जो मुझे आपकी छत के तले लाया है; क्योंकि उसने मेरी अच्छाई की इच्छा की थी। यदि मैं अपने दुर्भाग्यपूर्ण स्वभाव से यहाँ अपनी प्रसन्नता नष्ट करता हूँ तो भी आप निर्दोष ही रहेंगी; मैं हमेशा आपका ऋणी रहूँगा।''

उसने उसकी ओर खेदपूर्ण और दयालु भाव से देखा। ''मैं जानती थी,'' उसने कहा, ''मैं विस्मित नहीं हुई, फिर भी मैं हैरान हूँ कि मैंने इसे लंबे समय तक सामने आते नहीं देखा। तुम इसके बारे में कहना नहीं चाहोगे? फिर हम दोनों के बीच यह बात साफ हो जानी चाहिए, भले ही मैं इसे कहने से डरती हूँ। तुम मुझे प्यार करते हो, जॉर्ज? और तुम स्वयं देख रहे हो कि यह कितना पागलपन है, कितना निराशापूर्ण है, जो तुम्हारा यहाँ रहना असंभव बना रहा है! परंतु इस वासना

से जूझने की बजाय तुम अपना नाश कर लोगे। ऐसा नहीं है क्या?''

उसने इसकी आँखों में झाँका, जैसे प्रकृति के अपरिवर्तनीय नियम की पुष्टि हो गई हो, ''हाँ, ऐसा ही है।''

उसने उसकी ओर हैरानी से टकटकी लगाई। कभी भी किसी ने शपथपूर्वक अपने दिल का राज इस ढंग से इसको नहीं बताया था।

''यदि यह ऐसा ही है तो तुम किस बात की आशा करते हो?''

''कुछ नहीं! मैं, क्या आशा कर सकता हूँ? मैं जानता था, मैं-यह पहले दिन से जानता था, यह मेरा भाग्य था।''

''भाग्य! ओछेपन से इस शब्द का प्रयोग मत करो, बनो मत और सचाई का सामना करो। मैं तुम्हारी माँ के बराबर हूँ। मैंने वास्तव में तुम्हें समान बुद्धिवाला और बहादुर समझा, जॉर्ज!''

''दुर्भाग्य से मैं न यह हूँ, न वह हूँ, भले ही मैंने दोनों होने का व्यर्थ प्रयास किया। मैं इसके विरुद्ध कई महीनों तक लड़ता रहा हूँ। अंत में मुझे हार माननी पड़ी, मुझे आत्मसमर्पण करना पड़ा, परंतु इसकी बाबत और बात क्यों करें, इसकी बाबत तुम्हें रुचि नहीं है, यह समाप्त हुआ।''

''तुम अब तेईस वर्ष के हो; तुम कहते हो कि इससे पहले बचपन से तुमने प्यार नहीं किया। फिर भी तुम बचकानी ईर्ष्या के प्रति अपने झुकाव जीतते प्रतीत नहीं होते। आज शाम नवाब एलेक्जेंडर के साथ तुम्हारा व्यवहार···।''

''मैं क्षमा चाहता हूँ,'' उसने टोका, ''मैं क्षण भर के लिए अपने आपको भूल गया था, ऐसा पुनः नहीं होगा।'' वह लाल हो गया था, ''मैं उसके रास्ते से दूर रहूँगा।''

''तुम्हें ऐसा नहीं करना पड़ेगा, क्योंकि वह फिर यहाँ नहीं आ रहा है; उसने कई बार प्रस्ताव रखा है, परंतु मैंने उसे मना कर दिया है। तुम जानते हो, वस्तुतः मैं उस समय गंभीर होती हूँ, जब अपने लड़के के लिए तुम्हें बताती हूँ कि यहाँ हर चीज हमेशा की तरह शांतिपूर्वक चलनी चाहिए। तुम्हें होश में आना चाहिए, जॉर्ज, नहीं तो हमारे लिए जुदा हो जाना जरूरी हो जाएगा। जो मैंने कहा, उसपर विचार करो और एक सप्ताह में मुझे अपना उत्तर दो। मैं आशा करती हूँ, तुम मुझे मिलने आओगे और मुसकराकर बताओगे कि तुमने अपनी मूर्खता को पूर्णतया जीत लिया है—शुभ रात्रि और प्रसन्न विचार!''

वह कुछ कहना चाहता था, किंतु उसका सिर झुक गया और उसके फैलाए हुए हाथ को न देखकर, लड़खड़ाते कदमों से कमरे के बाहर चला गया।

"मैं इसे खो दूँगी, ऐसा होता नजर आ रहा है," उसने अपने आपसे कहा। फिर उसने जल्दी से कपड़े उतारे और बिस्तर पर चली गई। घंटों बिना नींद वह लेटी रही, परंतु यह चापलूसी, अहंकार, औरत की दुर्बलता या उत्तेजना नहीं थी जिसने उसे जगाए रखा था, चाहे उस आदमी की आकृति, जिसने खुले तौर पर अपनी आत्मा के भावों को स्वीकार किया था, उसके सामने लगातार खड़ी रही। उसने कामुकता की जलती चिनगारियों को शरण नहीं दी, जिसको हकलाता और मूर्ख प्रेमी हवा देकर शोला बना देता है। वह जॉर्ज के चेहरे को पढ़ सकती थी, जैसाकि उसने नवाब एलेक्जेंडर को बताया था और महसूस किया कि उनका वार्त्तालाप विफल रहा था।

शयनकक्ष कमरे में धूप आ गई थी जब उसकी नौकरानी ने बिना आवाज किए उसको हलकी नींद से जगाकर डरा दिया। "क्या हुआ?" वह डरते हुए चिल्लाई।

उम्मीदवार एकाएक बीमार पड़ गया और साईस डॉक्टर को लाने के लिए चला गया था, परंतु बुखार भयानक रूप से इतना बढ़ गया कि वे युवक को कठिनाई से बिस्तर पर रख सके। बेगम हेलन ने जल्दी से कपड़े पहने और तेजी से जॉर्ज के कमरे में गई जहाँ उसने अपने बेटे को अपने मित्र की चारपाई के पास दयनीय दशा में रोते हुए देखा। जॉर्ज बेहोश था, परंतु जब उसने उसे नाम से पुकारा तो मुसकराहट उसके चेहरे को चमकाती नजर आई। डॉक्टर आया और अत्यंत गंभीर प्रतीत हुआ, परंतु उसने बताया कि मामला निराशाजनक नहीं है। बीमारी लंबी और गंभीर है, जब रोगी को होश आया तो बेगम ने अपने व्यक्तिगत कर्तव्य को यह सोचते हुए छोड़ दिया कि वह इसे न देख सके और यह काम नर्सों के हाथ में सौंप दिया। उसने बेगम के बारे में नहीं पूछा जो उसकी हालत की सूचना डॉक्टर और बोरिसका से प्राप्त कर लेती थी। बोरिसका ने बाद में बताया कि उम्मीदवार की स्थिति वस्तुतः बदल गई थी, वह विभिन्न स्वरों में सीटी बजाता था और अति प्रसन्न था।

जब वह पहली बार सवारी पर निकला, तब बेगम खुली खिड़की के पास खड़ी थी। उसने बधाई के मित्रतापूर्ण शब्दों से पुकारा जो उसने थोड़ी प्रसन्नता से स्वीकार किए। वह कुछ लंबा और ढीला प्रतीत हुआ; उसके लंबे बालों और दाढ़ी ने उसकी आकृति को नया रूप दिया जिससे वह सुंदर लगता था और जब वह एक घंटे के बाद लौटा तो प्रसन्नता की लाली उसके गालों पर थी। जो फूल उसने इसके कमरे में भिजवाए थे, उनके लिए खुशी से धन्यवाद देते हुए, उनको पुनः मैत्री

संबंध बनाने में, जैसे पहले थे, कोई कठिनाई नहीं आई।

उसने अपनी कामुकता से लड़ने का निर्णय दृढ़ता से लिया था और इस सबकी बाबत बेगम ने सोचा था कि उसको कुछ भी कहना असभ्यता होगी।

इसी प्रकार समय गुजरता गया और गरमियाँ निकट आती गईं। एक हलकी दोपहरी को बेगम अपने बेटे और उसके शिक्षक के साथ पासवाले गाँव में एक किसान लड़की, जिसने किले में सेवा की थी, की शादी पर गई। रस्म के बाद जब हर कोई चर्च में चला गया और दूर गाँव में बैंड का बजना बंद हो गया तो जॉर्ज ने ऑरगन बजाने की इच्छा प्रकट की, जो विशेषकर अच्छा वाद्य प्रतीत होता था। युवा नवाब झपटकर उसके स्थान के पास चढ़ गया। जर्मन के निपुण स्पर्श बैच की एक धुन ने पुराने चर्च को विलक्षण स्वरों से भर दिया और उसकी दीवारें शानदार संगीत से काँपती सी प्रतीत हुईं। बेगम किले के धर्म स्थान में अकेली बैठी थी और अपने गिर्द अच्छी तरह घूँघट को लपेटे हुए थी। जब जॉर्ज ने अपना उत्तेजक संगीत अंतिम गति के साथ समाप्त किया, तब शाम हो चुकी थी। वह ध्यानपूर्वक ऑरगन मंच से उतरकर गिरजे के मध्य में आया जहाँ काफी अँधेरा हो चुका था। बेगम उसे वहाँ मिली; उसने एक शब्द भी नहीं कहा, परंतु धीमे से कलाकार का हाथ दबा दिया। जैसे ही गाड़ी में बैठने के लिए उसने इसकी सहायता की, उसने देखा कि इसकी आँखें गीली थीं। उसने इसे कभी रोते हुए नहीं देखा था। ये आँसू उसकी प्रसन्नता के थे, वह कह नहीं सकता था। लौटते समय वह प्रसन्नतापूर्वक, हैरानी से उसके सामने बैठा। किसी ने बात नहीं की। वह इसका चेहरा, जो घूँघट में अच्छी तरह लिपटा हुआ था, देख नहीं पाया।

सायंकाल के भोज पर वह मौन रही और दोनों मित्रों को अकेला छोड़कर वह शीघ्र ही अपने कमरे में चली गई। अपनी नौकरानी के लिए घंटी बजाते हुए उसने कई ट्रंक भरे, कई पत्र लिखे और लड़की को कई आज्ञाएँ दीं; दस बजे यह कहते हुए उसे वापस कर दिया, "इससे पहले कि मैं सोने के लिए जाऊँ, मैं अभी अपने बेटे को देखने जा रही हूँ। मैं आशा करती हूँ कि उत्तेजक दिन के बाद उसकी रात कष्टकारी और संकुचित होगी। तुम सोने के लिए जाओ, बोरिसका, क्योंकि तुम्हें प्रातः जल्दी जागना है।" नौकरानी ने उसका हाथ चूमा और ऊपर अपने कमरे में चली गई। बेगम कुछ समय तक रात का चोगा पहने बैठी रही, फिर उठकर कमरे में अशांत चहलकदमी करने लगी, 'मेरा चेहरा किस बुरी तरह से जल रहा है,' उसने कहा, 'यह हवा के कारण ही है या…।'

उत्तेजित होकर उसने कंधों तक अपने बाल सँवारे और एक को छोड़कर

सारी बत्तियाँ बुझा दीं। उसने एक बत्ती हाथ में थाम ली और अँधेरे बरामदे में गई जो उसके बेटे के कमरे की ओर जाता था। एक सुंदर बैठक दो शयनकक्षों को जुदा करती थी। वह खाली बैठक को पार करके कोमलता से अपने बेटे के शयनकक्ष में गई, उसके निकट बैठते हुए अपना हाथ उसके माथे पर रखा, जैसे वह पहले प्रायः करती थी। वह गहरी नींद सो रहा था। ज्यों ही वह लौटी, उसने बाएँवाले कमरे में शोर सुना। जॉर्ज अशांत होकर हमेशा की तरह अनिद्रित इधर-उधर चल-फिर रहा था। उसने सोचा कि संभवतः वह रचना कर रहा है।

एकाएक उसने हलकी सी दस्तक सुनी।

"अंदर आ जाओ।" उसने हैरानी से कहा।

बिना आवाज किए दरवाजा खुला; उसके लैंप की लाल रोशनी में उसको दहलीज पर खड़े देखा जिसकी वह आराधना करता था।

"हेलन!" उसने पुकारा, "तुम? क्या हुआ है? क्या स्टीफन बीमार है?"

"शी!" उसने धीरे से कहा, एक दुर्बोध और अजीब मुसकराहट उसके चेहरे पर फैल गई, जो शीघ्र ही लुप्त हो गई, "वह सो रहा है, हमें उसे जगाना नहीं चाहिए, जॉर्ज। मैं तुम्हारे पास आई हूँ, जब तक तुम्हें एक बार देख नहीं लेती, मैं आज रात सो नहीं सकती—परमात्मा दया करना, मैं आत्मसमर्पण करती हूँ…!"

□

अगले दिन प्रातः हमेशा की तरह वह देर से जागा, क्योंकि वह आधी रात तक जागता रहा था। जॉर्ज अपने स्वप्नों से जागा। वह आँखें बंद किए पिछली रात के अचंभे पर सोचते हुए एक घंटे तक लेटा रहा; अपने आपको उस कमरे में देखते हुए जहाँ हर वस्तु, दीवारों पर प्रत्येक चित्र, वह कालीन जिसपर उसके पैर पड़े थे, वह शीशा जिसने उसके होंठों को गीला किया था, इन सबने उसकी आशारहित, दिव्य प्रसन्नता को प्रमाणित किया था, जो उसपर उदित हुई थी। जब वह लेटा हुआ था, अपूर्व शांति ने, जो किले में छाई हुई थी, उसको छुआ। स्टीफन प्रायः इसी समय उसके पास आता था। संभवतः वह इसे सोया हुआ देखकर बाहर चला गया था, काम करते-करते अपने सुरीले स्वर में, लोकगीत गाते बोरिसका की कमी को अनुभव किया। इस समय उसने अपने नौकर के लिए घंटी बजाई।

उसके नाश्ते की तश्तरी पर एक पत्र पड़ा था। "बेगम की ओर से," बूढ़े आदमी ने अजीब आवाज में कहा, "वे लोग आज प्रातः जल्दी चले गए। नवाब स्टीफन को गाड़ी में सवार होने तक पता नहीं था कि वे वियना जा रहे थे; वह टुकड़े-टुकड़े हो जाएगा और आपकी कमी महसूस करेगा, श्रीमान्! वे बेगम

सजिलगई से मिलने गए हैं और आशा है कि शीघ्र ही लौट आएँगे।''

जॉर्ज एक भी शब्द बोल नहीं सका। ज्यों ही बूढ़ा आदमी कमरे से गया, उसने पत्र को टकटकी लगाकर देखा जैसे वह इसमें लिखे हर शब्द को जानता हो, फिर धीरे से पत्र खोला और कुछ पंक्तियों को पढ़ा—

''मैं अपने बेटे के साथ कुछ सप्ताह या महीनों के लिए अपने माता-पिता के यहाँ जा रही हूँ ताकि उस धक्के को, जो तुम्हारी जुदाई से इसको लगेगा और जो अनिवार्य है, इसके लिए कम कर सकूँ। हम तब तक नहीं लौटेंगे, जब तक यह न पता चल जाए कि तुम किले से चले गए हो। मेरे दृढ़ निर्णय से मुझे हटाने का प्रयास मत करना। हाँ, जब तक कोई दूसरा घर नहीं ढूँढ़ लेते, तुम यहाँ रह सकते हो। मुझपर विश्वास करो कि यह जुदाई तुम्हारे लिए इतनी दु:खदायी नहीं होगी जितनी मेरे लिए। जो कुछ तुम करना चाहते थे और जो कुछ मेरे बेटे के लिए किया है, मैं उसे कभी भी भूलूँगी नहीं। हमारी इच्छाओं से भाग्य अधिक प्रबल है। विदा!

हेलन

वह तुरंत बैठ गया और वियना को लंबा पत्र लिखा। पहले प्रसन्नता से, बाद में बेताबी और उद्वेग से उत्तर की प्रतीक्षा की, परंतु कोई उत्तर नहीं मिला। एकाएक बिना कोई शब्द कहे वह चला गया।

गरमी एवं शरद ऋतु समाप्त हो चुकी थी और कड़ाके के जाड़े ने हंगरी के मैदान को बर्फ से ढक दिया था। किले से उम्मीदवार के चले जाने की सूचना बेगम को बहुत पहले दी जा चुकी थी। उसने आज्ञा दी कि बर्फ पर चलनेवाली दो गाड़ियाँ उसे निकटतम स्टेशन पर मिलें।

वे उस दोपहर को आ गए और बेगम ने अपने बेटे, जिसे हलका जुकाम था, को कमरे में ले जाकर बिस्तर पर लिटा दिया और अपनी व्यक्तिगत चीजें खोलने लगी। तभी दरवाजे पर दस्तक हुई। उसने सोचा कि उसकी नौकरानी उससे बात करना चाहती होगी; दरवाजा खोल दिया। तभी अपने चेहरे को लपेटे और बर्फ से ढकी हुई आकृति उसपर झपटी।

''ओ, तेरा भला हो,'' उसने कहा, ''जॉर्ज, इसका क्या अर्थ है?''

''हाँ, है,'' उसने कहा, ''संभवत: मैं गलत समय पर आया हूँ परंतु जिसने महीनों प्रतीक्षा की है, उसके लिए मिनटों प्रतीक्षा करना असंभव है।''

वह मौन रही। उसने एक नजर उसकी मन:स्थिति और अपनी भयंकर स्थिति पर डाली। ''जॉर्ज,'' वह ढिठाई से चिल्लाई, ''इस घर में दोबारा आने का तुम्हारा साहस कैसे हुआ—क्या तुम भूल गए कि तुम्हें मुझे क्या देना है अथवा तुम्हें

अपने सम्मान और एक औरत के सम्मान को क्या देना है?"

"सम्मान!" उसके बाद वह अस्पष्टता से बोला, "क्षमा करना, यदि मैं तुम्हारे अभिप्राय को समझ न सकूँ। तीन घंटे बर्फ में चलने के बाद—वह भी पैदल—मुझे आराम करना है। विलक्षण! तुम कितनी सुंदर हो गई हो, जितना मुझे याद है, उससे भी अधिक सुंदर।" कभी उसको संबोधित करके, कभी उसकी ओर घूरकर, परंतु अधिकतर अपने आपसे असंबंधित बातें करता गया।

"तुम यहाँ चाहते क्या हो?" उसने अंत में पूछने का प्रयास किया; उसकी आवाज काँप रही थी और बड़ी-बड़ी नीली आँखें उस व्यक्ति पर निष्ठापूर्वक जमी हुई थीं।

"मैं यहाँ क्या चाहता हूँ?" उसने गहरी आवाज में उत्तर दिया, "जैसे तुम देख रही हो, मैं यहाँ हूँ। यदि तुम जान पाती कि मैंने कितना कष्ट उठाया है, कितना उठा रहा हूँ; कोई नींद नहीं, कोई काम नहीं, केवल एक चाहना, मरुस्थल में प्यासे की एक ही इच्छा की तरह! तुम्हें मुझे यहाँ रहने देना होगा, नहीं तो तुम हृदयहीन हो, दानव हो। मैं जानता हूँ कि तुम्हारे पास दिल है, क्या दिल है वह!"

"मुझे? क्या मुझे तुम्हें यहाँ रहने देना होगा? और कब तक? जॉर्ज, होश में आओ। तुम व्यथित हो, थके हुए हो, निराश हो गए हो; मुझे शांति से रहने दो, अपना रोग दूर करने दो। मैं एक बार पहले प्रयास कर चुकी हूँ—हाँ—और बुरी तरह विफल रही हूँ। तुम्हारे अच्छे परमात्मा को अपनी गहरी नीचता और भयानक कष्ट के लिए साक्षी बनाती हूँ। इस बार मुझे सबल होना होगा। तुम यहाँ मेरे साथ, मेरे प्रेमी और मेरे लड़के के शिक्षक के रूप में नहीं रह सकते और तुम्हें अपना पति बनाना मेरे लिए असंभव है। इसके बारे में सोचो। मैं, जिसने देश के सर्वश्रेष्ठ व्यक्ति को इनकार कर दिया; एक जॉर्ज लिंडर, जिसकी न कोई स्थिति है और न नाम, को अपना हाथ देकर इस घर का मालिक बनाऊँगी! यह सोचा भी नहीं जा सकता; इसका अर्थ होगा अनंत दुर्गति, निरंतर लज्जा, प्यारे मित्र!" उसने संदेह के स्वर में कहना जारी रखा—"इस घड़ी मुझे तुमसे ईमानदारी से कहना होगा—मैं तुमसे प्रेम नहीं करती—मैंने तुम्हें कभी प्यार नहीं किया। यह मेरे दिल के विरुद्ध जाएगा—यदि मैं तुम्हारी कामुकता का थोड़ा साथ भी दूँ तो वह मेरे स्वभाव के विरुद्ध होगा।"

"यदि तुम मेरे साथ ईमानदार होना चाहती हो," वह अब नरमी से बोला, "तो तुम अपने प्रति बेईमान हो। देखो, मैं न सुंदर हूँ, न ही श्रेष्ठ और न ही आनंदकर। फिर इसके अतिरिक्त और क्या हो सकता है, सिवाय प्रेम की दुर्बोध

शक्ति के, जो हमें पास-पास लाई है—वह शक्ति जिसको रोकना मूर्खता होगी। उस रात जब तुम मेरे पास आई थी तो दूसरे ढंग से बात की थी—तुमने उस समय सच बोला था। क्या मैं तुम्हारे वाक्यों को दोबारा कहूँ, जिनका एक शब्द भी मैं भूला नहीं हूँ?''

उसके इतना कहते ही बेगम ने क्रोध में उससे लड़ाई-झगड़ा किया। संघर्ष उसके चेहरे से नजर आता था, असहनीय पीड़ा ने उसकी आकृति को मरोड़ दिया था, जो अब निश्चल और कठोर हो गया था।

''मैंने तुम्हें धोखा दिया,'' उसने कहा, ''मैंने कभी तुम्हें प्रेम नहीं किया और,'' संदेह में और लड़खड़ाते हुए उसने आगे कहा, ''मैं जानती हूँ कि मैं तुम्हारे साथ नहीं रह सकती थी। शांत रहो, जॉर्ज, तुम मेरे बारे में जो चाहो, सोच सकते हो, परंतु अपने दिल से मेरे प्यार को निकाल दो; क्योंकि मैं उसको लौटा नहीं सकती। अब जाओ और विचार करो कि हमारे इस प्रकार जुदा होने के लिए तुम ही दोषी हो।'' उसकी आवाज उसे धोखा दे गई और उसको आँसू छिपाने के लिए मुड़ना पड़ा; आँखें आँसुओं में डबडबा आई थीं।

ज्यों ही वह पुनः मुड़ी और उसकी तरफ देखा—उसके चेहरे पर भयानक तबदीली आ गई थी। वह कुरसी से उठकर उसके सामने मेज के सहारे खड़ा था, बाएँ हाथ से गले को थामे और दाएँ हाथ से रिवॉल्वर को छेड़ रहा था—रिवॉल्वर जो लौटने से पहले, रास्ते में भेड़ियों से रक्षा के लिए, जो शिशिर ऋतु में हंगरी के मैदानों में दूर तक घुस जाते हैं, उसकी चाची ने दिया था।

''यह क्या कर रहे हो?'' वह चिल्लाई, ''शांत हो जाओ—ठहरो—मैं तुम्हारे लिए शराब मँगवाती हूँ—तुम थक गए हो...तुम्हारी नसें... ।''

शीघ्र ही इसने उसके और घंटी के बीच विघ्न डाल दिया। ''ठहरो,'' वह चिल्लाया—''मैं सच के सिवा और कुछ नहीं चाहता—कुछ नहीं। सचाई केवल एक है—तुम या तो उस समय झूठ बोल रही थी या फिर अब। तुम्हारे प्रति मेरे विश्वास को तुमने लूट लिया है। मैं आत्मसम्मान खो बैठा हूँ, मेरा नाश हो गया है; मैं हर वह वस्तु, जो जीवन को रहने योग्य बनाती है, खो चुका हूँ और अच्छा होता कि मैं इस खिलौने से अपने कष्टों का अंत कर लेता, पूर्व इसके कि मेरा छोटा दिमाग मुझे छोड़ दे।''

''तुम व्यर्थ चिल्ला रहे हो,'' एक साहसी मरोड़े से अपने हाथ को उसके पंजे से छुड़ाती हुई वह बोली, ''तुमने अपने प्रति मेरी दया का अंतिम टुकड़ा भी खो दिया है। तुम्हें यह घर तुरंत छोड़ना होगा। इसके अतिरिक्त मैंने नवाब एलेक्जेंडर

से विवाह करने का निश्चय कर लिया है और तीन सप्ताह के अंदर विवाह संपन्न हो जाएगा। मैंने जान लिया कि अकेली औरत को एक रक्षक जरूर चाहिए और तुम्हारे व्यवहार ने मेरे निश्चय की पुष्टि कर दी है, जॉर्ज···मेरे प्यारे जॉर्ज··· !''

बोरिसका ने दो गोलियों की आवाज सुनी; अंदर जाने के लिए उसने दरवाजा तोड़ डाला और देखा—बेगम फर्श पर पड़ी हुई थी और उम्मीदवार पास खड़ा उसको देख रहा था, उसके माथे से रक्त बह रहा था। चीख मारकर वह अपनी मालकिन की ओर दौड़ी और उसे अपने हाथों में उठा लिया। बेगम ने आँखें खोलीं और दुष्ट आदमी को अपने सामने देखकर कुछ टूटे-फूटे शब्द कहने की कोशिश की।

''तुम मूर्ख हो! तुमने यह क्या किया? नवाब एलेक्जेंडर के बारे में तुम क्या सोचते हो? क्या यह सच था? सब ठीक है, बोरिसका—देखो, मिस्टर जॉर्ज का रक्त कैसे बह रहा है! मैं रिवॉल्वर के साथ खेल रही थी—इस मतिहीन के साथ—जाओ जॉर्ज, पट्टी करवा लो। मैंने जो कुछ कहा, उसे भूल जाओ; यह सारा सफेद झूठ था—कुछ भी सच नहीं था—मुझे क्षमा करो—हजार बार—मैं तुम्हें बहुत अच्छे ढंग से प्यार करती हूँ—बोरिसका, पानी का एक गिलास—मेरा बेटा!''

फिर उसने अपनी आँखें बंद कर लीं और मर गई। सहायता के लिए लड़की ने ऊँची चीख मारी, जिसे सुनकर वहाँ उपस्थित सभी लोग इकट्ठे हो गए। युवा नवाब रात की पोशाक पहने लड़खड़ाता हुआ कमरे में आया, परंतु ज्यों ही उसने जॉर्ज को देखा, जो अभी तक अचेत अवस्था में खड़ा था, वह उसकी ओर दौड़ा और अपने को उसके गले पर गिरा दिया। वह होश में आया और अपने शिष्य का सहारा लेता हुआ उसके अपने कमरे को चल दिया, जहाँ उन दोनों ने लैंप की रोशनी में रात काटी।

जॉर्ज को अगले दिन जेल ले जाया गया। अपने किये हुए पर उसने एक भी शब्द नहीं कहा और अपनी गिरफ्तारी से छठे दिन तक खाना न खाने के कारण अपनी कोठरी में मृत पाया गया।

नवाब स्टीफन अपनी माँ और अपने मित्र की मृत्यु के बाद कुछ वर्षों तक जीवित रहा। पहले-पहल उसने उनकी बाबत कभी-कभी पूछताछ की, परंतु धीरे-धीरे उसकी मानसिक शक्ति क्षीण होने लगी और अंत में उजड़े किले में केवल उसके वायलिन की आवाज—मृत्यु के गीत और खोए हुए प्यार की तरह सुनाई देती रही।

□

भिखारी का विवाह उपहार

—जे. फ्रेडरिक कोईड

ओटो वोन डी—कई वर्षों की अनुपस्थिति के बाद, जिनमें से दो वर्ष उसने फ्रांस की विलासी राजधानी में गुजारे थे, पिता की आकस्मिक मृत्यु के कारण अपने पूर्वज्ञ जर्मनी में बुलाया गया था। उसने अपनी भू-संपत्ति को कठिनाइयों में पाया, जो बहुत हद तक फिजूलखर्ची और बुरे प्रबंध के कारण थीं, जो अपनी शक्ति से कम शक्ति रखनेवाले दिमाग को न सुलझाने योग्य मालूम होती थीं, परंतु संक्षिप्त करने के उपाय और ढंग से वह सारे मामले को सीधा कर सका कि वह न केवल ब्याज की इकट्ठी हुई रकम का भुगतान कर सका, वरन् मूल उधार, जिसके तले उसकी संपत्ति विवेकहीन ढंग से दबी हुई थी, को भी कम कर दिया।

जब उसको पहली चिंता से छुटकारा मिल गया और भविष्य के लिए अपनी योजना को बिना विघ्न के बना लिया तो ओटो को एक साथी ढूँढ़ने का विचार आया—साथी, जो उसके जीवन की मिठास को चख सके और उसके कार्य में उसकी सहायता कर सके। जब वह गया था तो अपने पीछे अपने पड़ोसी वोन—जेड की सबसे छोटी चौदह वर्षीया बेटी चित्तरंजक एडेलेड को छोड़ गया था। लौटने पर इसने उसको युवा भोलेपन की पूरी रमणीयता में खिलते देखा और उसके माता-पिता द्वारा इसके स्नेहपूर्ण स्वागत और कुमारी के अपने चुगलखोर शरमीलेपन से इसे भाँपने में देर नहीं लगी कि उसका प्रस्ताव अस्वीकार नहीं होगा।

इसलिए अपने भावों को प्रकट करने के लिए उसने शीघ्र प्राप्त अवसर का आलिंगन किया और ऐसे अवसरों पर सामान्य औपचारिकताओं के बाद नियत प्रसन्नता का दिन आया और उन सारी रस्मों को पूरा किया गया जिनको जर्मनी के कुछ भाग के देहाती लोग आज भी अपने पूर्वजों के पुराने अच्छे रीति-रिवाजों के रूप में धार्मिक रीति से निभाते हैं।

पहले, विवाह के अतिथि, सफेद पोशाक में लज्जा से लिपटी, चेहरे को परदे से ढँपे हुए दुल्हन को लेकर आए और गाँव के संगीतकारों के पीछे, ग्रामीण किसानों ने घास के मैदान में उनका स्वागत किया। विवाहित औरतें मोमबत्तियाँ और अपने हाथ से कता कपड़ा शिशु को भेंट करने के लिए लाईं, लड़कों ने हल और साज भेंट किए, कुमारियों ने बर्फ जैसा सफेद मेमना और बच्चों ने कबूतर तथा फूल भेंट किए। एडेलेड ने चुपचाप सबको अपना हाथ दिया; ओटो ने थोड़े, परंतु प्रभावी शब्द बोले और अंत में सबको दुल्हन के पिता के नाम पर, परस्पर मिलने और हरी घास पर नाच के लिए आमंत्रित किया गया, जिसका प्रबंध पहले से किया जा चुका था।

लैंपों को जला दिया गया था और मधुर सुगंधवाले जंभीरी के वृक्षों के तले सारंगी और शहनाई गूँज रही थीं। तभी विदेशी वर्दी में नौकर, जिसका कोट पहनने का ढंग बुरी तरह भद्दा था, नाचने के स्थान पर नजर आया। उसकी अपूर्व आवाज और अजीब हाव-भाव ने हँसते गाँववालों को उसके इर्दगिर्द जमा कर दिया, परंतु उसकी टूटी-फूटी जर्मन भाषा (हाथ-पाँव भी जिह्वा की बात करते थे) से अत्यंत कठिनाई से पता चला कि उसके मालिक की गाड़ी पड़ोस में पलट गई है जिससे एक पहिया चूर-चूर हो गया है और वह उसकी मरम्मत करवाना चाहता है ताकि वह आगे की यात्रा कर सके।

''आज पहिए की मरम्मत और आगे जाने की बात कौन करता है?'' दुल्हन के पिता ने हकलाते हुए कहा, जिसकी संतुष्टि अपनी बेटी के सौभाग्य पर बड़े दर्पण के रूप में मेज पर प्रकट हो चुकी थी।

''आज,'' उसने 'तरफों' को थपथपाते हुए कहना जारी रखा, ''सारे पहियों को टूट जाने दो, आज कोई आदमी इस घर के सामने से नहीं गुजरेगा; तुम जाकर यही अपने मालिक से कह दो; परंतु रुको, मैं तुम्हारे साथ चलता हूँ।''

ऐसा कहते हुए और पीछे आनेवालों की भीड़ लेकर वह मुख्य सड़क की ओर गया जहाँ उन्होंने पलटी हुई गाड़ी को मोमजामे से ढका देखा; उसका पिछला पहिया बुरी तरह से टूट गया था जैसे किसी ने इस काम में कुल्हाड़ी का प्रयोग किया हो। एक लंबी-पतली आकृति, सादा नीले रंग का फ्रॉक-कोट और दायाँ हाथ झलुआ में लटकाए, बाईं आँख के ऊपर एक धब्बा और जिसकी संतप्त दृष्टि प्रकट करती थी कि उसकी सामान्य आकृति रयोकुल कोंटेनेंस के नाईट से दूर की भी समानता नहीं रखती थी, रोजी नेन्टे नामक अड़ियल घोड़े की लगाम थामे गाड़ी के पास खड़ा था। ज्यों ही उन लोगों को आते देखा, वह शीघ्रता से उनकी तरफ

आगे बढ़ा और फ्रांसीसी भाषा में उनके व्यवहार का अत्यंत नम्रता एवं स्पष्ट उच्चारण से अभिवादन किया। दुर्भाग्य से, किसी तरह, बूढ़े जेड की दरबारी भाषा को काफी समय पहले जंग लग चुका था और उसके विचारों की स्थिति इतनी गड़बड़ा गई थी कि उसको एक अवसर पर ठीक करना कठिन था; इसलिए उस अजनबी को शब्दों की बजाय संकेतों से समझाने पर विवश हो गया था। उसने समझाया कि कम-से-कम उस दिन यात्रा को जारी रखने का विचार छोड़ दे और उनके साथ विवाह-अतिथि के रूप में रहे।

निमंत्रण सधन्यवाद स्वीकार कर लिया गया; अजनबी ने अपने सेंचों को अपनी टोपी और जूतों से धूल साफ करने को कहा, अपने कॉलर को ठीक-ठाक किया और ओवरकोट को उतारा जिसके नीचे से एक प्रकार की वर्दी संकोच से झाँकी। इस प्रकार तैयार होकर वह दृढ़ बैसाखी की सहायता से चलने लगा; उसका बायाँ पैर अशक्त हो गया, परंतु उसके लंगड़ेपन में भद्दी जैसी कोई चीज नहीं थी। जंभीरी के स्थान पर उसने अपने आपको युवा जोड़े से परिचित करवाने के लिए कहा और दूल्हे से प्रसन्नता की आकांक्षा व्यक्त करने के बाद बूढ़े आदमी की तरह दुल्हन का हाथ चूमा और अपनी भाषा में कई मीठी बातें कीं।

जब मामला निपट गया तो सबने पुनः नाचना शुरू कर दिया। ओटो अपनी दुल्हन को जल्दी से दूसरे स्थान पर ले गया और यह स्वाभाविक ही था कि कठोर थका हुआ बूढ़ा अन्य लोगों से, जो अपनी अपेक्षा उसको कुछ नहीं समझते थे, जुदा होकर अपने लिए बेंच पर स्थान चुने।

रात के खाने की घोषणा की गई। अजनबी अन्य लोगों के साथ खाने के स्थान पर गया; दो अत्यंत गुलाबी और मोटी युवतियों के बीच काफी दक्षता से, उस लेफ्टीनेंट की कुछ हद तक मानहानि करते हुए, जिसने यह स्थान अपने लिए रखा था, अपने आपको स्थापित कर लिया। प्रसन्न जनसमूह पर अब आनंद और मौज-मस्ती का सुरूर छा गया, अच्छे मजाक किए गए और कमरा हँसी से गूँज उठा। तभी एक नौकर ने एक छोटी पोटली, जो अभी हस्कारे ने यह कहते हुए दी थी कि इसे दूल्हे के हाथ में दिया जाए, लेकर प्रवेश किया। इससे लोगों की हैरानी बढ़ गई और उन्होंने ओटो से उसे तुरंत खोलने की माँग की और कई ढकने उतारने के बाद उसमें चाँदी की कोरवाला, पानी पीने का लकड़ी का प्याला निकला जिसपर लिखा हुआ था—"प्रेजेंट डे नोएसिस डू गियू।"

"जेक्वीज!" वह चिल्लाया और उसने भावुक होकर प्याले को चूमा। एडेलेड ने अपने प्रेमी को भाँपती हुई नजरों से देखा और निकट से परीक्षण करने

के लिए प्याले को उठाया, परंतु उसने इसको मेज से उठाया ही था कि इसका पेंदा गिर गया और उसमें से गुलाबी रंग की डिबिया निकली, जिसमें पानी की तरह शुद्ध नए ढंग के कंगनों की जोड़ी थी और साटन पर ये शब्द काढ़े हुए थे—''ए ला बैले इपाऊज डे मोन एमी।''

चारों ओर कौतूहल और हैरानी आसानी से देखी जा सकती थी। अजनबी के अतिरिक्त पूर्ण उदासीनता से और जो कुछ हो रहा था, उसके लिए चेहरे पर घृणा के चिह्न दिखाते हुए वह बैठा रहा। सारे अतिथि अपने-अपने स्थानों से उठ खड़े हुए। ओटो, जिसकी अजनबी के प्रति बढ़ती हुई अरुचि उसके इस व्यवहार से कम नहीं हुई थी, ने क्रोध से देखा और अपनी दुल्हन तथा अन्य अतिथियों के आग्रह पर शीघ्र ही उनकी जाँच-पड़ताल को संतुष्ट करना चाहा।

''हाँ,'' अपने पौरुषेय गालों पर सुंदर चमक फैलाते हुए उसने शुरू किया, ''हाँ, मुझे स्वीकार करने में काई शर्म नहीं, एक भिखारी…जेक्वीज एक योग्य व्यक्ति का नाम है—मेरा परम प्रिय मित्र है; सबकुछ संक्षेप में कहूँ तो वह मेरे जीवन का, मेरे मान का रक्षक है। भले ही किसी तरह से वर्तमान जैसे अवसर पर अपने आपको युवा अविवेक के लिए दोषी ठहराना मेरे लिए दुःखदायी हो। फिर भी मैं ऐसा करने से हिचकिचाऊँगा नहीं, क्योंकि संभवत: इसके सिवाय मैं उच्च विचारोंवाले जेक्वीज के साथ न्याय नहीं कर सकता जिसका विवाह उपहार सदा मेरे दिल को प्यारा रहेगा और मेरी एडेलेड के लिए अत्यंत मूल्यवान गहना!''

''तो फिर आज मुझे इन्हें पहनने दो,'' प्यारी लड़की ने काँपती हुई आवाज में कहा और उसी समय कंगनों को उनके गुलाबी रंग के ढकने से उसकी बाँहों की सफेद साटन पर बदल दिया गया। ओटो ने थोड़ा रुककर कहना आरंभ किया—

''जब मैं पेरिस में था तो पोयंट नेफ से प्रतिदिन गुजरने की मेरी आदत सी हो गई थी। पुल के एक सिरे पर लगभग उसी जगह एक भिखारी बैठता था जो देखने में कठिनाई से पचास के ऊपर का लगता था, और वह तीस वर्षों से अधिक समय से वहाँ आ रहा था और सामान्य रूप से 'बूढ़े जेक्वीज' के नाम से जाना जाता था। किसी प्रकार की दयालुता के कारण नहीं, बल्कि उसकी आकृति मुझे रुचिकर लगने के कारण, जब भी मुझे उधर से गुजरने का मौका मिलता, मैं एक सिक्का उसकी टोपी में डाल देता था। यह मेरी आदत सी बन गई थी कि जब भी उसके स्थान पर आता, मेरा हाथ अपने आप मेरी जेब में चला जाता।

''उसने सदा मेरे लिए हर संभव भले की कामना की। जब मुझे अवकाश होता तो वह मेरे साथ दिन भर के समाचारों की बाबत गपशप लड़ाता था—यहाँ

तक कि नगर की आपत्तियों के बारे में मुझे चेतावनी भी देता था। संक्षेप में छह महीनों में हम परस्पर जान-पहचान के आधार पर खड़े हो गए; भले ही उसकी स्थिति मुझसे भिन्न थी। फिर भी हम दोनों परस्पर प्रसन्न थे।

''पेरिस में मेरा समय बहुत अच्छा बीता और मैं बिना लाभ के किसी की चापलूसी नहीं करता। जितनी मेरी चादर थी, उसमें पैर अच्छी तरह पसारे, परंतु फिजूलखर्ची नहीं की; वहाँ से चलने से पहले मेरे दुर्भाग्य ने मेरी जान-पहचान कुछ ऐसे युवकों से करवा दी जिनको जुआ खेलने की लत लगी हुई थी और उन्होंने मुझे धीरे-धीरे पहले छोटी, फिर बड़ी रकम के दाँव लगाने सिखा दिए। इसका परिणाम वही निकला जिसका अनुमान लगाया जा सकता है, परंतु सबकुछ गँवा देने और अपने मित्रों का ऋणी बनने से पूर्व मैंने गंभीरता से अपनी स्थिति पर विचार किया।

''मैंने तत्काल इसको बंद करने तथा सबके ऋणों का भुगतान करने के बाद नगर को हमेशा के लिए छोड़ देने का निश्चय किया, पूर्व इसके कि देर हो जाए। अत: मैंने अपने पिता को आवश्यक रकम भेजने के लिए प्रार्थना की, परंतु उस पत्र का और जो बाद में लिखे, उनका भी कोई उत्तर नहीं मिला। इस तरह मेरे भुगतान करने का दिन आ गया। मुझे दबाव में साहूकारों का आश्रय लेना पड़ा और विनाश मेरे चेहरे पर दीखने लगा।

''निरुत्साहित, अंधकारमय और मौन, मैं अब जेक्वीज की ओर बिना ध्यान दिए गुजर जाता। उसकी जमी हुई उत्सुक दृष्टि असहनीय हो गई और मैं उसके खड़े होनेवाली जगह को टालता चला गया। अंत में मुझे घर से चिर प्रतीक्षित पत्र मिले, परंतु रकम, जिसके साथ मैं अपने चिल्लानेवाले ऋणदाताओं का मुँह बंद करना चाहता था, नहीं मिली; उसकी बजाय थोड़ी बीमारी के बाद मेरे पिता की मृत्यु का समाचार मिला और यह कहा गया कि मेरी यात्रा के खर्च के अतिरिक्त और पैसा भेजने की संभावना नहीं थी।

''यह आसानी से अनुमान लगाया जा सकता है कि समृद्धि की गोद में पले और किसी प्रकार के सुख के अभाव से अनभ्यस्त, मुझे इस प्रकार के समाचार की आशा नहीं थी। मेरे अच्छे पिता की मृत्यु ने मुझे शोक से भर दिया था। उसके मामले की स्थिति, जिसका पता मुझे पहली बार अब चला, ने मेरे भविष्य की आशाओं पर पानी फेर दिया। सिर पर उधार का बोझ, जिसका वह भुगतान नहीं कर सका था और विदेश में जेल जाने के भय ने मुझे निराश कर दिया। मैं इसके बारे में जितना सोचता था, उतनी ही मेरी दशा संपूर्ण रूप से आशाहीन होती जाती थी और अंत में पागलपन की हालत में और ऐसी दशा में स्वाभाविक उत्तेजनापूर्ण निराशा

से, एक निद्राहीन रात के बाद, मैंने नदी की ओर प्रस्थान किया। मैं पोयंट नेफ से कुछ ही कदमों पर था कि जेक्वीज सामान्य से अधिक आग्रह से मेरे रास्ते में आ गया। मैंने उसकी ओर नहीं देखा।

'' 'एक शब्द, श्रीमान्!' उसने प्रार्थना के स्वर में मेरे कोट का कोना पकड़ते हुए कहा। 'बूढ़े, मुझे छोड़ दो,' मैंने अपने आपको संभालते हुए कहा, 'आज मैं सबकुछ दे चुका हूँ।' उसने मेरा अभिप्राय, जितना मेरा विचार था, उससे अधिक समझ लिया।

'' 'जो कुछ भी पवित्र है, उसकी कसम, मेरे प्यारे युवा मालिक,' उसने नम्रतापूर्वक कहा, 'मुझपर विश्वास करो। बताओ, क्या हुआ है?'

'' 'तुम्हें उससे क्या?' मैंने उत्तर दिया, 'तुम मेरी मदद नहीं कर सकते।'

'' 'कौन जानता है? केवल बताओ, श्रीमान्! मुझे तब तक शांति नहीं मिलेगी, जब तक जान न लूँ कि तुममें यह परिवर्तन किसने किया है। मुझे अपनी उदासी का कारण बताओ।'

'' 'क्यों, कुछ हजार तुच्छ सिक्के!' मैंने लाचारी में कहा।

'' 'बस, इतना ही, ठीक है, मैं तुम्हें उन्हें उधार दूँगा।'

'' 'तुम जेक्वीज, अच्छे बूढ़े आदमी, आज तुम अधिक पीकर आए हो?'

'' 'ठीक है, आज रात तुम मेरे पास आना और तब तक मैं तुम्हें रोकता हूँ कि जल्दबाजी न करना।'

''उसके व्यवहार की तत्परता, जिस दृढ़ता से उसने बात की और अपनी इच्छा को परिणाम में परिवर्तित करने के सतत् विचार मुझे दूसरी दशा में ले गए और मुझे उसकी प्रार्थना को स्वीकार करने के लिए विवश कर दिया। जेक्वीज ने मुझे दूरवर्ती उपनगर का अपना पता दिया और मैंने उसी सायंकाल उससे मिलने का वचन दिया।

''आशा से अधिक हैरानी से मैं निर्धारित समय और स्थान पर उसे मिला और जेक्वीज को एक छोटे, परंतु अत्यंत साफ-सुथरे और सादे की स्थिति में असबाब से भरे मकान में पाया। अब वह अच्छा कोट पहने हुए था और मित्रतापूर्ण दृष्टि से मुझसे मिलने के लिए आगे बढ़ा।

'' 'जो कुछ भी तुम यहाँ देख रहे हो उसे अपना ही समझो।' उसने कहा, 'मेरा न कोई बच्चा है और न ही कोई संबंधी और जो कुछ मुझे उपकारी लोगों से प्रतिदिन मिलता है, वह मेरी अपनी और घर की जरूरतों के लिए काफी होता है।'

''मैंने बूढ़े आदमी की सहायता के बारे में कम सोचा था, फिर भी उसका

यह कहना मुझे भद्दा लगा, लेकिन उसे मूर्ख अथवा पागल कहने में हिचकिचाता रहा था। उसने मुझे देखने के लिए कहकर मेरी शंका दूर कर दी। उसने फर्श का एक भाग उठाया और उसके नीचे से लकड़ी का एक भारी पात्र निकाला, जिसे उसने कठिनाई से मेज पर रखा। ढकना उतारने पर, तुम मेरी हैरानी को भाँप सकते थे, जब मैंने उसे किनारे तक सोने के सिक्कों से भरा पाया।

" 'अपनी सहायता स्वयं करो, श्रीमान्,' उसने मुसकराते हुए कहा, 'ये बारह हजार सिक्के हैं, मेरे पास यही नकद रकम है परंतु मैं शीघ्र ही और अधिक के लिए प्रबंध कर सकता हूँ। मुझे गलत न समझना,' मेरे ईमानदार जेक्वीज ने कहना जारी रखा—'मैं कोई सामान्य भिखारी नहीं हूँ, सुस्ती से प्यार करके और दयालु लोगों की खैरात से, जरूरतमंदों को धोखा देकर, मैं कमाई नहीं करता। मैं श्रेष्ठ हूँ, भले ही जन्म से निर्धन हूँ। माता-पिता से शीघ्र वंचित होकर, मैं अपने सोलहवें वर्ष में फौज में भरती हो गया, महान् सेक्से के अधीन सेवा की और यदि मैं ऐसे नेता के योग्य हूँ, तो यह उसका प्रमाण है।' सेंट लुई का क्रॉस सोने के ढेर पर रखा था।

" 'मेरे बीसवें वर्ष में, तोप के एक निशाने ने मेरा दायाँ हाथ ले लिया। मुझे सेना से मुक्ति मिल गई और संसार में निराश्रय तथा आशाहीन छोड़ दिया गया। रोजी-रोटी कमा सकने के व्यापार से अनभिज्ञ था और हाथ की क्षति ने श्रम के अयोग्य बना दिया तो मैंने अपने आपको गहरी उदासीनता के लिए छोड़ दिया, जिसके कारण मैं लंबी और घोर बीमारी से ग्रस्त हो गया। जब मैं ठीक हुआ तो मेरी क्षीण आशाओं ने मुझे भिखारी बना दिया। मेरी युवावस्था और दुर्बलता लोगों की दया का इतना बड़ा कारण बनीं जितनी मैं आशा नहीं करता था और मैं जल्दी ही अपनी दैनिक जरूरतों के लिए न केवल इतना कमाने लगा बल्कि कुछ बचाने योग्य भी हो गया और धीरे-धीरे अच्छी-खासी रकम बन गई। इससे मैंने अपने उन साथियों की सहायता की जो कष्ट में थे। चूँकि भीख माँगने में वे मेरे जैसे सौभाग्यशाली नहीं थे, इस कारण उन लोगों की सहायता बिना लगाव के कर देता था। इससे मुझे पीड़ा हुई। मैंने एक पिताहीन बच्चे को अपने बेटे की तरह गोद ले लिया और पहले से अधिक अल्पव्ययी जीवन व्यतीत करने लगा ताकि बच्चे के लिए कुछ प्रबंध कर सकूँ। मैंने उसका पालन-पोषण ध्यानपूर्वक किया और सोलह वर्ष की आयु तक पढ़ाया। तब एक सभासद् ने प्रसन्न होकर लड़के को अपनी सेवा में ले लिया। यही वह लड़का…ओह, फ्रांसिस! फ्रांसिस, मैंने तेरे लिए कितने आँसू नहीं बहाए! जल्दी ही एक भिखारी के साथ को अपनी शान से नीचा समझने लगा

और उसी दिन, जिस दिन तुमने पहली बार मुझे भिक्षा दी, मेरे पास से गुजरकर उसने मुझे क्रूरता दिखाई, जैसे वह मुझे जानता ही न हो। उसे मुझसे शर्म आती थी—मुझसे, जो उसे स्वतंत्र बनाने के लिए उस समय तक भीख माँगता रहा था। 'वह मेरी परवाह नहीं करता,' मैंने कहा और उसके अस्वाभाविक व्यवहार ने सारा रक्त मेरे दिल में धकेल दिया।

'' 'तुम सर्वशक्तिमान व्यक्ति हो! मुझे दूसरा बेटा दो! जब तुम आए थे, मैंने प्रार्थना समाप्त कर ली थी और दयालु भाव से तुमने मेरी टोपी में उपहार फेंक दिया।'

ओटो की आँखें भर आईं और उसके दबाव में उसे रुक जाना पड़ा।

'' 'तुम्हें मुझसे शर्म नहीं आएगी,' जेक्वीज कहता गया, 'तुम अब अभागे हो; इस बूढ़े भिखारी की सहायता स्वीकार करके इसे प्रसन्न करो।'

''तुम आसानी से अनुमान लगा सकते हो कि उस क्षण मुझे कैसा लगा होगा! एक जुर्म को रोकने के लिए परमेश्वर का अद्‌भुत विधान, जिसपर मैं काँप जाता हूँ; श्रेष्ठ, मैं कहता हूँ, अच्छे बूढ़े की दिव्य दृष्टि, सबसे ऊपर मेरी अपनी भयावह स्थिति, इन सबका मेरे दिमाग में जमघट हो गया और मुझे इस उदार भेंट को स्वीकार करने में रत्ती भर भी हिचकिचाहट नहीं हुई। अपनी गड़बड़ाहट का कारण उसे बताना व्यर्थ था, वह सबकुछ ही जानता था। मैंने उसे एक हजार सिक्के गिनने को कहा और कलम एवं स्याही माँगी ताकि उसको रकम की रसीद दे सकूँ परंतु मेरे दाता ने इस बारे में मेरी एक नहीं सुनी। 'ले जाओ,' उसने कहा, 'जितना तुम्हें चाहिए; और यदि तुम्हारी मृत्यु हो जाती है,' उसने कहा, 'मुझे वहाँ जाकर दे देना। मुझे यहाँ थोड़ा ही चाहिए। तुम मेरे पास बेटे की तरह भेजे गए हो; तुम बनो या न बनो लेकिन मुझे पिता बनने से तुम रोक नहीं सकते।'

'' 'हाँ पिता, रक्षक और पिता,' उसकी छाती पर गिरकर मैं चिल्लाया, 'प्रकृति ने मुझे एक दिया और जब मैंने उसे खो दिया तो परमेश्वर ने उसके रूप में तुम्हें भेज दिया। मैं देर तक जेक्वीज की झोंपड़ी से नहीं आया; जब मैं हलके दिल के साथ घर लौटा तो ताजा नींद मेरी पलकों पर आ गई। अगले दिन जल्दी ही मैंने अपने ऋणदाताओं का भुगतान कर दिया, जेक्वीज से पुनः गपशप लड़ाई और फ्रांस को छोड़ने की तैयारी कर ली। यहाँ आने पर मेरा पहला दायित्व उसके ऋण का भुगतान करना था जिसको वस्तुतः मर्यादा का ऋण कह सकते थे। परंतु जैसाकि विदा होते समय उसने मुझसे स्पष्ट रूप से कहा था कि इस बारे में जल्दी-से-जल्दी एक वर्ष तक न सोचूँ ताकि अपने भरोसे का सबूत दे सकूँ; मैंने आज तक उसको

स्थगित रखा ताकि उसका उधार चुका सकूँ; मैंने उससे अपने विवाह की सूचना देकर संतुष्टि कर ली।''

''और वह मेरा भी पिता होगा,'' एडेलेड ने उसका हाथ दबाते हुए कहा, फिर पैमाने को शराब से भर दिया—''आओ, हम अपने योग्य पिताओं के स्वास्थ्य का जाम पीएँ—जोन वोन जेड और भिखारी जेक्वीज।''

हर-एक ने उत्साहपर्वूक जाम पीया, अतिरिक्त उस अजनबी के जो अपनी कुरसी पीछे हटाकर उदास भाव से बैठा हुआ था। वह शीघ्रता से उठा—उसके चेहरे से स्पष्ट दिखाई दे रहा था कि भीखारी का मजाक उसे अच्छा नहीं लग रहा था।

''श्रीमान्, आप आवभगत के अधिकार का दुरुपयोग कर रहे हैं।'' ओटो क्रोध में फ्रांसीसी को घर से बाहर निकलाने के लिए, उसके पास जाते हुए चिल्लाया।

''मोन एमी आह मोन फिल्स,'' बूढ़े आदमी ने कोमल भाव से और उसी समय अपनी बाईं आँख की पट्टी उतारते हुए उत्तर दिया—''अब मैं पूरी तरह से संतुष्ट हूँ कि मेरा चुनाव गलत नहीं था। तुम्हें बूढ़े भिखारी को अपनाते तथा तुम्हारी दुलहन, प्यारी दुलहन को भी मुझे पिता कहने में शर्म नहीं आई। मैंने आज के दिन के लिए ही इतनी लंबी यात्रा की है और गाड़ी को तुम्हारे द्वार के सामने ही उलटवाया है।'' उसने अब पैंतरा बदला; सारे-के-सारे अतिथि उसकी प्रशंसा और दुलार करते हुए उसके इर्दगिर्द जमा हो गए और कृतज्ञ ओटो ने एडेलेड को चूमते हुए कहा कि वह उसके जीवन का अत्यंत खुशी का दिन है।

''केवल मुझे मेरे बचे हुए अंतिम दिन अपने पास गुजारने दो।'' जेक्वीज ने अपनी छाती से बाएँ हाथ से एक पोटली निकालते हुए कहा। तभी लोगों ने देखा कि उसका दायाँ हाथ मोम से चतुराई से बनाया गया था। ''यह, मेरे बेटे, तुम्हारे कागजात हैं। मैं कभी भी तुम्हारे ऊपर बोझ नहीं बनूँगा। मुझे किराए से बारह सौ लिवाज प्रतिवर्ष मिलते हैं और मैं तुम्हारे घर में थोड़ी सी जगह के लिए प्रार्थना करता हूँ या जहाँ तुम चाहो, यह ईमानदार भिखारी अपने अंत की प्रतीक्षा कर सके।''

ओटो ने नम्रतापूर्वक अपने पितृवत् व्यक्ति को गले लगाया और लकड़ी का प्याला उस सायंकाल बार-बार भरता रहा।

□

जब से हसलन नवाब का निवास स्थान रहा था, किला ... ो हैरानी पैदा कर सकती थी, का लेखा-जोखा नहीं रखा गया था सिवाय वश परंपरागत राजकुमार के जन्म के, जो वानडर केबल की अंतिम वसीयत का आधार था। वानडर केबल को हसलन का क्रोसस और उसके जीवन को सिक्कों का सुखांत नाटक कहा जा सकता था।

केबल के दूर के सात स्वर्गवासी संबंधियों के दूर के सात संबंधियों ने वसीयत में जगह पाने की थोड़ी बहुत आशा की थी, क्योंकि क्रोसस ने उनके नाम सम्मिलित करने का वचन उनको दिया था परंतु आशा धुँधली थी; क्योंकि उसका अधिक भरोसा नहीं किया जा सकता था, इसलिए नहीं कि वह अपने मामलों को न केवल भयानक नैतिकता और स्वार्थभाव से निभाता था—नैतिकता के मामले में सात संबंधी नवसिखुआ थे—बल्कि इसलिए भी कि वह मामलों को चिड़चिड़े स्वभाव और छल-कपट से निपटाता था; इसलिए अनुसरण के योग्य नहीं था। उसकी कनपटियों के आसपास और मोटे होंठों पर सतत् मुसकराहट और कर्कश उपहास करनेवाली आवाज ने श्रेष्ठ ढंग से बनी आकृति और बड़े हाथों के जोड़े को क्षति पहुँचाई थी—उसके हाथ, जो प्रतिदिन वनवर्ष के उपहार और अन्य उपहार देते थे। इनको खाना और घोंसला देता था, उन पक्षियों के समूह ने इस व्यक्ति को, इस फलदार वृक्ष को, एक गुप्त चालबाज घोषित कर दिया और वे दिखाई देनेवाले बेरों की बजाय छिपे हुए फंदों को देखने लगे।

लकवे के दो दौरों के बीच उसने वसीयत लिखी और मजिस्ट्रेट के हवाले कर दी। जब अधमरी स्थिति में उसने सात संभावित उत्तराधिकारियों को वसीयत की रसीद दी तो अपने क्षीण स्वर में उसने कहा कि वह दुःखी होगा यदि उसकी

आनेवाली बीमारी उन बुद्धिमान् व्यक्तियों को प्रभावित करेगी जिनको वह चाहता था कि वे रोनेवाले उत्तराधिकारियों की बजाय हँसनेवालों का चित्र पेश करें।

निश्चित समय पर सातों उत्तराधिकारी अपनी-अपनी रसीद के साथ रथहास पहुँचे। वहाँ पर माननीय धर्माचारी गलेंज, पुलिस निरीक्षक हरप्रेच, कचहरी का कर्मचारी न्युपीटर, कचहरी का वकील नोल, पुस्तक विक्रेता पासवोगल, उपदेशक फलेचस और एलसास से फिलिटे वहाँ उपस्थित थे। उन्होंने मजिस्ट्रेट से स्वर्गीय केबल की वसीयत को कानून की औपचारिकताओं के साथ खोलने की प्रार्थना की। मृतक की वसीयत का मुख्य उत्तर-साधक वहाँ का शासक मेयर था और छोटे उत्तर-साधक नगर के सभासद थे। बिना देर किए वसीयत को निजी डिब्बे से निकाला गया और कचहरी में जमा करवा दिया गया; फिर सभासदों और उत्तराधिकारियों में उसे घुमाया गया ताकि वे एक नजर छपी हुई नगर मोहर को देख सकें। वसीयत के बाहरी ओर लिखे हुए निर्देशों को नगर के मुंशी ने सातों उत्तराधिकारियों के सामने ऊँची आवाज में पढ़ा जिनको उसमें बताया गया था कि मृतक ने वस्तुतः वसीयत को मजिस्ट्रेट के पास जमा कर दिया था और उसी को जनता में घोषित करने का अधिकार था। जिस दिन उसे जमा किया गया था, वह पूरे होश में था; और अंत में जो सात मोहरें उसने स्वयं लगाई थीं, उनका निरीक्षण करने पर उन्हें सत्य पाया गया था। जब मुंशी ने सारी औपचारिकताएँ पूरी कर लीं तो परमेश्वर के नाम पर वसीयत को खोला गया और मेयर ने इसे पढ़ना शुरू किया—

"मैं, वानडर केबल एतद् द्वारा आज मई 179—के इस सातवें दिन हडंगासे के हसलन नगर में अपने घर में, बिना कई लाख शब्दों के, अपनी अंतिम वसीयत की घोषणा करता हूँ। भले ही एक समय मैं जर्मन लेख्य प्रमाणिक और हॉलैंड में अधिकारी था, परंतु मुझे विश्वास है कि मैं अभी भी लेख्य प्रमाण की कला में अभ्यस्त हूँ और उचित एवं शुद्ध रूप से परीक्षक तथा वसीयत लिखनेवाले के काम को निभा सकता हूँ।

"जहाँ तक उदार उत्तरदान का प्रश्न है, वह वकील की चिंता का विषय है; मैं घोषणा करता हूँ कि नगर के तीन हजार निर्धनों को इतने शिलिंग दिए जाएँ कि वे सार्वजनिक मैदान में तंबू गाड़कर अगले वर्ष मेरी पुण्यतिथि मनाते हुए सारा दिन मौज करें और अपने कपड़े सिलवाने के लिए तंबुओं को अपने साथ ले जाएँ। अपने राज्य के सब स्कूली अध्यापकों के लिए 'लाडस डे और एपीस' छोड़ता हूँ और यहूदियों को गिरजे में अपना कमरा देता हूँ, क्योंकि मैं अपनी वसीयत को

वाक्य खंडों में बाँटना चाहता हूँ, इसको प्रथम खंड माना जाए।

''वाक्य खंड 2—वसीयत में दाय और दाय-वंचन की घोषणा सार्वभौमिक रूप से मान्य है। इसलिए मैं माननीय धर्माचारी गलेंज, कचहरी के वकील नोल, कचहरी के कर्मचारी न्युपीटर, पुलिस निरीक्षक हरप्रेच, उपदेशक फलेचस, पुस्तक विक्रेता पासवोगल तथा मिस्टर फिलिटे को इस समय कुछ नहीं दे रहा हूँ, अधिकतर इसलिए नहीं कि दूर के संबंधी 'ट्रेबेलियानिका' पर अपना हक नहीं जमाएँगे और न ही इसलिए कि उनमें से कई के पास, आनेवाली पीढ़ियों को देने के लिए काफी कुछ है, बल्कि मुख्यता इसलिए कि मैं उनको दिए गए विश्वास से जानता हूँ कि मैं अपनी बड़ी संपत्ति किसी दूसरे ढंग से दूँ, की अपेक्षा, वे मेरा अधिक मान करते हैं।''

सात फैले हुए चेहरे चौंक पड़े। विशेषकर युवा माननीय धर्माचारी गलेंज, जो सारे जर्मनी में अपने व्याख्यानों और छपे उपदेशों के लिए जाना जाता था, को इस तिरस्कार से बड़ी चोट लगी। एलसास के फिलिटे ने अपने होंठों से सौगंध को धीरे से निकलने दिया; और उपदेशक फलेचस की ठुड्डी लंबी और लंबी होने लगी जिससे दाढ़ी का खतरा पैदा हो गया। मजिस्ट्रेट ने अकस्मात् कई को कानाफूसी करते देखा और धीरे से सुना कि वे स्वर्गीय मिस्टर केबल को दुरात्मा, मूर्ख, ईसा-विरोधी के विशेष नाम दे रहे थे, परंतु मेयर ने अपना हाथ हिलाया, कचहरी के वकील और पुस्तक विक्रेता ने अपने चेहरों पर भारी लचीली कमानियाँ कस दीं, जैसे एक बार पुनः पिंजरे में बंद हो गए हों और मेयर प्रभावी गंभीरता से पढ़ता गया—

''वाक्य खंड 3—हंडगासे में अपने वर्तमान निवास स्थान को, उसके सारे सामान के साथ, इस वाक्य खंड के अनुसार मैं पूर्व कथित सात भद्र पुरुषों में से उस एक को दूँगा जो यह वसीयत पढ़ने के डेढ़ घंटे (इस वाक्य खंड की पढ़ाई से गिनकर) में मेरे लिए, अपने मृतक संबंधी के लिए, मजिस्ट्रेट के सामने पहला आँसू बहाएगा और मजिस्ट्रेट इस तथ्य को पंजीकृत करेगा। यदि इस समय के अंत तक विलंब हुआ तो संपत्ति मेरे मुख्य उत्तराधिकारी को जाएगी जिसका नाम मैं तुरंत बताऊँगा।''

मेयर ने यहाँ शर्तों को असामान्य बताते हुए वसीयत को बंद कर दिया, परंतु कानून के विरुद्ध नहीं, बल्कि कानून के अनुसार कचहरी उसको मकान देगी जो पहले रोएगा; उसने मेज पर घड़ी टिका दी, जो साढ़े ग्यारह बजा रही थी और वह उत्तर-साधक के कार्यालय में यह लिखने के लिए कि पहले आँसू कौन बहाता है,

वकीलों के साथ बैठ गया।

जब तक यह स्थिति रही, इनसे अधिक दुःखद और व्याकुल जनसमूह देखने को नहीं मिला था जितना एकत्र हुए इन सात खुश्क पात्रों का, जो रोने वाले थे। पहले बहुमूल्य क्षण तो भय और मुसकराती हैरानी में खो दिए; निंदा करने से एकाएक रोने में बदलना कोई आसान काम नहीं था। शुद्ध और सादी भावना जो स्पष्ट थी, की बाबत सोचना नहीं होगा बल्कि छब्बीस मिनटों में अप्रैल की वर्षा लाने के लिए कुछ-न-कुछ करना होगा!

व्यापारी न्युपीटर ने पूछा कि क्या इसके बारे में चिंता करना एक कुलीन व्यक्ति के लिए व्याकुल करनेवाला और एक मूर्ख का सुखांत नाटक नहीं है, जिसको इससे कुछ लेना-देना नहीं है परंतु यह विचार कि एक आँसू की छाती पर से मकान उसके बटुए में आ जाएगा, अश्रु संबंधी ग्रंथी को आश्चर्य से गतिमान कर देता है।

कचहरी के वकील नोल ने विनीत कारीगर की तरह अपने चेहरे को कसा जैसा वह शनिवार के दिन धुंधले लैंप की रोशनी में नवसिखुआ नाई से दाढ़ी मुँड़वा रहा हो; वह वसीयत के दुरुपयोग पर अत्यंत क्रुद्ध हुआ और अपने आँसू बहाने से दूर रहा।

कपटी पुस्तक विक्रेता ने मामले को तत्परता से तुरंत हाथ में लिया, अपनी स्मरणशक्ति को, उन भावुक विषयों में, जो वह छपवा रहा था या दस्तूरी पर लिये थे, में विचरने के लिए भेज दिया। वह ऐसे लग रहा था जैसे पेरिस के डॉक्टर डेमटे के नाम पर वमन करवानेवाली औषधि को कोई कुत्ता चाट रहा हो; इसको परिणाम के लिए कुछ समय तो चाहिए।

एलसास का फिलेटे सैशन कमरे में नाचा और हँसती आँखों से विलाप करनेवालों को देखा और शपथ ली, भले ही वह उन सबमें धनी नहीं था, वह सारे स्टरासबर्ग और एलसास के लिए भी रो नहीं सकता था, क्योंकि ऐसा मजाक विदेशी था।

अंत में पुलिस निरीक्षक हरप्रेच ने उसकी ओर अर्थपूर्ण दृष्टि से देखा और बोला, ''श्रीमान्, यदि जानी-पहचानी ग्रंथियों से हँसी के द्वारा आकांक्षित आँसू निकलवाने की आशा करते हैं और धोखे से लाभ उठाना चाहते हैं तो मैं उन्हें याद करवाना चाहता हूँ कि मुझे नाक सिनकने से भी कम लाभ होगा; क्योंकि कहा जाता है कि बंद नाक इतने आँसुओं को वह दिशा देती है जितने प्रभावी शोक-संदेश के बाद गिरजा के शोक-कक्ष में बहते हैं।'' परंतु अलशेशियन ने उसको विश्वास

दिलाया कि किन्हीं गंभीर इच्छाओं के बिना केवल मौज के लिए हँस रहा था। निरीक्षक ने अवसर के अनुरूप अपनी आँखें पूरी तरह खोलकर एक बिंदु पर टिकाते हुए उचित काम किया।

उपदेशक फलेचस घोड़े पर सवार एक ऐसे भिखारी की तरह नजर आया, जिसका टट्टू, शोकपूर्ण दिन में सूर्य की चमक की तरह उससे दूर भाग रहा हो। उसका दिल घर और गिरजे की कठिनाइयों के अत्यंत उचित बादलों से घिरा हुआ था। वह उस स्थान पर आसानी से पानी निकाल सकता था परंतु दुर्भाग्य से मकान जैसे दीर्घ ज्वार पर तैरता हुआ सुहावना नजर आ रहा हो, बार-बार बाँध की तरह दिखाई देता था।

माननीय धर्माचारी गलेंज, जो न्यूयॉर्क के अपने अनुभव और शोक-संदेशों के प्रति अपने स्वभाव को जानता था और जिसको वस्तुतः विश्वास था कि यदि उसे दूसरे के सामने छूनेवाली भाषा में बोलने का अवसर मिले तो वह अपने मनोभावों के लिए परिश्रम कर सकता है, उठा और गर्व से कहा कि उसे विश्वास है कि जिस किसी ने भी उसकी लिखी पुस्तकें पढ़ी हैं, उसको निश्चय हो जाएगा कि उसके भी सीने में दिल है और उससे यह आशा की जा सकती है कि किसी भी मानव-भाई को वंचित न रखने के लिए आँसुओं जैसे पवित्र चिह्नों को दबाया जाए, न कि उनको जबरन बहाया जाए। इससे पहले यह दिल उमड़ आया था, परंतु वह गुप्त रूप में था, क्योंकि केबल मेरा मित्र था। उसने कहा और अप-' आसपास देखा।

उसने संतोष से देखा कि सभी सूखी लकड़ियों की तरह बैठे हुए थे। उस स्थिति में मगरमच्छ, हिरन, हाथी, जादूगरनियाँ और गलेंज से क्रोधित, जैसे वे लगते थे, उत्तराधिकारियों की अपेक्षा आसानी से रो सकते थे। केवल फलेचर भाग्यशाली निकला! उसने केबल के अच्छे काम की बाबत और उसकी भद्दी पोशाक और जल्दी ही प्रार्थना-सभा में उसके धूसर बालों के बारे में सोचा, फिर शीघ्र ही उसे लेजरस, उसके कुत्तों और उसके अपने लंबे कफन का ध्यान आया; फिर उन सब व्यक्तियों की ओर ध्यान गया जिनके सिर कभी-न-कभी उड़ा दिए गए थे, 'मौसम के संताप' युद्ध क्षेत्र में उसने अपनी ओर करुणामयी दृष्टि से देखा कि वह कितना युवा है और वसीयत के अभाग्य वाक्य खंड के लिए किस प्रकार का काम करके अपने आपको गुलाम बना लिया है। अपने पंप जैसे हाथ के साथ एक और गहरी साँस ली कि पानी और मकान आए या जाए!

"ओह, केबल, मेरे केबल," शोकपूर्ण आँसुओं की प्रसन्नतामिश्रित आशा करते हुए, लगभग रोते हुए गलेंज ने कहना जारी रखा—"तेरी अमूल्य छाती तो

अब धूल से ढकी हुई है, भविष्य में एक दिन मेरी अपनी छाती भी उसका आकार लेगी।''

''मैं विश्वास करता हूँ, सज्जनो,'' बहते हुए आँसुओं के साथ फलेचस ने खड़े होकर कहा, ''मैं रो रहा हूँ।'' इसपर, वह गालों पर खुशी के आँसू टपकाता हुआ पुनः बैठ गया। अब वह पानी से बाहर था; उसने सफलतापूर्वक गलेंज, जो अपने प्रयासों में हार चुका था; क्योंकि उसने सबसे व्यर्थ में अपनी भूख की बात की थी, से मकान को फाँस लिया था। फलेचस का मनोभाव पंजीकृत किया गया, हंडगासे का मकान उसके नाम कर दिया गया। मेयर भी आनंदित हुआ कि विनीत दुष्ट को मकान मिल गया। हसलन् के राज्य में वह पहला अवसर था कि देवी फ्रेया के आँसुओं की तरह एक अध्यापक और उपदेशक के आँसू सोने में बदल गए। गलेंज ने जी खोलकर बधाई दी और फलेचस से कहा—''इस प्राप्ति की सफलता का श्रेय स्वयं उसको है।'

□

एक मौलिक

—बेरोनेस वोन एबनर, एच्छेन वेच

यदि यह मान लिया जाए कि मौलिक समाप्त हो गए हैं तो वे सभी जिन्होंने मिस्टर जिब्राईल ट्योफनबर्ग को देखा है, गर्व से कह सकते हैं कि उन्होंने वह चीज देखी है जो जीवित नहीं है।

उसकी आकृति, न रुचि को और न ही घृणा को उभारती है। उसकी लंबाई चौड़ाई से मेल खाती हुई छह फुट थी; उसका रंग गुलाबी और पुष्ट बच्चे की तरह था—छोटे नैन-नक्श और बड़ा चेहरा, एक सुंदर सीधी नाक, सिल्की चमक लिये हलकी लगभग सफेद मूँछों के नीचे भली प्रकार तराशा हुआ मुँह, उसकी भौंहें और पलकें भी लगभग सफेद थीं; उसकी आँखें गोल और नीली थीं जो किसी बात की सूचक नहीं थीं।

ओह, बच्चे की आँखें कितनी शांत और मूक थीं; उसकी माँ जब भी उसकी ओर देखती थी, तो सोचती थी कि उसके मृतक पिता की आँखों से भी अधिक शांत थीं।

उसकी अपनी आँखें भूरी और जोशीली थीं और उसके छियालीस वर्षों पर ध्यान न दें तो वह अब भी सुदंर और मनोहर औरत थी। उससे कम बुद्धिवाले मूर्ख पति से उसका विवाह उसे कोई सुख नहीं दे सका था, भले ही उसकी चापलूसी की गई और चारों ओर से विवाह-प्रस्ताव आए परंतु वह अपवाद का विषय नहीं बनी। उसके उत्साहहीन पति ने चल और अचल भू-संपत्ति का प्रबंध उसके हाथों में सौंप दिया था और उसके बेटे ने उसके उदाहरण का अनुकरण किया। वह इससे अच्छा नहीं कर सकता था। उसकी माँ ने अपनी मरजी से और सफलतापूर्वक काम को संभाला और इसके अतिरिक्त वह देश और नगर में अतिथि-सत्कार करनेवाली मनोहर महिला थी। तीन जवान अनाथ भतीजियाँ उसके घर को सुशोभित करती

थीं। वह उनमें से किसी एक का भी अपनी बहू के रूप में स्वागत कर सकता।
परंतु जिब्राईल ने अपनी चचेरी बहनों को मोम की गुड़ियों से अधिक नहीं समझा। कहने का अभिप्राय यह है कि स्थिर प्रकार की थी; क्योंकि चलती-फिरती गुड़िया उसकी रुचि को तुरंत उत्तेजित कर देती थीं। कोई भी कल-पुर्जेवाले इंजन, बड़े या छोटे, उसकी पसंद में शामिल थे। उसने बचपन में गत्ते और टीन से पंप, कारखाने और बुकनी छितरानेवाली डिबिया बनाई, जो रस्सी को खींचने से या दस्ते को घुमाने से चलती थी। बाद में जीवन में वह कम भाग्यशाली रहा; उसकी बनाई हुई खेती-बाड़ी की बड़ी-बड़ी मशीनों ने काम नहीं किया।

उसका जीवन काफी संतोषपूर्ण था। जल्दी सोना, देर से जागना और कपड़े पहनने में देर लगाना, पाक-कला को समझे बिना अधिक और धीरे-धीरे भोजन करना उसकी आदत हो गई थी। यदि उससे पूछा जाता कि उसे आलू पसंद हैं या गुच्छी, तो वह उत्तर देता—'मेरे लिए सब बराबर है।' नगर में उसकी सर्दियों की शामें थिएटर में या फिर क्लब में ताश खेलते गुजरती थीं और थिएटर में कौन सा खेल खेला गया या क्लब में वह हारा या जीता, उसके लिए बराबर था। देहात में वह अपना समय कारखाने में व्यतीत करता था, जो उसने किले में लगाया था। औरतें इसे 'बलकन की स्टीथी' कहती थीं। यदि उसका साथ लेना होता तो उसे वहाँ से लिया जा सकता था, और तीन सुंदर और जवान लड़कियों के साथ अपनी अत्यंत प्यारी घुड़सवारी तथा सैर के दौरान वह इंजनों का स्वप्न देखा करता।

"देखो जिब्राईल," उसकी माँ ने एक दिन उससे कहा, "तुम्हें अपनी चचेरी बहनों में से एक से विवाह करना चाहिए।"

"खुशी से।" उसने उत्तर दिया।

तब वह प्रसन्न हो गई, "क्या उनमें से एक को कह दूँ?"

"अवश्य।"

"परंतु किसे?"

"मेरे लिए सब बराबर है।"

और उसका आनंद समाप्त हो गया।

एक के बाद एक सुंदर चचेरी बहनों का विवाह हो गया और जैसे ही ट्योफनबर्ग अंतिम लड़की का विवाह-सहायक बना, उसकी माँ की मृत्यु हो गई।

गाँव में संक्रामक रोगियों की सेवा करते-करते उसको भी रोग लग गया था और कुछ ही दिनों में वह मर गई। जिब्राईल ने न आँसू बहाए और न ही शिकायत की; उसमें कहीं भी शोक का चिह्न नहीं था, परंतु हर-एक ने उसके अकेलेपन में

उसे सांत्वना दी और साहस बँधाया। स्वाभाविक रूप से मित्रों और संबंधियों ने अब उसे विवाह कर लेने के लिए कहा और जब उन्होंने सुझाव दिया कि उसके सामने केवल चुनने का ही प्रश्न है तो वह बोला, ''वास्तव में।'' अंत में उसने नहीं चुना वरन् एक युवा विधवा ने उसे चुन लिया जो स्त्रीत्व की तसवीर थी; काली आँखें और काले बाल, कोमल और पतली, जैसे वह स्वयं सुदृढ़ और मोटा था। वह उसके प्रेम में नहीं पड़ी, परंतु उसको चाहती अवश्य थी और उसके शांत स्वभाव, उसके सुसंस्कृत प्रतिष्ठित तरीके और उसकी नैतिकता की गहराई का आदर करती थी। वह मानती थी कि वह उदासीन भद्दा व्यक्ति नहीं था जैसाकि लोग उसे देखते थे। उसके अंतरभावों का उत्साह सोया पड़ा था; उसे केवल जगाना ही था।

उसके मित्रों ने उसका मजाक उड़ाया—''क्या तुम जगा सकोगी? हम उसमें कोई परिवर्तन नहीं देखते, वह पहले जैसा ही है।''

''उसे निरुत्साह नहीं किया जा सकता था। तुम प्रतीक्षा करो,'' उसने कहा, ''सब ठीक हो जाएगा।''

सिसलिया ट्योफनबर्ग अपने पहले बच्चे की आशा कर रही थी; वह लड़का चाहती थी। ''तुम किसकी इच्छा करते हो,'' उसने अपने पति से पूछा, ''बेटा या बेटी?''

''मेरे लिए सब बराबर है!'' उसने उत्तर दिया, परंतु उसे विश्वास नहीं हुआ और आग्रह करने लगी—''प्यारे, यह तुम्हारी भद्रता है कि यदि मैं लड़की को जन्म दूँ तो मुझे दु:ख नहीं होगा।''

परंतु उसने उसको बेटा दिया और अगले वर्ष दूसरा। दोनों बच्चे अच्छी तरह बड़े हुए। उनका दिल ईमानदार था, बुद्धि निर्मल थी, आँखें सुंदर थीं और नैन-नक्श माँ के और आकृति पिता की पाई थी। वे क्रमश: दस और नौ वर्ष के थे जब ट्योफनबर्ग के घर में एक और सुखद घटना घटी। घर का मुखिया कुछ सप्ताह के लिए इंग्लैंड में अपने मित्र से मिलने गया हुआ था। उसका मित्र एक इंजीनियरी कारखाने का मालिक था और उसने सुधारे हुए 'एलायंस' इंजन को काम करते हुए देखने के लिए इसको आमंत्रित किया था। जब वह एक चलनेवाली क्रेन के नमूने के पास खड़ा था तो उसे एक तार मिला जिससे पता चला कि उसके यहाँ लड़की पैदा हुई थी और जच्चा-बच्चा दोनों ठीक थे। इस सूचना ने उसकी प्रशंसा को उत्तेजित कर दिया। वह वहाँ से हट नहीं सका और मेजबान से कहा कि वह उसकी पत्नी को बधाई का तार भेज दे।

वह एक महीना और इंग्लैंड में रुका और लौटते हुए ढेर से उपहार लाया—

साईकिल, टेलीफोन, ग्रामोफोन, टाइपराइटर, कपड़ा सीने की मशीनें, घोड़ा-गाड़ियाँ और बहुमूल्य पानी के छोटे जहाज, परंतु सबसे अमूल्य था उसका ट्रांस्फार्मर। इस नए और भयंकर नजर आनेवाले को हर संभव सावधानी और रक्षा के उपायों को ध्यान में रखते हुए, साथवाली मिल से पॉवर लेकर, तमाम मशीनों को चलाने के लिए कारखाने में लगाया गया।

जिब्राईल ने हर प्रकार से घर को ठीक-ठाक पाया; उसकी पत्नी तथा लड़के पूर्णतया स्वस्थ थे। उसने नवागंतुक लड़की के बारे में नहीं पूछा और सिसलिया ने भी बच्ची की बाबत कुछ न कहने का सोच लिया था जबकि पिता ने उसकी ओर ध्यान ही नहीं दिया था, परंतु लड़कों से यह सहन न हो सका कि उनकी बहन को इस तरह खामोशी से छोड़ दिया जाए। रात को भोजन के बाद उन्होंने पिता का हाथ पकड़ा और नर्सरी में ले गए। ट्योफनबर्ग पीछे-पीछे गया। एक खुले, ऊँचे और उज्ज्वल कमरे में जाते हुए वे द्वार पर एक स्वस्थ सेविका और उससे भी अच्छी दाय से मिले। एक गहरे गुप्त स्थान के साथ में ऐसा प्रतीत होता था कि सोने के चौखटे पर गुलाबी बादल मँडरा रहे हों। पास आने पर बादल शिफोन, फीतों और लैस की सुंदर रचना में बदल गया और उसके अंदर सूक्ष्म मानव के रूप में, छोटा गोल चेहरा, बड़ी-बड़ी नीली आँखें और थोड़ा खुला मुँह—देवदूत का मुँह गाने के लिए तैयार, जैसी कोई चीज दबी पड़ी थी! उसने हवा में प्रचंडता से भद्दी तरह लड़ता हुआ हाथों का जोड़ा उभारा!

ट्योफनबर्ग ने इस नन्हीं वस्तु को ध्यान से देखा। वह जटिल-से-जटिल मशीन पर भी इससे अधिक ध्यान नहीं दे सकता था। धीरे और ध्यान से उसने एक अंगुली नन्हें हाथ में दे दी जिसे उसने तुरंत पकड़ लिया। इस क्षणिक घटना ने जिब्राईल ट्योफनबर्ग को ही बदल डाला। उसकी आवाज मृदु हो गई जो पहले कभी सुनने में नहीं आई थी। उसने पुकारा, "लड़की, जरा देखो, बच्ची!" "यह तुम्हारी बेटी है, जिब्राईल!" उसने इसके कथन पर हैरान होते हुए कहा।

छोटी अंगुलियों, जो अब भी पिता को थामे हुए थी, से बिजली सी दौड़ती प्रतीत हो रही थी—सजीव करनेवाली बिजली, जो उस लंबे-चौड़े आदमी के सिर से पैर तक बह रही थी। ऐसा लगता था कि उसके अंदर ज्वाला जल उठी थी जिसने उसकी तमाम नसों में गरमी पैदा कर दी थी। वह शिशु के चेहरे और हाथों को चूमने के लिए झुका और बाद में पत्नी की ओर मुड़ा।

"मैं तुम्हारा धन्यवाद करता हूँ," उसने कहा, "कि तुमने मुझे इतनी प्यारी बेटी दी है।" उसने अपने लड़कों पर प्रसन्नता और गर्व के साथ एक लंबी नजर

डाली। फिर उसने आगे कहा, "और दो प्यारे बेटे।" उसने सेविकाओं के लिए भी कृपा के कुछ शब्द कहे; फिर वह पुनः नए सिरे से अपनी बेटी के बारे में सोचने के लिए मुड़ा जो अब सो रही थी।

इसके बाद उसने सारा-सारा दिन कारखाने में कदम नहीं रखा। छोटी बच्ची उसके पास थी और उसके विकास ने उसे खुशी से भर दिया। उसके स्वभाव की सारी कठोरता जाती रही थी। उसकी भुथरी आँखें प्रसन्नता के ऐश्वर्य में खुलीं जिसका उसको पहले ज्ञान नहीं था।

वह हमेशा अच्छा और सुखी आदमी रहा था, उसकी पत्नी ने सोचा, परंतु वास्तव में अब वह ध्यान देनेवाला और विनम्र हो गया था और इस बात से उसे डर लगता था कि उसके बारह वर्ष के विवाहित जीवन के बाद वह कहीं इसके प्रेम में न फँस जाए, परंतु एक दूसरी गंभीर चिंता ने उसपर आक्रमण कर दिया। ऐसा लगने लगा कि सारा प्रसन्नतायुक्त परिवर्तन कहीं रचनेवाले के द्वारा झगड़े का कारण न बन जाए; क्योंकि जब दूसरे बच्चे सीखने या गंभीरता से पढ़ने का विरोध करते थे तो युवा लड़की ज्ञान एवं जानकारी के लिए अद्‌भुत जिज्ञासा का प्रदर्शन करती थी—विशेषतया यंत्र विद्या में। उसने शीघ्र ही अपूर्व चतुराई का सबूत दिया और पिता की तरह छोटे पंप, कारखाने और दूसरी चीजें बनाईं। ये अधिक सुंदर और साफ थीं तथा अधिक ठीक तरह से काम करती थीं। वह अपने बक्से और नोह के परिवार के लकड़ी के जानवरों को अंदर से खोखला करती और उनको प्राचीन घड़ियों के कल-पुर्जों से भर देती थी, पहिए लगाती और उन्हें स्वचालित बनाती थी।

और कारखाना उसका मनचाहा स्थान था। जंगल में हो या बाग में, वह हमेशा कारखाने और मशीनों की ही इच्छा करती थी, गुड़ियों की बजाय वह भाप के इंजनों, पंपों तथा चरखियों के नमूनों से खेलती थी और उनका प्रबंध करना विशेष चतुराई से सीख गई थी। यदि कोई मशीन रुक जाती और उसका पिता कारण जानने का व्यर्थ प्रयास करता तो यह उसको तुरंत ढूँढ़ लेती और जब तक ठीक न कर लेती, आराम से नहीं बैठती थी। उसका निष्कपट मस्तिष्क विचारों से भरा हुआ था जिनमें से कुछ को विशेषज्ञों ने प्रमाणित किया था और कार्यान्वित किया था।

उसका पिता इस अद्‌भुत बच्ची के कारण गर्व से फूला नहीं समाता था। उसकी माँ इसकी बुद्धि की सफलता के लिए, जो एक युवा लड़की के लिए पूरी तरह अस्वाभाविक थी, परेशान थी।

"मेरी बेटी—इंजन आदमी," जब जिब्राईल बुरी तरह लथपथ हाथों के

साथ, उत्साह से चमकता सुंदर चेहरा कालिख से पुता लेकर आया और उसके फ्रॉक पर चारों तरफ तेल के धब्बे देखे तो उसने कहा—"तुम्हारे लिए अब कोई पोशाक नहीं है, तुम्हें केवल एप्रेन ही मिलेगा, और कुछ नहीं; और ध्यान रखो! यदि तुम पिता को पुनः इंजन रूपी दैत्य के हाथों में ले जाती हो तो तुम···।" और उसने उसे साफ किया और उसका फ्रॉक बदला, गले लगाया और इस विचार से चूमा कि 'केवल तुम्हें पाने के लिए, नन्हीं देव माता, तुम्हारे पिता को जीवन मिला है।'

यह अंदेशा नहीं था कि वह उसे पुनः खो देगा। उसकी नन्हीं बेटी की सफलताओं में उसकी प्रसन्नता ने उसे प्यारा और स्नेही आदमी बना दिया था, घर का विशिष्ट मुखिया; यंत्र विद्या के प्रति उसकी आशाहीन लालसा पूर्णतया समाप्त हो चुकी थी। वह उस क्षेत्र में रानी की भाँति राज करती थी, जिसमें वह ख्याति प्राप्त नहीं कर सकता था। उसकी केवल यही आकांक्षा थी कि वह अपनी बेटी के उन बौद्धिक कामों में, जिनकी उसने सदा बढ़ती हुई चातुरी और भड़कीलेपन से रचना की थी, उसकी सेवा करे।

आविष्कारक की प्रसिद्धि बाहर के देशों में पहुँचने लगी। बिजली और चुंबक से चलनेवाली मोटर के नमूने का प्रदर्शन हेतु उसे निमंत्रण मिला; इसने इंग्लैंड की राजधानी लंदन में हुई एक तकनीकी प्रदर्शनी में सबका ध्यान अपनी ओर खींचा था। इसे अगले दिन पैक करना था। जिब्राईल ने अपने माता-पिता की चापलूसी करके वायदा लिया कि वह वसंत ऋतु में उनके साथ मशीनों के देश की यात्रा करेंगे। बिस्तर पर जाने से पहले, अपनी चतुराई और पंद्रह वर्षों के बावजूद, वह हँसी और उसने बच्चे की भाँति दिल्लगी का उपद्रवी खेल खेला। प्रभात वेला में धड़कते दिल के साथ, पसीने में तर-बतर वह एकाएक जागी। दुःस्वप्न में उसने देखा कि उसकी मोटर निश्चल हो गई थी—उसने चलने से इनकार कर दिया था। ऐसा लगता था कि वह अपनी मरजी की मालिक हो गई थी और उसके चिंतित, दुर्बल प्रयासों का मजाक उड़ाते हुए, उसे घूर रही थी।

सारे शरीर में ठंडी कँपकँपी दौड़ गई। जो भय उसपर छा गया था, वह उसे दूर न कर सकी। फिर उसने काम और विचार के अस्तित्व की संतुष्टि के लिए अनिवार्य इच्छा को महसूस किया!

चुपके से उठते हुए उसने अपने नरम स्लीपर और नहाने का गाउन पहना और धीरे से अपने कमरे से खिसक गई ताकि कोई जाग न जाए। बिना शोर किए वह भारी कालीन बिछे रास्ते से जल्दी से सीढ़ियों से होकर नीचे आई, तीसरे दरवाजे तक पहुँची और कारखाने में चली गई।

खिड़कियों पर परदे लटक रहे थे, विलक्षण अँधेरा था। युवा लड़की जो प्राय: सावधानी और शांति की मूर्ति थी, घबराहट और उत्तेजना के ज्वर से काँप रही थी। वह नहीं चाहती थी कि उसके माता-पिता उसे देख लें और बुरा-भला कहें। वह चाहती थी—जल्दी से बिजली जलाना, अपने काम को चलता देखना, उसकी विद्युत् की साँस को सुनना और धातु के पहियों का निर्विघ्नता से चलना!

उसने अपना हाथ विद्युत् के स्रोत तक बढ़ाया और वह, जिसकी अंगुलियों को दृष्टि मिली हुई प्रतीत होती थी, जिसने कोई भी काम जल्दी में नहीं किया था, कोई गलती नहीं की थी, गलत गरम तार को छू बैठी!

सिसलिया जल्दी जाग जाती थी। प्रतिदिन वह समय पर अपनी बेटी के साथवाले कमरे में जाकर, उसकी चारपाई के पास बैठकर, जब तक वह जागती नहीं थी, उसकी ओर देखा करती थी। जब जिब्राईल अपनी आँखें खोलती तो उसकी पहली नजर अपनी माँ की नजर से मिलती; पहला शब्द जो वह सुनती, वह प्यार का शब्द होता था।

आज सिसलिया ने कमरे में बिस्तर खाली पाया और कमरे में आवाज दी—''मेरी प्यारी बेटी पहले ही जाग चुकी है; जिब्राईल, अनुमान लगाओ, वह कहाँ होगी?''

''वह अवश्य ही कारखाने में होगी,'' उसने उत्तर दिया, ''मैं तुरंत उसके पीछे जाता हूँ।'' उसने कपड़े पहने और नीचे चला गया।

यह मार्च महीने की भोथरी सुबह थी। ज्यों ही ट्योफनबर्ग ने सीढ़ियों पर पाँव रखा, उसने देखा कि सेवक लोग सिसकियाँ भरते और हाथों को मलते भय के साथ, सायों की तरह शीघ्रता से इधर-उधर घूम रहे हैं और कारखाने के अंदर-बाहर आ जा रहे हैं। ''मालिक, मालिक!'' जैसे ही उन्होंने इसे देखा तो धीरे से कहा।

वह काँप गया, एक भयानक डर ने उसे जकड़ लिया। ''इनको क्या कष्ट है? ये कौन सी डरावनी चीज देख रहे हैं?'' कुछ क्षणों के लिए वह रुका, फिर तेजी से सीढ़ियों से होता हुआ कारखाने में आया।

''ईश्वर के लिए, अंदर मत जाओ।'' उन्होंने चिल्लाकर उसका रास्ता रोक लिया।

उसने उन्हें धक्का दिया और प्रवेश कर गया। सेवक लोगों ने कायरता से कुछ दूर रहकर उसका पीछा किया।

धुएँ से भरे उस कमरे में हर वस्तु निश्चल थी, हर वह वस्तु जो धुआँ छोड़ती थी, घूमती और झूमती थी और छोटे मालिक के संकेत पर मुड़ती थी, वह

भी रुकी पड़ी थी और अपनी अत्युत्तम रचना के पास मरी पड़ी थी।

ट्योफनबर्ग ने आशाहीन डर से उस सफेद निर्जीव ढाँचे को देखा। एकाएक निराशा से चुभती हुई चीख मारी—"जिब्राईल!···मेरी बच्ची!"

परंतु बच्ची ने कोई उत्तर नहीं दिया।

किसी ने उसको छूने का साहस नहीं किया। वह उसे लेकर ऊपर आया, उसको उसके दीवान पर लिटा दिया और दो दिन बाद कफन में; जिसको उसने कभी नहीं छोड़ा, जब तक वह ले जाया नहीं गया और न ही पवित्र अंत्येष्टि क्रिया तक उसने एक क्षण के लिए अपनी दृष्टि हटाई। उसकी पत्नी उसकी बाँह पर झुक गई; उसको इसकी उपस्थिति का ध्यान नहीं था और न ही बेटों को देखा जो उनकी माँ के कहने पर शीघ्रता से बुलाए गए थे; वे अपने-अपने काम पर बाहर गए हुए थे।

पुजारी ने प्रार्थना की, अंत्येष्टि का गान समाप्त हो गया, धूप के बादलों के बीच कफन को गहराई में उतारा गया। उसको मूठवाली एक कुदाली दी गई, जो यात्री के साथ गड्ढे में रखी जानी थी। ज्यों ही उसने इसको हौले से नीचे जाने दिया, उसकी पत्नी ने सोचा, 'विनीत बच्ची, इसके साथ ही तुम्हारा जीवन भी जाता है।'

उसने सारा समय साहस से काम लिया। जब वह घर आई जहाँ से आत्मा उड़ चुकी थी, उसकी बेचैनी ने उसे दबोच लिया और थोड़ा धिक्कारते हुए बोली—"जिब्राईल, मैंने भी अपनी बच्ची खो दी है।" और जाकर उसकी ओर अपना हाथ बढ़ाया, परंतु उसने टाल दिया। उसके बेटों ने उसे अपनी बाँहों में ले लिया और बड़े ने पूछा, "क्या मैं तुम्हारे पास ठहर जाऊँ? मुझे ठहरने में प्रसन्नता होगी। मैं जाऊँ या रुक जाऊँ, पिता?"

ट्योफनबर्ग ने कंधे झटक दिए। पुरानी ठंडक उसकी आँखों में थी। "मैं क्या करूँ, पिता," बेटे ने पुनः पूछा, "मैं जाऊँ या ठहरूँ?"

"मेरे लिए सब बराबर है।"

उसका स्वास्थ्य अत्युत्तम है, खाता है, पीता है, ध्यान से कपड़े पहनता है, समाचार-पत्र पढ़ता है, कभी-कभी पुस्तक भी और अपनी पत्नी को सैर या थिएटर के लिए ले जाता है, परंतु उनका प्रभाव उसपर नहीं पड़ता। कुछ भी उसकी सहानुभूति को उत्तेजित नहीं करता। ज्वाला, जो उसे ज्योति और गरमी देती थी, बुझ चुकी है।

जो भी वस्तु अस्तित्व में है, उसके लिए बराबर है!

□

उसकी शांति और तूफान

—फ्रिड्स रियुटर

स्कूल जाते हुए रास्ते में कोनरेक्टर इतना प्रसन्न और अच्छे स्वभाव का लगता था कि उसके शिष्य आशा करते थे कि आज का दिन अच्छा गुजरेगा। आज भी जब उसने स्कूल के कमरे में कदम रखा तो अपने सामने पूरी भरी रोमन बोतल देखकर खुशी से हैरान हो उठा। बोतल को उसके लड़के लेवी के सम्मान में ले जा रहे थे, संभवत: उसे आकस्मिक प्रसन्नता देने के लिए; और जो शोर वे मचा रहे थे वह इतना स्वाभाविक था जैसे कमरा शुद्ध रोमन सिपाहियों और घोड़ों से भरा हो। यह लड़कों के लिए तो ठीक था, परंतु उस शांति के अनुरूप नहीं था जिसकी आशा स्कूल के कमरे में की जाती है, न ही स्कूल मास्टर के बहते उत्साह का दमन करने का अत्युत्तम साधन था; उस स्कूल मास्टर का, जिसको अपनी कठिनाइयों से संघर्ष करना था। मिस्टर कोनरेक्टर प्लेटफार्म पर बैठ गया और अपना 'होमर' खोला। जब शोर जरा कम हुआ तो उसने अपना क्रोध दिखाया। ''अब सुनो, नायको! पिछली बार हम पुस्तक के उस महत्त्वपूर्ण अंश पर रुके थे जहाँ हेक्टर ने अपनी पत्नी एंडरोनेच को अलविदा कही थी और उसने उसको सलाह दी थी—

''...वह कहती है, परंतु ऐसी सुंदर चीज को पढ़ना तुम जैसे छितराए मस्तिष्कवाले मूर्खों के लिए व्यर्थ है...वह कहती है...कार्ल वेंड, तुम बोलना बंद करो, नहीं तो मैं तुम्हें अपने प्लेटफार्म के पास खड़ा कर दूँगा, फिर तुमसे बात करने की बारी मेरी होगी...वह कहती है...और उसी प्रकार, वह कहती है...लैंगनीकल, तुम शुरू करो।''

और लैंगनीकल ने एक-दो बार अपना गला साफ किया और अपने पड़ोसी को दाएँ-बाएँ कोहनियाँ मारकर कहा, ''साथी, मेरी सहायता करो, मैं भयानक उलझन में हूँ।''

"ठीक है," कोनरेक्टर ने कहा, "तुम्हें तैयार होने में कितनी देर लगेगी?...इसके क्या अर्थ हैं?"

"ओह, तुम अद्‌भुत पशु..." लैंगनीकल ने मिस्टर कोनरेक्टर की ओर इस तरह शंका करते हुए उत्तर दिया कि अब वह क्या कहेगा।

"तुम अधिक अद्‌भुत पशु हो। आगे चलें..." कोनरेक्टर ने कार्ल सेमसन को संकेत करते हुए कहा, "ठीक, कार्ल, हाँ, शब्द आसान नहीं है; तुम उस व्यक्ति को क्या कहोगे, जो सामान्य व्यक्तियों से अधिक काम कर सकता है?"

"एक टासेंडसासा।" कार्ल ने उत्तर दिया।

"ठीक, मैं कभी नहीं। हम मजाक के लिए कह सकते हैं, परंतु क्या तुम अनुमान लगा सकते हो कि हेक्टर की पत्नी इस प्रकार का मजाक उस समय पसंद करती? नहीं, वह इसे बुरा-भला कह रही है। तुम झक्की पुरुष, वह कहती है, अपने हृदय को लगाम दो! वह कहती है। क्या तुम्हारे पास तुम्हारे नन्हें लड़के के लिए कोई दया नहीं है—उसका अभिप्राय अस्टियानेक्स से है, जो उसकी बाँहों में है—और मुझ जैसी विनीत अभागी, वह कहती है, जो जल्दी ही विधवा हो जाएगी? यह कब तक चलेगा, वह कहती है, पूर्व इसके कि एचनस डेरा डालेगा और तुम्हारी हत्या कर देगा और मेरे लिए क्या बचेगा जब मैं तुम्हारे बिना यहाँ बैठूँगी, केवल शोक? वह कहती है। ठीक, मैं तुम्हारे लिए संपूर्ण होमर का अनुवाद कर रहा हूँ। आगे चलो, सेमसन!" उसने पुकारा। फिर दरवाजा खोला गया और शांत महाराजाधिराज के एक अनुचर ने प्रवेश किया।

"मिस्टर कोनरेक्टर, महाराजा जानना चाहते हैं कि तुम्हारा क्या विचार है कि आज तूफान आएगा?"

अब कोनरेक्टर के धैर्य के लिए यह अंतिम तिनका था। क्रोध से पागल वह अनुचर की ओर मुड़ा और चिल्लाया, "हाँ, जाओ और महाराज से कह दो, सात आएँगे।"

"सात?" हैरान होकर और दरवाजे की ओर आते हुए अनुचर ने पूछा; और कोनरेक्टर ने उसके पीछे कहा, "हाँ, सात, उसको बता दो, सात।"

पहला पाठ समाप्त हो गया था और दूसरा शुरू हो चुका था; यह पुरानी रोमन भाषा थी और बिजल की पुस्तक बकोलीका का अनुवाद करना था।

इतने में मिस्टर कोनरेक्टर ने मौसम की ओर देखा और अब उसे पूर्ण विश्वास हो गया कि तूफान आ रहा है। उसके शिष्यों ने उसके चेहरे की ओर देखा और उनको भी विश्वास हो गया कि तूफान उमड़नेवाला है। अब शंका थी तो इस

बात की कि बिजली कहाँ गिरेगी। इस प्रश्न का हल तीक्ष्ण ढंग से निकाला जाना था कि महाराज ने अनुचर को एक बार फिर भेजा।

"मिस्टर कोनरेक्टर, महाराज चाहते हैं कि तुम उनसे तुरंत मिलो। तूफान तेजी से बढ़ रहा है।"

"महाराज से कहो," कोनरेक्टर चिल्लाया और आगे कहनेवाला था, 'दादी को मेरी याद दिलाना', परंतु अपने आपको संभालकर कहा, "पहले मैं स्कूल का काम कर लूँ, बाद में आऊँगा।"

इतने में महल में अजीब बातें हो रही थीं। चिंता से पीले चेहरे के साथ महाराजा अपने कमरे में इधर-उधर टहल रहे थे, जैसे 'तीन देवदार' के मृतक हेनरी का भूत चल रहा हो। सिपाही लोग कोनों में और दीवार के साथ चुपचाप और भयभीत खड़े थे जैसे रंगमंच पर लेडी मेकबेथ हाथ धोते हुए आ रही हो; शयनकक्ष के रखवाले वोन नूपल्सडोर्प ने ध्यानपूर्वक तमाम खिड़कियों और दरवाजों की चिटखनियाँ लगा दी थीं और ऐसा लगता था जैसे मुँह में कपड़ा ठूँसा हुआ हो।

"रैंड," महाराजा ने धीरे से पुकारा—"धुआँ बिजली का अच्छा संचालक है। क्या तुमने हर जगह आग बुझा दी है?"

"हाँ, महाराज, रसोई को छोड़कर, आप जानते हैं कि रात का खाना पकाना है।"

"आज हम खाना नहीं खाएँगे। उनको कह दो, आग पर पानी डाल दें।"

"जैसी आज्ञा, महाराज!" रैंड ने कहा; क्योंकि व्रत के दिनों में उसे खाने की रुचि नहीं थी और न ही तब, जब तूफान आता था।

"तुम सुनते हो, मैं क्या कह रहा हूँ?" महाराजा इस तीव्रता से चिल्लाया कि उसने अपने आपको डरा लिया।

"और कोई घंटी भी नहीं बजेगी। ध्वनि भी बिजली की अच्छी संचालक है।" उसने धीमी आवाज में आगे कहा।

"ध्वनि, महाराज?"

"चुप रहो, मूर्ख, मैं कहता हूँ—मैं, कि यह खींच सकती है, जानते हो!" महाराज ने क्रोध में धीमे से कहा।

'उफ!' रैंड ने खिड़की में से एक आँख से देखते हुए अपने आपसे कहा, 'हम वाद-विवाद तो कर नहीं सकते; तूफान अभी ऊँचा नहीं उठा, बाद में हम अधिक विनम्र होंगे।'

"भला हो," महाराजा ने घबराकर कहा, "अभी तक कोनरेक्टर...कोनरेक्टर

क्यों नहीं आया?''

''परमात्मा कृपा करे! कोनरेक्टर किस काम का है, वह नहीं···।''

''वह कर सकेगा, जरूर कर सकेगा! यहाँ आओ और मेरे जूतों के बकसुए निकाल दो, धातु भी अच्छी संचालक है। मेरे कमरे में सब ठीक-ठाक है न?''

''हाँ,'' रैंड ने बकसुए निकालते हुए, फर्श पर नजर जमाए, गरजकर कहा, ''हमने सब स्वांग रख दिए हैं और बढ़ई कहता है कि यह वस्तुतः पक्षी का पिंजरा नजर आता है।''

''परमात्मा कृपा करे, क्या तुमने उसे सुना? क्या सुना तुमने? मैं कहता हूँ, सुना। यह पहले ही यहाँ है। कोनरेक्टर कहाँ हो सकता है? मैं अपने कमरे में जा रहा हूँ। कोनरेक्टर को बुलाओ। इतनी जल्दी मत जाओ, मत जाओ इतनी जल्दी, बिजली पकड़ लेगी, ओ ईश्वर!'' उसने काँपते हुए फिर कहा, ''और मैं इतना ऊँचा पुकार रहा हूँ।''

अनुचर कोनरेक्टर को बाजार में मिला। दरवाजा थोड़ा सा खुला; क्योंकि महाराजा की आज्ञानुसार हवा का झोंका अंदर नहीं आना चाहिए था। कोनरेक्टर दुम दबाकर अंदर आ गया, फिर महाराज के कमरे में गया। अंदर का दृश्य देखकर उसका चेहरा उतर गया। क्षण भर के लिए वह दरवाजे पर हैरान सा खड़ा रहा और मुँह खोले कमरे को टकटकी लगाकर देखता रहा, फिर दिल खोलकर जोर से हँसने लगा।

''हम किस पश्चात्ताप के लिए यहाँ आए हैं? महाराज से क्षमा माँगने? परंतु इस सबके साथ किसी देवी का नाम जुड़ा है?''

रैंड भी हँस दिया और बोला, ''ऐ, तुम ऐसा कह सकते हो।''

''मैं नहीं जानता, परंतु यदि मैं यह सब देखने के लिए बुलाया जाता जो कोनरेक्टर देख रहा था तो मैं महाराज के प्रति अपने दायित्व को भूल जाता।'' कमरे के बीचोबीच बोतलों की गर्दनों पर एक छोटा चबूतरा बना था और उसके ऊपर शीशे का छोटा कमरा था जो नीचे फर्श तक आता था; उसकी छत हलके नीले सिल्क के कपड़े से बनाई गई थी। यह पंद्रह आदमियों के लिए छाता-सा नजर आता था और इसके अंदर महाराजा अपने निर्दोष डर के साथ बैठा हुआ था। वह पीले सिल्क का चोगा और सिर पर हरे सिल्क की टोपी तथा पाँव में मोहर लगानेवाली लाल लाख से पुते हुए जूते पहने हुए था। वह वास्तव में एक सुंदर केनरी चिड़िया मालूम हो रहा था जिसके सिर पर हरी गाँठ थी और जो पिंजरे में मधुर गाना गाने के लिए बंद की गई थी; वह गाना शुरू कर देता यदि अपने आपको

निरुत्साहित न पाता!

प्रधान शासक होने के नाते वह बिना शंका के कोनरेक्टर की हँसी पर चिड़चिड़ाते ठीक गाना गा सकता था, विशेषकर जब उसके पास कौआ था, जो उसकी विवाह-संबंधी इच्छाओं को चोंच मार सकता था, यदि बिजली की एकाएक चमक ने महाराजा के गाने में विघ्न न डाला होता। "तुम कितने फालतू व्यक्ति हो… ?" फिर बिजली कौंधी और उसने अपने सिल्की रूमाल से आँखें ढक लीं— "हमपर दया करो" और उसने रूमाल के पीछे से गर्जना को सुनने के लिए झाँका और जब गर्जना हुई तो उसने कानों को बंद कर लिया और पुनः पुकारा, "हमपर दया करो।"

इस समय कोनरेक्टर ने हँसना बंद कर दिया था और पिंजरे का आगे-पीछे से निरीक्षण करने लगा था। महाराजा ने उसे अनिश्चित भाव से देखा और अंत में पूछा, "अच्छा, तुम क्या कहते हो? क्या यह ठीक रहेगा? शीशा, सिल्क और," उसने अपनी एक टाँग उठाई—"यह मोहर लगानेवाली लाल लाख; और धातु के बने बकसुए उतार दिए हैं।"

"ऐ," कोनरेक्टर ने कहा, "मैं कहने का साहस करता हूँ, महाराज, यह सब ठीक है; जो एक आदमी कर सकता है, आपने कर लिया है, परंतु क्षमा चाहता हूँ कि जिस तख्त पर आप बैठे हैं, उसके ऊपर सोने का ताज है, आप इसको भूल गए हैं।"

"मैंने तुम्हें नहीं बताया था, नहीं बताया था तुम्हें? वह गधा, रैंड। ओह, हमपर दया करो।" बिजली पुनः चमकी।

"बकरी के सिरवाले मूर्ख, दूसरी कुरसी लाओ। मुझे नवाबी शान नहीं चाहिए। जब ऐसा तूफान हो, मैं एक सामान्य व्यक्ति से अधिक नहीं—हमपर दया करो।" और उसने अपने हाथ कानों पर रख लिये—"ऐ, कोनरेक्टर?"

कोनरेक्टर ने कहा कि उसे भी विश्वास था, परंतु तख्त के ऊपर सोने का ताज रह सकता है, यदि उसे सिल्क के रूमाल से ढक दिया जाए।

तत्पश्चात् महाराजा ने रैंड को आज्ञा दी कि बाहर जाकर मौसम को देखे। रैंड बाहर गया और लौट आया—"तूफान समाप्त हो गया है, परंतु एक और आने वाला है और यह अत्यंत भयानक होगा।"

"रैंड, मेरे ऋतु मंदिर में कोनरेक्टर के लिए एक कुरसी लाओ।"

"ओ महाराज," कोनरेक्टर ने कहा, "मुझे अंदर आने की जरूरत नही।"

"ऐ, परंतु मैं तुम्हें अंदर बुलाना चाहता हूँ; परंतु तुम इस हालत में अंदर नहीं

आ सकते; बिजली साथ ले आओगे। रैंड, एक सिल्क का चोगा, रात की टोपी और लाल मोम के जूते लाओ।''

प्रतिकार करना व्यर्थ था, उसे मानना पड़ा और थोड़ी देर में उसने वहाँ रात की काली टोपी, चमकीला संतरे के रंग का रात का चोगा और लाल जूते पहने। वह प्राचीन फुटबॉल के खिलाड़ी की भाँति खड़ा था जो ऐसे लगता था, जैसे एक अभागे राजकुमार को केनरी चिड़िया बनाकर शीशे के बक्से में हमेशा रहने के लिए बंद कर दिया हो; नहीं, उसकी चोंच पर सुंदर परी के चुंबन से उसे मुक्त करने के लिए। और महाराजा चुंबन के पवित्र डर से ग्रसित था, परंतु वहाँ कोई परी न थी, क्योंकि रैंड जो वहाँ एक व्यक्ति था, वह परी नहीं बन सकता था।

जब प्राचीन फुटबॉल का खिलाड़ी वशीभूत हुआ अपने शिकार के पास बैठा था तो महाराजा ने रैंड को बाहर भेज दिया; क्योंकि इतने आदमियों की साँसें बिजली को खींच सकती थीं; परंतु उसे कह दिया कि कभी-कभी आकर मौसम की सूचना दे जाया करे और वास्तव में वह चाहता भी यही था; क्योंकि वह अब जाकर नानबाई की पत्नी से बातचीत कर सकता था।

''तुम क्या कहते हो, कोनरेक्टर? क्या यहाँ सब सुरक्षित हैं?'' महाराज ने पूछा।

''हाँ, जहाँ तक मैं देख रहा हूँ।''

''परंतु क्या यह बिलकुल सुरक्षित है?''

''ठीक है, महाराज, आदमी जितना कुछ कर सकता है, आपने कर लिया है, परंतु ईश्वरीय इच्छा के सामने हम प्राणियों की क्या गिनती है।''

''यही मैं भी कहता हूँ,'' महाराजा चिल्लाया—''उस मूर्ख बढ़ई को इसे गोल बनाना चाहिए था और उसने इसको समचतुर्भुज बना दिया; कोने हमेशा बिजली को खींचते हैं।''

''इससे क्या होता है? यदि तुम्हारा ईश्वर चाहे तो सारे न्युब्रेडेनबर्ग को एक क्षण में उड़ा दे। सोडम और गोमराह की बाबत सोचो।''

''ईश्वर भला करे! हाँ, मैं जानता हूँ, मैं…।'' उसी समय रैंड ने दरवाजे से सिर निकाला—''एक और आ रहा है और नानबाई की पत्नी कहती है…''

''मूर्ख, नानबाई की अशिष्ट पत्नी क्या कहती है, मैं जानना नहीं चाहता।'' रैंड चला गया। ''उस औरत के पास कहने को बहुत कुछ है; वह कहती है—ईश्वर भला करे! वह कहती है कि तुम विवाह करने जा रहे हो, कोनरेक्टर। परंतु मैं तुम्हें मना करता हूँ। मैं तुम्हें पुनः नहीं देखूँगा, दरबार से निकाल दूँगा।''

''मैं अपने स्वामी की तरह महाराज का आदर करता हूँ,'' कोनरेक्टर ने चुपके से उठते हुए कहा, ''परंतु मैं विवाह करूँ या न करूँ, तुम्हारे लिए एक सा है और मैं किसी भी व्यक्ति का हस्तक्षेप सहन नहीं करता। यदि तुम मुझे दरबार से निकालना चाहते हो तो निकाल सकते हो, यह तुम्हारे अधिकार में है परंतु मैं अपनी मरजी कर सकता हूँ, यह मेरा अधिकार है। मैं महाराज से विदा की आज्ञा चाहता हूँ।''

''हमपर दया करो! तुम यहाँ ठहरो, तुम ही तो मेरा सहारा हो; ओह, ईश्वर, कृपा करो।''

रैंड ने अपना सिर दरवाजे से निकाला।

''महाराज, अबकी बार यह बहुत बुरा होगा; तूफान झील के ऊपर से नहीं आ सकता और नानबाई की पत्नी कहती है⋯।''

''खरगोश के दिमाग—मूर्ख, मैं नहीं जानना चाहता कि वह क्या कहती है। दरवाजा बंद कर दो और बाहर से चिटखनी लगा दो ताकि यह बाहर न जा सके।''

''ठीक है, महाराज,'' कोनरेक्टर ने फुटबॉल के खिलाड़ी का चोगा उतारकर अपना असली कोट पहनते हुए कहा, ''तुम मुझे बलपूर्वक रोक सकते हो—यह भयंकर थप्पड़ था!''

''हमपर दया! हाँ, यह था। यहाँ फिर कभी मत आना।''

''नहीं, महाराज, मैं बिजली से नहीं डरता,'' पुराने विश्वासी ने कहा और अपने स्वामी को शांतिपूर्वक देखा—''मैं ईश्वर, अपने न्यायकर्ता से डरता हूँ, जब मैं उसके सामने दु:खी पापी की तरह खड़ा होता हूँ, परंतु मैं ईश्वर, अपने पिता से नहीं डरता; क्योंकि वह जानता है कि मेरे लिए क्या अच्छा है; और यदि वह मुझे बिजली के झटके द्वारा बिना किसी कष्ट के बुलाता है तो मैं जानता हूँ कि यह दया का कार्य है और उसके लिए मैं उसको धन्यवाद देता हूँ।''

फिर एक भयंकर थप्पड़ लगा, बिजली और गर्जना दोनों—एक साथ और शांत महाराजा ने जोर से चीख मारी।

''कोनरेक्टर, मैं तुमपर उपकार करना चाहता हूँ। यह क्या हो सकता है?''

''मैं केवल ईश्वर का उपकार चाहता हूँ, किसी व्यक्ति का नहीं, भले ही वह राजकुमार हो। राजकीय उपकार बैसाखी की तरह होता है, जिसपर लंगड़ा न्याय झुकता है। जब राजकुमार दयालु होते हैं, तो वे अपने पीछे अन्याय को पूरा करते हैं और उसके लिए धन्यवाद प्राप्त करते हैं या फिर कोई नया अन्याय करते हैं।''

''तुम अत्यंत साहसी रहे हो। मैं तुम्हें दिखाऊँगा कि राजकीय उपकार क्या

होता है!'' महाराजा क्लेशप्रद क्रोध से चिल्लाया, क्योंकि कुछ समय से गर्जना नहीं हुई थी, ''मैं तुम्हें दिखाऊँगा···।''

फिर रैंड ने सिर निकाला, ''महाराज, बाँध पर चिनार के वृक्ष पर बिजली गिरी है, नानबाई की पत्नी कहती है, एक दूसरा तूफान आ रहा है।''

''कोनरेक्टर, क्या तुम किसी की बाबत सोच सकते हो, जो मदद कर सके?''

''मैं किसी के बारे में सोचनेवाला कौन होता हूँ? दूसरे समय की अपेक्षा ऐसे समय में जब ईश्वर हमारे निकट होता है तो यह अत्युत्तम होता है कि हम गहराई से अपना परीक्षण करें; जो गलतियाँ हमने की हैं, उनको सुधारने का दृढ़ निश्चय करें; इससे हमें साहस और सुख मिलेगा।''

''मैंने किसी के साथ कोई गलती नहीं की।'' महाराजा जल्दी से चिल्लाया, परंतु तूफान निकट आ रहा था और एक बार फिर उसने अपना मुँह रूमाल से ढक लिया और पुनः चिल्लाया—''ईश्वर, दया करो।''

''ठीक है, महाराज, मेरा अनुमान है, जैसा औरों के साथ होता है, वैसा ही तुम्हारे साथ होता है। क्या वह गलती नहीं थी, जब तुमने अपने दूत हलसबैंड को कैद किया था जबकि उसकी कोई गलती नहीं थी?''

''मेरा दूत? वह मेरा नौकर है; एक राजकुमार—हमपर दया—एक राजकुमार अपने नौकर के विरुद्ध कैसे गलती कर सकता है?''

और फिर बिजली कौंध गई और महाराज अपने रूमाल के पीछे छिप गया—''हमपर दया! उसे जाने दो, उस व्यक्ति को जाने दो।''

''हाँ, महाराज, यह सबकुछ बड़ा अच्छा है, परंतु तुम्हें उसके कंधों से बदनामी को भी उतारना होगा।''

''हमपर दया करो,'' महाराजा ने गर्जना के कारण कानों को बंद करते हुए कहा, ''मुझे उससे क्षमा माँगनी होगी···नहीं, नहीं···वह···।''

रैंड अंदर आया—''यह अच्छा रहेगा।''

''भागो और हलसबैंड को जेल से निकालो।'' महाराजा ने कहा।

''और,'' कोनरेक्टर ने कहा, ''मुझे कागज और कलम-दवात दो।''

''यह रहे, कागज और कलम; परंतु हमारी स्याही सूख चुकी है। हमें ज्यादा लिखना नहीं पड़ता सिवाय तब, जब कोषाध्यक्ष यहाँ होता है।''

''यह सच है,'' महाराजा पुनः बोला, ''हमपर दया करो! जाओ और तुरंत स्याही खरीदकर लाओ।''

स्याही लाई गई और कोनरेक्टर ने लिखा—

''ईश्वर दया करे।'' महाराजा ने अपने से कहा, 'इस तूफान में यह कैसे लिख सकता है?'

कोनरेक्टर ने उसपर हस्ताक्षर करवा लिये।

''क्या तुम महसूस नहीं करते कि इस अच्छे कार्य के बाद यह विशाल सौदा उससे अच्छा है?''

''रत्ती भर नहीं,'' महाराजा ने कहा, ''पहले तूफान थम जाए।''

आसमान साफ हो रहा था। रैंड का सिर फिर नजर आया—''अब सब समाप्त हो गया है, नानबाई की पत्नी कहती है कि सात तूफान आए थे।''

महाराजा ने एक बार फिर ठंडी साँस ली और अपने से कहा—'सात तूफान। यह पुराना धृष्ट आदमी अपने व्याख्यानों द्वारा पहले ही मुँह बंद करवाना जानता था। राजकुमार को इसकी प्रज़ा से मिलनेवाले सम्मान का क्या होगा, मैं जानना चाहता हूँ? परंतु उसके बिना मैं जान नहीं पाऊँगा; उसको मौसम का विशेष ज्ञान है।'

□

मेरे दादा का विवाह

—हरमन कर्ज

मैं तीस वर्ष का था—मेरे दादा ने कहा—तीसरे दशक में समझो, और अपने विवाहित भाई-बहनों में सबसे बड़ा होते हुए भी अविवाहित था। इसका कारण मेरी लज्जा थी; मैं लड़की के चेहरे में झाँक नहीं सकता था और चूँकि मैं नाचता नहीं था, इसलिए ऐसा करने के लिए अवसर नहीं मिले।

इन बातों ने मेरे पिता को बहुत बेचैन कर दिया था और प्रायः माँ को कहता—"यह रोनेवाली शर्म है कि उसके सारे भाई-बहन विवाह-बंधन में बँध चुके हैं और यह अभी तक दुनिया में अकेला घूम रहा है।"

परंतु माँ उसको इस प्रकार के शब्दों से शांत किया करती थी—

"उसे ढकेलो मत, पिता, जो प्रतीक्षा करता है उसको हर वस्तु प्राप्त हो जाती है; वह अब भी उस लड़की को ढूँढ़ लेगा जो इसकी प्रतीक्षा कर रही है—कहीं-न-कहीं!"

और वास्तव में ऐसा हो गया। एक रविवार को जब मैं पुराने नगर की खाई के किनारे-किनारे घूम रहा था—हमेशा की तरह अकेला; क्योंकि मेरे स्कूल के सारे साथी काफी पहले शादी कर चुके थे और अपनी पत्नियों के साथ बाहर जा चुके थे—चुकंदर की क्यारी के एक भाग में बैठे मनोहर रंग के तोते ने मेरा ध्यान आकर्षित किया। मुझे विश्वास था, मैं उसे जानता था—हाँ, वह देहात के डॉक्टर की बेटी मिस रेबरे का तोता था।

पुराना डॉक्टर रेबरे अत्यंत चतुर था, परंतु एक प्रकार का सनकी था; कोई भी उसे ऐसा कहने से चूकता नहीं था; क्योंकि वह पर्शियन ढंग से बात करने पर जोर देता था और यह दक्षिण जर्मनी में अनुचित था। उसने सात वर्षीय युद्ध देखा था और उसने तमाम तौर-तरीकों और घर में हुक्म चलाने का अनुसरण किया—यह

सब उसकी बेटी को मनोविनोद लगता था—प्रसिद्ध राजा फ्रेड्रिक दी ग्रेट, 'हमारा फिट्ज' जैसाकि प्रायः इस नाम से फौज में बुलाया जाता था। उसने ऐसा किया, हालाँकि वह विशेष तौर से अपने पुराने राजा को नहीं चाहता था। जोरनडार्फ की लड़ाई में उसका दुर्भाग्य इसका कारण था। वहाँ तोप का गोला इसकी तरफ गिरा था और पास में फटते हुए उसे इस प्रकार घायल कर गया था कि कुछ समय के लिए बैठना और घूमना और हमेशा के लिए घुड़सवारी करना असंभव बना दिया था—हमारे डॉक्टर के लिए। सेना के डॉक्टरों ने क्षति को बछड़े के मांस के टुकड़े से थोड़ा दूर कर दिया था, परंतु कालांतर में हमारे मित्र को सेवा से वापस बुलाना पड़ा, वह भी थोड़े बोनस के साथ।

"मेरे पास तुम विदेशियों के लिए पैसा नहीं है," (रेबर बेडन का निवासी था) राजा ने कहा, जो गुस्से में था—"इसने अपने आपको बचाया क्यों नहीं?"

इसके लिए डॉक्टर अपने नायक को अपने बाकी दिनों में क्षमा नहीं कर सका और जब भी उस प्रसिद्ध राजा के बारे में बातचीत होती तो वह कहा करता—

"प्रसिद्ध उपद्रवी, जैसा वह था, ने मेरी भली तरह कमाई हुई पेंशन को देने से इनकार किया; क्योंकि मैं वैसा रसिक उत्तर नहीं सोच सका था, जैसा गोला फेंकनेवाले ने उसके प्रश्न 'किस शराबखाने में तुम्हें ये खरोंचें आई थीं?' के उत्तर में कहा था, "बोतल से, श्रीमान्, जहाँ महाराज ने बिल का भुगतान किया था।" वर उनमें से एक लड़ाई थी जिसमें 'हमारा फ्रिज' हारा था।

वास्तव में राजा उससे यह प्रश्न नहीं पूछ सकता था; क्योंकि घाव उसके चेहरे पर नहीं था।

इस डॉक्टर की एक बेटी सालोमे थी जो रूप-रंग में नगर की लड़कियों में से किसी से कम नहीं थी। लोग उसे घमंडी कहते थे, क्योंकि वह उनसे प्रायः मिलती-जुलती नहीं थी और भले ही वह पर्शियन नहीं बोलती थी—अपने पिता की तरह—फिर भी उसकी बोलचाल नगर की अन्य लड़कियों की अपेक्षा स्वच्छ थी। मिस रेबरे के तोते ने असाधारण सनसनी फैला दी थी, क्योंकि हमारी जैसी पुरानी जगह में वह बहुत ही अनुपम पक्षी था। वह उसके नाविक भाई का उपहार था, जो सोने और दौलत के बक्सों का वचन देकर उसके लिए तोता ले आया था; क्योंकि भाग्य ने उसका साथ नहीं दिया था और वह खाली हाथ घर लौटना नहीं चाहता था। वह पक्षी को लेकर प्रसन्न हुई थी और उसने उसको बातें करना सिखाने में घंटे और दिन व्यतीत किए थे। जल्दी ही तोते ने काफी शब्द सीख लिये और डॉक्टर के कुछ रोमन शब्द भी सीख लिये। सालोमे पिंजरे को प्रायः दहलीज पर रखकर खिड़की में बैठती थी और

प्रत्येक गुजरनेवाला व्यक्ति पक्षी के चहचहाने को सुनने के लिए रुक जाता था। मैंने भी ऐसा ही किया। इसपर कोई लड़की नाराज नहीं होती थी, भले ही सालोमे समझती हो कि मैं उसे घूर रहा था। ज्यों ही मैं वहाँ रुकता था या वहाँ से गुजरता था, तो उसको अपने पर प्राय: कपटी ढंग से मुसकराते देखता था। धीरे-धीरे मुझे विचार आने लगे, वे विचार जिनसे मुझे प्रसन्नता होती थी।

इसलिए जब मैंने चुकंदर की क्यारी में तोते का पीछा किया तो मैंने अपने आपसे कहा, 'अपना पक्षी खो जाने पर वह कितनी अप्रसन्न होगी। मुझे इसको पकड़ना होगा भले ही चुकंदर की कुछ क्यारियाँ नष्ट हो जाएँ।'

"सालोमे!" पक्षी चीखा—"तूफान में तुम कहाँ हो?"

मैंने चोरी से उसका पीछा किया; वह चूका और टर···टर करने लगा—"मनम डे टेबूला।" परंतु उसने डॉक्टर के प्रिय पूरक का किसी अभिप्राय के लिए प्रयोग नहीं किया। मैंने उसे पकड़ लिया लेकिन उसने मेरे अंगूठे पर गहरा घाव कर दिया और सारे रास्ते वह चीखता तथा मुझे जारे-जोर से बुरा-भला कहता रहा; मैंने उसे सुरक्षित उसके मालिक के हाथों में सौंप दिया। सालोमे ने अत्यंत प्रसन्न होकर अपने पिता को बुलाया। उसने मेरा धन्यवाद किया और मुझसे कहा कि इस जंगली, जिसने मुझपर बुरी तरह प्रहार किया था, से निपटनेवाला मैं एक बहादुर व्यक्ति हूँ।

फिर सालोमे ने मेरे हाथ के इर्दगिर्द रूमाल को बँधे देखा तो जोर से चिल्लाकर कहा—

"ओ पापा, इसको चोट आई है।"

"मुझे देखने दो," डॉक्टर ने आज्ञा दी—"भोले आदमी, इसे क्यों छिपाते हो?"

मैंने उससे प्रार्थना की कि वह चिंता न करे, परंतु उसने जोर दिया और जब वह नाराज होने लगा तो मैंने अपना घायल हाथ उसे दिखाया।

"गहरा घाव है! इसपर तुरंत ध्यान देना होगा। 'मनम डे टेबूला।' तुम जाओ, सालोमे, तुम घाव के बारे में कुछ जानती हो? घाव पर लगानेवाली मेरी गुलमेहंदी देना मुझे, तुम्हें गिलास का पता है क्या सालोमे?" वह तुरंत नहीं आई तो वह चिल्लाया—"तूफान में तुम कहाँ हो?" अंत में वह मलहम ले आई। "उपद्रव! तुम रो रही हो? क्यों?"

वह हिचकिचाई।

"तुम्हारी आँखें लाल हैं, क्या हुआ है? तुम किसके लिए रो रही हो?"

"क्योंकि तोते ने···" वह रुक गई।

"हाँ, तोते ने, तोते ने क्या?"

"तोते ने···" उसने मेरी तरफ देखा।

"इसका हाथ घायल कर दिया है, तुम्हारा यह मतलब है?" डॉक्टर ने आगे कहा।

"हाँ।" उसने सिसकी ली।

"भोली लड़की," डॉक्टर गुर्राया, "मुझे मलहम पुनः पकड़ाओ, तेरे आँसुओं से ज्यादा वह आराम देगी, यह दुःखी नहीं करेगी, मेरी बच्ची?" उसने-आगे कहा, "थोड़ी जलन देगी, लो हो गया, सालोमे, अब तुम पट्टी बाँध दो।"

जब उसकी छोटी अंगुलियों ने मेरे हाथ को छुआ तो मुझे बहुत अजीब सा लगा। जब उसने पट्टी बाँधने का काम समाप्त कर लिया तो डॉक्टर बोला, "कल आओ, क्या सुन रहे हो? ताकि मैं घाव को देख सकूँ और पुनः साफ कर सकूँ। अब फिर, सालोमे, तुम इसको धन्यवाद नहीं दोगी?"

उसने मधुरता से मुझे धन्यवाद दिया और पूछा, "कल आओगे न?"

अब मेरे सारे भाई-बहन अपना-अपना सामान एकत्र करके हर रविवार को हमारे घर रात को खाने पर इकट्ठे हुए। जब मैं घर लौटा तो उन्होंने मेरे हाथ पर पट्टी बँधी देखी; मुझे हर बात बतानी पड़ी—हाँ, कुछ-कुछ शरमाकर। माँ ने मुसकराकर अपना हाथ पिता के हाथ पर रख दिया और सभी जोर से हँस दिए। उस दिन से मेरा नाम रख दिया—'बहेलिया।'

अगले दिन मैं डॉक्टर के यहाँ गया और उसी तरह उससे अगले दिन भी और बाद में भी प्रतिदिन, जब तक मेरा घाव पूर्णतया भर नहीं गया। इस समय में हम ऐसे मित्र बन गए कि मुझे प्रतिदिन आने को कहा जाता था और मैंने भी किसी तरह इसे न छोड़ने का निश्चय कर लिया था। कभी-कभी डॉक्टर बाहर जाता था, उस समय मुझे सालोमे और तोते के साथ सुखद समय मिल जाता था; तोता हमें जोड़नेवाली कड़ी था। मेरा उससे छेड़छाड़ करना उसे अच्छा लगता था। मैं चोट लग जाने का बहाना करता था और वह मेरा हाथ पकड़कर मुझसे सहानुभूति दिखाती थी।

एक दिन उसने मुझसे मजाक किया। जब मैं कमरे में आया तो सालोमे मुझे दिखाई नहीं दी और तोता पिंजरे में कूदता हुआ चिल्ला रहा था—"सिल्ली हँस! सिल्ली हँस।" कुछ नई बातें उसे सिखा दी थीं। मैंने विमुखता का प्रदर्शन किया, पिंजरे के पास गया और पक्षी की चोंच को थपथपाया। इसपर उसने चीखकर कहा, "बचाओ, सहायता करो, सालोमे, तूफान में तुम कहाँ हो?" इसपर, कमरे के कोने में रखे एक बक्से से आवाज आई—"सिल्ली हँस!" मैंने बक्से का ढकना उठाया

ही था कि डॉक्टर के दो या तीन पाउडर लगे पुराने बनावटी बाल सीधे मेरे चेहरे पर गिरे और सालोमे कूदकर बाहर आ गई। पाउडर से मेरी तरह लथपथ थी; मैंने पीछा किया, इतने समय में तोता चीखा और चिल्लाया। मैंने उसे पकड़ा ही था कि हमने पीछे से सुना—''मनम डे टेबूला,'' परंतु इस बार यह तोता नहीं था, वह डॉक्टर था जो घर में आकर हमारे शोर के कारण हमारे कमरे की ओर आकर्षित हुआ था।

''तूफान में इसका क्या अर्थ है? एक सम्मानित युवा कुँआरे का पराए घर में यह कैसा व्यवहार है?''

मैंने इसे धूप की गरमी में मक्खन की थपथपी महसूस किया।

''सिल्ली हँस।'' पक्षी बोला!

''तोते को यह किसने सिखाया?'' डॉक्टर ने पूछा।

सालोमा ने सिर झुका लिया।

''आह, मैंने भी यही सोचा था; और तुम संतुष्ट होना चाहते थे, क्या ऐसा नहीं है, युवक?''

''हाँ,'' मैं हकलाया—''मैं चाहता था कि···''

''तुमने यह मुझे बताना क्यों जरूरी नहीं समझा। मैं अनुमान लगा सकता हूँ, परंतु मुझे बताओ कि क्या तुम इससे प्यार करते हो?''

''विश्वस्त रूप से।''

''क्या तुम इससे विवाह करना चाहते हो?''

''यदि सालोमे को कोई आपत्ति न हो तो।''

''अब लड़की, तुम इस बारे में क्या कहती हो? क्या तुम इसे चाहती हो?'' सालोमे शरमा गई।

''सुनो, यदि तुम उत्तर नहीं दोगी, तो इसे पा नहीं सकोगी। यदि तुम इसे नहीं चाहती हो, तो न कह दो।''

सालोमे ने हँसकर उत्तर दिया—''बिलकुल नहीं, मैं 'न' नहीं कहूँगी, चाहे कुछ भी हो जाए।''

''तो ठीक है, इसे ले जाओ,'' डॉक्टर रेबरे ने कहा, ''इसे कसकर पकड़ लो। यह मेरी इकलौती बेटी है, इसे अपनी मत चलाने देना, इसे अनुशासन की जरूरत है, परंतु इसे प्यार और भद्रता में उलझने दो।''

मैंने हर प्रकार से सालोमा को ध्यान से रखने का वचन दिया और उससे आगे कहा, ''अब मुझे जाकर अपने माता-पिता की अनुमति लेनी होगी।''

''तुम जरूर लो, मेरे लड़के,'' डॉक्टर ने कहा, ''मैं उनसे पहले ही बात

कर चुका हूँ, इसीलिए यहाँ बार-बार आने से तुम्हें रोका नहीं गया। मैं उन्हें अभी यहाँ बुला लेता हूँ, सगाई की रस्म संपन्न हो जाएगी।''

हमारे विवाह में चार सप्ताह बाकी थे! मैं हर्षोन्माद में था। फिर भी वे चार सप्ताह बड़े कष्टकारी लगे। जैसे ही हमारी सगाई हो गई, ऐसा लगता था कि सालोमे मेरी ओर से बिलकुल बदल गई थी। मैं उसे प्रसन्न करने के लिए कुछ भी नहीं कर सका। वह लगातार मेरे कपड़ों में, मेरे चलने में, मेरे आने-जाने में दोष निकालती रही। संक्षेप में, हर चीज की आलोचना करने लगी थी। वह भयानक रूप से ईर्ष्यालु हो गई। घूमने जाते समय हर घड़ी मेरा जवाब तलब करती थी कि मैंने अमुक लड़की की ओर क्यों देखा। फिर रो देती थी, मुझे बुरा-भला कहती थी और यथाक्रम क्षमा कर देती थी।

मैं कभी-कभी बहुत बेचैन हो जाता था, परंतु अनुभवी डॉक्टर ने मुझे कहा था कि अभी इसे ऐसे ही चलने दो; विवाह के पश्चात् इसकी लगाम कसकर रखना। उसने बताया था कि अकेली संतान होने के कारण उसने इसे बिगाड़ दिया था। वह अच्छी तरह से जानती थी कि उसका तूफान मचाना और कठोर भाषा का प्रयोग करना मात्र उसका बहाना था।

विवाह से कुछ समय पहले हम दोनों में सचमुच गंभीर झगड़ा हुआ। सालोमे ने जोर दिया कि वह कड़े कपड़े का फ्रॉक पहनकर विवाह करेगी, क्योंकि उस समय इस प्रकार का कपड़ा पहना जाता था, और मैंने लगातार इसका उपहास किया। वह सोच रही थी कि यह उसकी विशेष शैली के अनुरूप था और जब मैंने अपनी तुरप चाल यह कहकर चली कि 'तुम कड़े कपड़े में! तुम लोक-व्यवहार के विरुद्ध क्यों जा रही हो और तुम जो लोक-व्यवहार की नेता हो, तुम्हें पिछड़ना नहीं चाहिए' तो वह आग-बबूला हो गई। ''यह बात है, तुम लोक व्यवहार की बात करते हो! तुम उनकी बाबत क्या जानते हो, तुम सिल्ली हँस।''

तोता तुरंत एक लय में आसुरी चीख सदृश बोला—''सिल्ली हँस।''

मैंने विघ्न डालने के लिए पक्षी को मार डालना चाहा और जब हम दोनों पिंजरे को लेने के लिए हाथापाई कर रहे थे, हममें एक ने—मैं आज तक नहीं जान पाया कि किसने—उसे गिरा दिया, दरवाजा खुल गया और पूर्व इसके कि मैं दरवाजा बंद करता, तोता उड़ चुका था।

मेरी व्याकुलता और उसके क्रोध का अनुमान लगाइए। इस सबके लिए उसने मुझपर आरोप लगाया। मैंने यथाक्रम प्रार्थना की, बुरा-भला कहा, आग्रह किया, सब व्यर्थ—उसने मेरा विश्वास नहीं किया और अंतिम परिणाम यह निकला

कि वह तब तक मेरी पत्नी नहीं बनेगी, जब तक मैं तोता न ढूँढ़ लाऊँ।

दु:खी होकर मैं उसे छोड़कर चला गया। झगड़े करने से पूर्व उस दिन वह मेरे साथ खुशमिजाज और मधुर थी, इसके बाद मेरी प्रसन्नता छिन्न-भिन्न हो गई।

मैंने तोते को हर जगह ढूँढ़ा। एक सूत्र मुझे मिला कि जिस व्यक्ति ने उसे पकड़ा था, उसको बुरी तरह खरोंच आई थी और उसे काटा भी था; उसकी मानव आवाज और उपाधियों से डरकर उसने उसे छोड़ दिया था। इसके बारे में मैंने सालोमे को बताया तो वह कुछ-कुछ शांत हो गई, परंतु फिर भी मुझसे रूखेपन से पेश आई। सालोमा ने मुझे तोते के लिए और प्रयत्न करने के लिए एड़ लगाई। मुझे शीघ्र पता चल गया कि तोता पासवाले गाँव में पकड़ा गया था।

वहाँ जाते हुए रास्ते में मैं एक किसान की लड़की से मिला जिसने मेरे प्रश्न के उत्तर में मुझे बताया कि वह उसी गाँव की रहनेवाली थी। उत्सुकता से मैंने पूछा कि क्या उसने मेरे मित्र तोते की बाबत कुछ सुना है? मुझे यह जानकर खुशी हुई कि उसने सुना था।

"मैं तुम्हें इनाम दूँगा," मैंने उसे कहा, "यदि उसको वापस लेने में तुम मेरी सहायता करोगी।"

"यह कठिन होगा।" उसका उत्तर था।

"कठिन क्यों? वह पकड़ा नहीं गया क्या?"

"ओह, वह पकड़ा गया था, यह सच है, लेकिन अब उसे दफना दिया गया है।"

"परमात्मा भला करे," मैं चिल्लाया, "लेकिन यह हुआ कैसे?"

"कुछ दिन पहले, एक लड़के ने एक अजीब जंगली पक्षी को पकड़ा था जिसने उसे बुरी तरह से चोंच मारी; वह उसको मेरे भाई के पास ले आया जो स्कूल मास्टर है, परंतु वह भी समझ नहीं पाया कि वह किस प्रकार का पक्षी था और सुझाव दिया कि उसके रंगों को धोकर उतारा जाए। शीघ्र ही सारा गाँव उस अजीब पक्षी को देखने के लिए इकट्ठा हो गया था और यह देखने के लिए कि रंग कैसे हैं, हमने पहले उसे ठंडे पानी से धोया और जब रंग नहीं उतरे तो उसको गरम पानी से धोया गया; साबुन और सोडा लगाकर पुनः ठंडे पानी से धोया। इससे भी रंग नहीं उतरे और न ही पक्षी को लाभ होता प्रतीत हुआ, क्योंकि उसने खाना-पीना छोड़ दिया था; वह उसी दिन मर गया।

"मेरी आत्मा...तुम लोग मूर्ख हो," मैंने कहा, "विशेषकर तुम्हारा स्कूल मास्टर। अनुमान लगाओ—एक तोते को भाप देना! यह हर चीज को मार देती

है। वह गरम क्षेत्र का पक्षी था और उसके रंग प्राकृतिक थे। वह मेरी पत्नी का था और बहुमूल्य था।'' मैं पुन: जोर से हँसा और जो लड़की मुझे टकटकी लगाए देख रही थी, उसने मुँह खोला और नाराज होकर तथा कुछ असभ्य बोली बोलती हुई चली गई।

मैं हैरानी से, विचारों की गंभीरता में खोया खड़ा रहा। ज्यों ही मैं आगे की सोच रहा था, मैंने वृक्षों के बीच, जंगल के छोटे रास्ते के मुँह पर एक छवि को तिनकों से बनी टोपी में हरा फीता लगाए देखा। ऐसी शानदार टोपी सालोमे के पास थी। अत: मैं उसका स्पष्ट रूप से नाम लेता हुआ शीघ्रता से उसकी ओर बढ़ा, परंतु मुझे भ्रम हुआ क्योंकि वहाँ कोई भी नहीं था।

मैं जल्दी से घर लौटा और तुरंत डॉक्टर के यहाँ गया ताकि अपनी तलाश का परिणाम सालोमे को बता सकूँ। वह मेरी ओर अजीब ढंग से देखती नजर आई—न प्रशंसा करती हुई और न ही बुरा-भला कहती हुई, न कटु और न ही मधुर। किसी तरह से मैंने डॉक्टर के अर्थपूर्ण शब्दों को ध्यान में रखा और शादी होने तक उसको मनमानी करने देने का निश्चय किया।

अंत में हमारे विवाह का दिन आ गया। मैंने अपनी दुलहन को कुछ क्षणों के लिए ही देखा; उसे शांत देखकर मैं प्रसन्न हुआ, भले ही उसने कड़े कपड़े पहने हुए थे। मैं उसे देख रहा था। तभी डॉक्टर ने मुझे पकड़ते हुए कहा, ''उसकी परवाह मत करो, हँस। उसे अंतिम बार अपनी मनमानी करने दो; आज रात तुम उसके फ्रॉक को उतरवाकर खूँटी पर लटका सकते हो, फिर कभी प्रयोग नहीं करने के लिए।''

घंटियाँ बजती रही थीं और हम गिरजे के रास्ते में साथ-साथ चुप्पी धारण किए चल रहे थे। जुलूस को देखने के लिए काफी भीड़ एकत्र हो गई थी; क्योंकि कम-से-कम डॉक्टर सार्वजनिक व्यक्ति था। पादरी हमारे सामने से वेदी पर गया और सम शुरू हो गई। ज्यों ही उसने पूछा कि मैं सालोमे रेबरे नाम की औरत को अपनी विवाहिता पत्नी के रूप में स्वीकार करता हूँ, मैंने हर्षपूर्वक ऊँची आवाज में कहा 'हाँ' और सोच रहा था कि क्या वह भी पादरी के इसी प्रकार के प्रश्न का मेरी तरह ऊँची आवाज में उत्तर देगी या काँपती हुई धीमी आवाज में, परंतु जब पादरी ने प्रश्न किया तो मैं उसकी भारी और ऊँची आवाज में 'नहीं' सुनकर हैरान रह गया।

मैं आश्चर्य के साथ मूक हो गया। इस बीच पादरी ने पूछा कि उसके इस असामान्य व्यवहार का क्या अर्थ है?

"मैं बाद में बताऊँगी।" सालोमे ने उत्तर दिया, जो उस समय पीली और भयभीत नजर आ रही थी। रस्म समाप्त हो गई और लोग हैरान होते हुए चले गए। मैं क्रोध और लज्जा से व्याकुल अपने घर लौट आया। मैं एक शब्द भी बोल नहीं पाया।

मेरे पिता भी उसी तरह बेचैन थे; उन्होंने इस अपमान को अत्यंत बुरा माना। हम इस मामले पर बातचीत कर ही रहे थे कि डॉक्टर अपनी बैसाखी पर झुकता हुआ, बिना शिष्टाचार के, अंदर आया और शुरू हो गया, "मित्रो, मेरी बेटी ने अब जो कुछ बताया है, उसके फलस्वरूप मैं यहाँ आपको मुँह नहीं दिखा सकता और न ही भयानक मामले को सुलझाने का अपना कर्तव्य समझता हूँ। जो कुछ उसने बताया है, मैं उसपर विश्वास नहीं करता। फिर भी इसकी तह में जरूर कुछ-न-कुछ होगा, क्योंकि वह मुझे बताती है कि उसने जानबूझकर हँस को उसकी अभक्ति के लिए दंड दिया है। मुझसे अधिक इसका सम्मान छानबीन की माँग करता है।"

मैंने केवल इतना ही कहा, "कृपया कहिए, मेरी अंतरात्मा साफ है।"

"वह प्रमाणित करती है," उसने शुरू किया—"कि तुम्हारा उस किसान कन्या के साथ मामला है, जिससे तुम कुछ दिन पहले जंगल में मिले थे; तुमने उससे मजाक किया था और फिर हँसे थे और उससे मिलने के लिए तोता तो एक बहाना था।"

"यह वह कहती है!" मैंने कहा, और जो कुछ भी जंगल में घटा था, मैंने बता दिया। सौभाग्यवश उसी समय सामनेवाले दरवाजे पर दस्तक हुई और वह किसान कन्या मक्खन और अंडे बेचती हुई सामने नजर आई। ज्यों ही उसने मुझे देखा, बोली, "तुम फिर यहाँ? यदि मुझे मालूम होता कि यह तुम्हारा घर है तो मैं मीलों दूर रहती।"

"इसने तुम्हारे साथ क्या किया है, मेरी बेटी?" डॉक्टर ने तुरंत पूछा।

"इसने मेरा अपमान किया है, मूर्ख बतख कहा और जब मैंने उस मूर्ख पक्षी के बारे में इसके प्रश्नों का उत्तर दिया तो यह मुझपर हँसा।"

"तुम्हारे साथ प्रेम नहीं किया?"

"मुझसे! प्रेम! इसके बाद क्या? मैं प्रेम को इसके अंदर से निकालकर बाहर करती। यह मेरे साथ असभ्यता से पेश आया और तुम भी असभ्य होते जा रहे हो। यदि तुम्हें मक्खन और अंडे नहीं चाहिए तो कहते क्यों नहीं हो। मुझे मूर्खतापूर्ण प्रश्नों का उत्तर देने के लिए क्यों रोक रखा है?" इसके साथ ही उसने किवाड़ बंद

कर दिए और चली गई।

"यह संतोषजनक है," डॉक्टर ने प्रसन्नतापूर्वक मेरा हाथ हिलाते हुए कहा, "अब तुम्हें संतुष्टि मिलेगी। कल विवाह की दूसरी रस्म होगी और तुम उससे वैसा ही व्यवहार करोगे जैसा उसने तुम्हारे साथ किया है। वही, कोई इनकार नहीं, तुम्हें केवल···। इसके अतिरिक्त दूसरा विकल्प भी नहीं है या फिर तुम उसे कभी नहीं पा सकोगे। मैंने उसे पुनर्विचार के लिए विवश किया है और वह अपनी मनमानी करके तुमसे विवाह करने के लिए तैयार है। मैं पादरी से भी मिल चुका हूँ और काफी कठिनाई के बाद उसे मना लिया है। उसने वचन दिया है कि वह पहला प्रश्न उससे ही करेगा। अतः मुझे इनकार मत करना।"

यहाँ मैंने विघ्न डाला! "नहीं, नहीं," मैं चिल्लाया—"मैं किसी···" परंतु डॉक्टर ने मुझे बात पूरी करने नहीं दी; सारे मामले की नई व्याख्या करते हुए और मेरे सम्मान का वास्ता देते हुए कहा कि उसकी बेटी के साथ मेरी भावी प्रसन्नता दाँव पर थी, क्योंकि इस अपमान का बदला लिये बिना मैं अपना मुँह अपनी पत्नी और बच्चों को कैसे दिखा सकूँगा। अंत में मैं 'नहीं' कहने के लिए मान गया, लेकिन तब, जब वह 'हाँ' कह चुकेगी। मेरा पिता भी हमसे सहमत था कि किसी-न-किसी प्रकार की संतुष्टि हमें मिलनी ही चाहिए। भले ही मेरी माँ मेरे साथ और सालोमे पर दया दर्शा रही थी, हमें झुकना पड़ा। मुझे केवल इस बात की आशा थी कि हमारे अनुभवी लोग मेरी प्रेमिका को दंड देने की अपनी इच्छा को किसी और ढंग से कृतार्थ करेंगे। किसी तरह ऐसा होनेवाला नहीं था।

मैं निश्चित समय पर गिरजा गया। पुनः लोगों का जमघट लग गया था और गिरजा भरा हुआ था। डॉ. रेबरे ने इस बात का ध्यान रखा था कि प्रायश्चित्त भी उतना ही सार्वजनिक होना चाहिए, जितना अत्याचार! मेरे संबंधी मेरे साथ गिरजा आए और वहाँ डॉ. रेबरे ने दुल्हन को मुझे दिया। वह मृतक की तरह पीली थी; उसके गालों से झलक रहा था कि वह बहुत रोई थी। उसने अपनी आँखें मेरी आँखों से नहीं मिलाईं। मैं उसके चेहरे पर दीनता के अतिरिक्त कुछ और भी देख रहा था। जब हम वेदी की ओर धीरे-धीरे चल रहे थे, मैंने अपनी बाँह पर सुखद दबाव को अनुभव किया। पादरी के सामने कोई पुस्तक नहीं थी, न ही पुनः विवाह की सेवा पढ़ी गई; सीधे-सादे ढंग से कहा, "हमारे समुदाय के दो व्यक्ति परमात्मा और इस ईसाई सभा के सामने एक-दूसरे के प्रति अपनी इच्छा और अभिप्राय बताने के लिए हमारे सामने उपस्थित हुए हैं।"

फिर वह हमारे निकट आया और पहले सालोमे से पूछा कि वह मुझे अपने

पति के रूप में स्वीकार करेगी? मुझे अपनी पत्नी की ओर चोरी से देखना पड़ा। उसने विनम्र आज्ञानुकूलता से 'हाँ' कहा, न बहुत नीचे स्वर में, न ऊँचे ही। इसपर उसके लिए मेरे दिल में दया की लहर दौड़ गई—हम दोनों के लिए, मुझपर भी, और जैसे ही पादरी ने मुझसे पूछा कि क्या मैं उसको अपनी पत्नी स्वीकार करता हूँ, तो मैंने ठोस आवाज में 'हाँ' कहा।

यह 'हाँ' सभा में बिजली की लहर की तरह दौड़ गई; मैंने अपने पीछे एकाएक हलचल सुनी, जैसे वृक्षों में से मंद पवन चलती है, परंतु उस समय मेरी आँखें मेरी पत्नी के लिए ही थीं। उसपर मानो बिजली गिर गई हो; वह गिर जाती, यदि मैं जल्दी से उसे अपनी बाँहों पर न ले लेता। मैंने ध्यानपूर्वक उसकी आँखों में झाँका, किसी तरह उसने उन्हें जल्दी से खोला, मैंने उनमें कोई तिरस्कार की भावना नहीं देखी, उनमें केवल प्रसन्नता थी; मैं अभी तक उसे थामे हुए था; मैंने उसके कान में कहा, ''मुझे कसकर पकड़ लो, सालोमे, मैं तुम्हें फिर कभी नहीं छोड़ूँगा।''

पादरी भी चकित हुआ-सा मालूम होता था, परंतु शीघ्र ही उसने अपने आपको संभाल लिया। उसने हमें आशीर्वाद दिया और आगे कहा, ''युवा दोस्त, तुमने उचित रास्ता चुन लिया है।''

शेष वृत्तांत तुम्हें बताना आवश्यक है क्या? मेरे पिता ने देखा कि बुरे सौदे को अत्युत्तम बनाना कठिन था, परंतु अपनी माता की सहायता से मैं जल्दी ही उसे सालोमे को अपनाने के लिए राजी कर लिया। सारे मामले को मैंने जिस तरह मोड़ दिया था, उससे मेरी माँ प्रसन्न थी; उसने कहा था—''शादी का केक और नाश्ता अब नष्ट नहीं होंगे और हम अच्छी चीजों के साथ न्याय करके प्रसन्नतापूर्वक समाप्ति का आनंद लेंगे।''

अंत में शांत किया जानेवाला डॉ. रेबरे था। उसने मुझे 'कायर' कहा और कहा कि मैंने उसके सम्मान के साथ तीव्र और ढीला खेल खेला था—इसी तरह और भी बहुत कुछ, परंतु अंत में वह मान गया। मुझे विश्वास है कि वह अंदर-ही-अंदर प्रसन्न था कि उसकी एकमात्र संतान को इस सुंदरता से अपना लिया गया था। और उसका कहना न मानने के लिए वह मेरा अधिक आदर करने लगा था।

सालोमे ने बाद में मेरे सामने स्वीकार किया कि 'नहीं' कहने के बाद वह अपनी जुबान काट देना चाहती थी, परंतु उसने महसूस किया था कि वह ज्वर से पीड़ित थी; फिर भी किसी तरह अपने समस्त जीवन में अत्यंत निःस्वार्थ भाव से मेरे प्रति समर्पित होकर उसने मेरी 'हाँ' लौटा दी।

□

त्रास का क्षेत्र

—डे ला मोटे फौके

वेस्टफालिया की संधि के कुछ समय पूर्व ऐसा हुआ कि सिलेशिया देश के सुंदर भाग में, रेसनबर्ग की तराई में कई लोग इकट्ठे हुए, जो परस्पर संबंधी थे और थोड़े दिन पहले एक धनी किसान की संपत्ति के उत्तराधिकारी बने थे। वह आदमी बिना संतान के मर गया था और उस उपजाऊ देश में फैले हुए कई खेत-खलिहान छोड़ गया था; अब उसके संबंधी उस पैतृक धन को बाँटने के लिए एकत्र हुए थे।

इसी आशय से वे गाँव के मुख्य खलिहान में इकट्ठे हुए थे। संपत्ति के किसी भी भाग को बाँटने में उन्हें कोई कठिनाई नहीं आई थी--केवल एक विशेष खेत को छोड़कर, जो 'हन्टिड फील्ड' के नाम से जाना जाता था; क्योंकि उससे जुड़ी कई कहानियाँ सुनी जाती थीं।

उस खेत के हर तरफ जंगली फूल और झाड़ियाँ उगी हुई थीं, तथापि उनकी प्रबल वृद्धि इस बात की प्रतीत थी कि भूमि अत्यंत बढ़िया किस्म की थी और वह निर्जन तथा उपेक्षित दशा में थी। उसको जोते हुए या मेहनती पतियों द्वारा बीज डाले हुए कई वर्ष बीत गए थे, क्योंकि कहा जाता था कि जब भी कोई हलवाहा उसकी सीमा में जाता था तो जुए के नीचे बैल उन्मत्त हो जाते थे और डरकर भाग जाते थे; हलवाहे और बीज डालनेवाले भी इस प्रकार के त्रास से टकराते थे और हताश होकर भाग जाते थे; वे प्रमाणित करते थे कि कई अलौकिक व्यक्ति उनके काम में सहायता के बहाने उनके पास आते थे; उनकी आकृतियाँ इतनी डरावनी होती थीं कि कोई भी उनकी ओर देख नहीं सकता था और न अपना होश बनाए रख सकता था।

अब प्रश्न यह पैदा हुआ कि यह 'हन्टिड फील्ड' किसको दिया जाए। हर-एक ने उसे लेने में असहमति जताई, परंतु विचार किया कि उसका पड़ोसी संभवत: उसका प्रबंध कर सकेगा और जैसाकि संसार का रिवाज है, हर कोई अपने कंधों

का बोझ बदलना चाहता है। किसी तरह वे सहमत नहीं हो पाए। अब शाम हो चुकी थी और चलने का समय आ गया था, जब उनमें से एक ने एक समाधान का प्रस्ताव रखा और आशा की कि उससे सभी संतुष्ट हो जाएँगे।

''हम वसीयतकर्ता की वसीयत से बाध्य हैं कि उसकी विनीत चचेरी बहन, जो इस नगर में रहती है, को प्रसन्नतापूर्वक उत्तरदान दे दिया जाए। वह महिला विश्वास के साथ, मृतक की दूर की संबंधी है। फिर भी वह सदाचारी और मितव्ययी है; वह अच्छे पति के योग्य है और 'सुंदर साबीने' के नाम से जानी जाती है। मैं अब सुझाव देता हूँ कि यह 'हन्टिड फील्ड' इस महिला को उपहार के रूप में दे दिया जाए और इस प्रकार हम अपने शोकाकुल संबंधी की इच्छा पूरी कर पाएँगे और संभवत: यह उसके लिए कीमती दहेज साबित हो, यदि वह कोई ऐसा पति ढूँढ़ ले जो उस भूमि को जोतने का प्रयास कर सके।''

इस प्रस्ताव पर सभी बहुत खुश हुए और अपने में से एक को, उपहार की सूचना चचेरी बहन को देने के लिए तुरंत भेज दिया।

शाम को गोधूलि बेला के समय, साबीने ने, अपनी खिड़की पर हलकी खटखट की आवाज सुनी। जब पूछा गया कि कौन है तो ऐसी आवाज में उत्तर मिला, जैसे जंग लगी चिटखनी पीछे खींची गई हो; छोटी खिड़की खुल गई। वह शूरवीर युवा फ्रेड्रिक था, जिसकी प्रतीक्षा वह चिरकाल से कर रही थी और जो उसकी तरह ही निर्धन पैदा हुआ था; पिछले दस वर्षों से लड़ाइयों को समर्पित था ताकि कुछ बनकर साबीने से शादी कर सके—साबीने, जिसका दयालु दिल उसका अपना था।

सुंदर आँखों में खुशी के आँसू लिये, जालीदार खिड़की से साबीने का झुकना और अपने विश्वास का उपहार देते हुए शूरवीर फ्रेड्रिक का ऊपर देखना, कैसा रमणीय चित्र पेश कर रहे थे!

''आह, फ्रेड्रिक!'' उसने कहा, ''परमात्मा को धन्यवाद कि तुम सुरक्षित लौट आए; प्रात: एवं सायं मेरी यह लगातार प्रार्थना थी। बताओ फ्रेड्रिक, क्या इस युद्ध काल में तुमने कुछ भाग्य बनाया है?''

''भाग्य इतनी जल्दी जीता नहीं जाता,'' फ्रेड्रिक ने सिर हिलाकर मुसकराते हुए कहा, ''और इनाम हर-एक के लिए नहीं गिरते हैं। किसी तरह से, जिस समय मैं गया था, उसकी अपेक्षा अब मेरी स्थिति अच्छी है और यदि तुममें साहस है तो मुझसे विवाह कर सकती हो।''

''ओह!'' साबीने ने ठंडी साँस भरी—''दयालु फ्रेड्रिक, एक निर्धन एवं अनाथ को अच्छे और बुरे के लिए ले रहे हो।''

"नहीं," फ्रेड्रिक ने कहा, "मुझे मित्रतापूर्वक हाँ कर दो और मेरी बनने का वचन दो तो मैं तुम्हें विश्वास दिलाता हूँ कि हम उन्नति करेंगे और राजकुमारों की तरह रहेंगे।"

"क्या तुमने नौकरी से मुक्ति ले ली है? अब सैनिक नहीं रहे क्या?"

फ्रेड्रिक ने अपने झोले में झाँका, जिसमें उसका खजाना था। उसने एक चाँदी का तमगा निकाला और साबीने को थमा दिया। ज्यों ही उसने इसको पकड़ा, उसके कमरे के लैंप की रोशनी इसपर पड़ी। इसके ऊपर पुराने ढंग के, फटे ढोल की आकृति थी और उसपर लिखा था—"ईश्वर भला करे, युद्ध समाप्त हो गया।"

संभवत:, फ्रेड्रिक ने तमगे पर लिखे हुए को समझने के लिए कहा, "वस्तुत: अभी शांति नहीं हुई है परंतु वर्तमान में अब और लड़ाई नहीं होगी और हमारे कर्नल ने अपने आदमियों की छुट्टी कर दी है।"

यह सूचना पाते ही साबीने ने अपने प्रेमी के प्रति अपने प्यार के वचन के रूप में अपना हाथ निकाला और उसको अपने छोटे कमरे में आने का निमंत्रण दिया। वह वहाँ उसकी बगल में बैठा और बताया कि किस तरह सम्मानित लड़ाई में उसने सोने और चाँदी के तमगे जीते तथा एक खुले मैदान में किस तरह एक विदेशी विशिष्ट अधिकारी को कैदी बनाया और उससे मुक्ति-धन लिया। अपने बहादुर सिपाही पर हँसी बिखेरने के बाद कर्मठ महिला ने उसपर आनंद महसूस किया। बुराई से मिला लाभ दोनों में से किसी को भी अच्छा महसूस नहीं हुआ। उसने अपनी तकली थाम ली।

ठीक उसी क्षण संदेश लेकर भाई आया। साबीने ने कुमारी की लज्जा के साथ अजनबी को अपने भावी पति के रूप में मिलाया तो भाई ने कहा, "यह ठीक रहा। मैं भी ठीक समय पर आया हूँ। यदि तुम्हारा मंगेतर लड़ाई से कुछ नहीं लेकर आया तो यह आनंददायक उपहार होगा जो तुम्हारे संबंधियों की ओर से तुम्हें देने के लिए मुझे कहा गया है; क्योंकि वसीयत करनेवाले की इच्छा थी कि तुम्हें भी किसी-न-किसी तरीके से याद रखा जाए।"

इस अवसर पर खुशी को उभारने के लिए, जिस शेखी से यह सूचना दी गई, फ्रेड्रिक को अत्यंत बुरी लगी, परंतु साबीने ने नम्र भाव से इसके लिए ईश्वर को धन्यवाद दिया। उसने मानव के लिए अहितकर बातों को स्वीकार न करते हुए, प्रसन्न हृदय से, अपनी संतुष्टि का संकेत देते हुए अपना सिर झुकाया।

परंतु जब उसने सुना कि 'हन्टिड फील्ड' उसे उसके हिस्से के रूप में दिया गया है और उसके दावे की संतुष्टि के रूप में उचित है तो संबंधियों के इस लालची

व्यवहार ने उसके दिल को चोट पहुँचाई और इस दुःखदायी निराशा पर बिना आँसू बहाए न रह सकी।

भाई ने ईर्ष्या भरी मुसकराहट के साथ कहा कि उसके साथ हुई गलती को सुनकर उसे बहुत दुःख हुआ है जबकि जो उसका असली हिस्सा था, वह वस्तुतः उत्तरदान का इससे बड़ा हिस्सा था। वह यह कहकर लौटने के बारे में सोच ही रहा था कि फ्रेड्रिक ने उसे रोक लिया और उदारता एवं सावधानी से संबोधित किया, "मैं देख रहा हूँ कि तुम मामले का मजाक उड़ा रहे हो और तुम सबने मिलकर मेरी होने वाली पत्नी को एक पैसा भी न देने का षड्यंत्र रचा है, परंतु हम तुम्हारा उपहार ईश्वर के नाम पर स्वीकार करेंगे; यह आशा करते हुए कि बहादुर और कर्मठ सिपाही के हाथों में 'हन्टिड फील्ड' उस सौदे से अच्छा रहेगा जो पुराने लालची और ईर्ष्यालु संबंधी करने की इच्छा कर रहे हैं।" उसने कहा।

भाई ने साहसी युवा की उपस्थिति से घबराकर कोई उत्तर नहीं दिया और लौटने का निश्चय किया। दूल्हे ने फिर साबीने की आँखों से निकले आँसुओं को चूमा और विवाह संबंधी प्रबंध करने के लिए तुरंत पुजारी से मिलने चला गया।

कुछ सप्ताह बीत जाने के बाद फ्रेड्रिक और साबीने पति-पत्नी बन गए और अपनी सीधी-सादी गृहस्थी आरंभ कर दी। युवा आदमी ने अपना सोना-चाँदी बैल, जुआ, बीज और जरूरी औजार खरीदने में खर्च कर दिया। खर्च करते समय अपनी तथा अपनी पत्नी के गुजारे के लिए कंजूसी से काफी रकम उस समय तक के लिए बचाकर रख ली, जब तक फसल से कुछ अमीर न हो जाएँ।

जब फ्रेड्रिक हल और बैलों को लेकर खेत की ओर चला, तो उसने मुड़कर साबीने को देखा और मुसकरा दिया तथा कहने लगा कि अब वह अपना सोना बोने जा रहा है और अगले वर्ष उसे सारा, ब्याज के साथ, वापस मिल जाएगा और बच भी जाएगा। साबीने ने चिंतापूर्वक उसे जाते हुए देखा और प्रार्थना की कि वह सुरक्षित घर लौटे।

वाकई वह घर लौटा—वह भी सायंकाल गिरजे का घंटा बजने से पहले, परंतु उतना प्रसन्नचित्त नहीं था जितना प्रातः घर से जाते समय था—खुशी से गाता हुआ। वह स्वयं हल को खींचकर ला रहा था जो बिगड़ गया था, टूट गया था और साथ ही एक बैल को ला रहा था जो लंगड़ा और घायल हो चुका था; उसके अपने सिर और कंधों से रक्त बह रहा था। फिर भी उसके सिपाहीसुलभ साहस ने उसका साथ दिया और उसने प्रफुल्ल मन से पत्नी को पुकारा।

"नमक लगाने की तैयारी करो," उसने कहा, "क्योंकि 'हन्टिड फील्ड' में

भूत ने हमें प्रचुर मांस दिया है। यह बैल जो मैं अपने साथ वापस लाया हूँ, पागल हो गया है और अपने आपको इतना घायल कर बैठा है कि आगे से काम नहीं कर सकेगा। दूसरा पहाड़ों की ओर भाग गया। मैंने उसको ढलुवाँ चट्टान से नीचे नदी में गिरते देखा। मेरा विचार है कि वहाँ वह तह में पड़ा होगा।''

''ओह! ये भाई, ये मेरे पापी भाई!'' साबीने रोती हुई चिल्लाई—''पहले ही उनके शापग्रस्त उपहार ने मेहनत से कमाए तुम्हारे सोने को लूट लिया और उससे अधिक तुम स्वयं घायल हो गए हो और रक्त बहा रहे हो, मेरे बहादुर युवा सिपाही!''

''मुझे अपनी चोट की परवाह नहीं है।'' फ्रेड्रिक ने कहा, ''जब बैल पागल हो गए, तो उन दोनों को रोकने के प्रयास में दोनों ने मुझे बीच में लेकर पीस दिया, परंतु दु:खी होने की कोई बात नहीं है। मैं प्रात: तक ताजा होकर पुन: जाऊँगा।''

इस घटना से साबीने इतनी डर गई थी कि उसने अपने पति को टोका कि वह इस अभागे खेत को जोतने का और प्रयास न करे। उसने उत्तर में घोषणा की कि अपने जीते-जी वह खेत को आराम नहीं करने देगा और ''जो हल नहीं चला सकता, उसे भूमि को खोदना चाहिए।'' उसने कहा, ''और मैं सोचता हूँ कि एक जंगली जानवर की तरह, भूत को एक अच्छे गंभीर सिपाही से ऐसा व्यवहार नहीं करना चाहिए।''

फिर उसने घायल बैल की हत्या कर दी और टुकड़े-टुकड़े कर दिए। अगली सुबह जब साबीने मांस को नमक लगाने के लिए तैयार हुई तो फ्रेड्रिक फिर 'हन्टिड फील्ड' के रास्ते पर कुदाली और फावड़ा लेकर चल पड़ा, जैसे पिछली सुबह बैलों की जोड़ी और अपना नया चमकीला हल लेकर गया था।

वह फिर शाम को काम के बाद लौटा, जैसे पिछली शाम आया था—पीला और थका हुआ, परंतु उत्साह से भरा था।

''यह काफी कठोर काम है।'' उसने हँसते हुए कहा, ''क्योंकि वहाँ अपनी मूर्खतापूर्ण बातचीत और छल-कपट से मेरा उपहास करते हुए एक मूर्ख भूत आता है, पहले इस तरफ फिर उस तरफ, परंतु बाद में हैरान होता है कि मैं उसकी परवाह नहीं करता और इसलिए मुझसे नाराज मालूम होता है और इससे मुझमें ताजगी एवं साहस आता है। इसके अतिरिक्त, एक परिश्रमी मनुष्य को, जो सीधी तरह अपने काम-से-काम रखता है, उसके लिए डरनेवाली कौन सी बात है?''

इसी तरह से कई दिन व्यतीत हो गए। बहादुर फ्रेड्रिक बिना थके भूमि को

खोदता रहा, बीज बोता रहा और घास-फूस निकालता रहा। अब तक उसने 'हन्टिड फील्ड' के काफी भाग को केवल कुदाली से उपजाऊ बना लिया था, क्योंकि उसने परिश्रम को कभी भी ढीला नहीं होने दिया था। भूमि फसल से लहलहा उठी, यदि अधिक नहीं, तो भी उसके कष्ट की तुलना में वापसी सुंदर थी। अब उसने फसल काटी और स्वयं घर लेकर गया, क्योंकि उपज पर्याप्त न होने के कारण कटाई के लिए आदमी नहीं रख सकता था। वह साबीने को खेत में जाने से रोकता था, विशेषकर इसलिए कि जल्दी ही बच्चा पैदा होनेवाला था। बच्चा पैदा हो गया, तीन वर्षों में दो और। इसी तरह से बिना किसी विलक्षण घटना के जीवन चलता रहा।

लगन और परिश्रम से उसने 'हन्टिड फील्ड' को एक के बाद एक फसल देने पर मजबूर कर दिया और इस तरह एक ईमानदार व्यक्ति की तरह साबीने को दिए गए अपने वचन को बचा लिया कि वह उसके लिए उचित साधन जुटा लेगा।

कटाई के समय, एक शाम को ऐसा हुआ कि फ्रेड्रिक अँधेरा होने तक काम करता रहा। उसने देखा कि एक तरफ काले रंग का एक तगड़ा आदमी, जो कोयला ढोनेवाला प्रतीत होता था, हाथ में भट्टी की छड़ लिये हुए था; फ्रेड्रिक से बोला, "क्या पृथ्वी पर बैल नहीं रहे, जो तुम अपने हाथों से काम करते हो? तुम्हारी भूमि को देखते हुए तुम्हें एक अमीर आदमी होना चाहिए था।"

फ्रेड्रिक अच्छी तरह से जानता था कि उससे इस प्रकार बात करनेवाला कौन हो सकता है। उसने वही किया जो लोग ऐसे अवसरों पर प्रायः किया करते हैं। उसने अपनी जुबान बंद रखी और अधिक कठोरता से काम करने लगा तथा अपने विचारों को दूसरी तरफ लगाने लगा।

परंतु इस बार भूत लुप्त नहीं हुआ जैसाकि इस प्रकार के 'जीव' पुनः अधिक भयानक रूप में आने के लिए प्रायः करते हैं, जब उनसे इस तरह का व्यवहार किया जाता है। इस बार उसने मैत्रीपूर्ण स्वर में फ्रेड्रिक से कहा, "मित्र, तुम अपने और मेरे साथ गलती कर रहे हो। मुझे सचाई और ईमानदारी से उत्तर दो। संभवतः मैं तुम्हारे दुर्भाग्य का इलाज ढूँढ़ सकूँ।"

"अच्छा, फिर परमात्मा के नाम पर बोलो," फ्रेड्रिक ने कहा, "और यदि तुम्हारे शब्दों में अपकार होगा तो दोष तुम्हारा होगा।"

फिर फ्रेड्रिक अपने काम से उठा और कोयला ढोनेवाले को, खेत मिलने के समय से जो कुछ हुआ था, सच-सच बता दिया; यह भी कि वह भूतों से घृणा करता है और उनके उपद्रव के कारण उसे कुदाल एवं फावड़े के साथ अपने हाथों से काम करने में और परिवार को पालने में कितनी कठिनाई का

सामना करना पड़ रहा है।

कोयला ढोनेवाले ने सारी बातें गंभीरता से सुनीं। फिर मजे से कुछ समय निश्चल खड़ा रहा और अंत में बोला, ''ऐसा नजर आता है, मित्र, कि तुम जानते हो कि मैं कौन हूँ और यह सराहनीय है कि तुमने सत्य का बलिदान नहीं किया, परंतु यह जानते हुए भी कि तुम मुझसे कितने नाराज हो, तुमने सच-सच बताया है और इसके लिए तुम्हारे पास बहुत बड़ा कारण भी है। मैं देखता हूँ कि तुम एक मेहनती और सच्चे देहाती हो। अतः मैं तुम्हें एक प्रस्ताव दूँगा जो तुम्हारी क्षतिपूर्ति कर देगा—क्षति, जो पहले हो चुकी है। तुम्हें जानना होगा कि जब मैं जंगल और पहाड़ों में संतुष्ट हो जाता हूँ तो मुझे एक सुविधाजनक मकान में रहने की इच्छा होती है और छह महीने या इसके आसपास मैं मर्यादित और नियमित जीवन व्यतीत करता हूँ। यह कैसा रहेगा कि अगले छह महीनों के लिए तुम मुझे अपनी सेवा में ले लो!''

''यह ठीक नहीं होगा कि एक ईमानदार व्यक्ति का इस प्रकार उपहास किया जाए।'' फ्रेड्रिक ने कहा।

''नहीं, नहीं,'' दूसरे ने कहा, ''यह उपहास करना नहीं है—मैं वास्तव में गंभीर हूँ। तुम मुझे सच्चा एवं कठोर काम करनेवाला पाओगे और जब तक मैं तुम्हारी सेवा में रहूँगा, 'हन्टिड फील्ड' में किसी प्रकार भूत की गतिविधि देखने को नहीं मिलेगी ताकि तुम अपने बैलों से बिना विघ्न काम ले सको।''

''मैं इसे पसंद करूँगा,'' फ्रेड्रिक ने कुछ सोचकर कहा, ''यदि मुझे विश्वास हो जाए कि तुम अपना वचन निभाओगे तो तुमसे व्यवहार करना ठीक रहेगा।''

''इसका निश्चय तुम स्वयं करो,'' भूत ने कहा, ''परंतु जब तक रेसनबर्ग रहेगा मैं वचन नहीं तोड़ूँगा और इसके साथ, मैं कपटी विचारवाली आत्मा नहीं हूँ—कुछ उच्छृंखल, छली एवं जंगली, बस।''

''फिर तुम्हें प्रसिद्ध रुबेजल बनने की क्या जरूरत है?'' फ्रेड्रिक ने पूछा।

''जब तुम ऐसा सोचते हो,'' भूत ने कहा, ''इसको जानो कि वह शक्तिशाली आत्मा ऐसे कलंकित नाम की आज्ञा नहीं देगी, परंतु अपने आपको पहाड़ों का शहंशाह कहलाएगी।''

''यह तो हँसी का विषय बन जाएगा कि पहाड़ों के शहंशाह को मेरी सेवा में आना पड़े।'' फ्रेड्रिक ने हँसते हुए कहा।

''तुम मुझे वाल्डमन के नाम से पुकार सकते हो।'' भूत ने सुझाव दिया।

फ्रेड्रिक काफी देर तक खड़े-खड़े सोचता रहा और अंत में उसने कहा,

"चलो ठीक है, मैं नहीं सोचता कि तुम्हें सेवा में लेकर मैंने कोई गलती की है। मैंने प्राय: देखा है कि लोग बुद्धिहीन पशुओं को, मांस भूननेवाली सलाख को घुमाने और दूसरे घरेलू कामकाज के लिए रख लेते हैं; भूत को क्यों नहीं?"

भूत जोर से हँसा और कहने लगा, "मेरे जैसा किसी ने भी पहले इस प्रकार का प्रस्ताव नहीं रखा; मैं उसकी चिंता नहीं करता—यह मेरी खुशी है और इसलिए यह सौदा है, मेरे सम्मानित मालिक!"

फ्रेड्रिक ने यह शर्त रखी कि उसका नया सेवक किसी कीमत पर साबीने या बच्चों को नहीं बताएगा कि वह 'हन्टिड फील्ड' या रेसनबर्ग की कंदराओं में रह चुका है और न ही उसने कभी घर या फार्म के आसपास भूतों के कृत्य किए हैं। वाल्डमन ने इन सबके लिए वचन दिया। इस तरह यह मामला तय हो गया और दोनों मैत्रीभाव से घर को लौट चले।

परिवार में इस बढ़ोतरी को देखकर साबीने को कोई हैरानी नहीं हुई। वह बिना डरे उस काले विशाल सेवक को कठिनाई से ही देखती थी। बच्चे पहले ही इतने चौकन्ने हो गए थे कि जब भी वह बगीचे या छोटे खेतों में काम करता था तो वे घर से बाहर नहीं निकलते थे, परंतु उसके शांत, अच्छे स्वभाव और मैत्रीपूर्ण व्यवहार ने जल्दी ही घर के लोगों को संतुष्ट कर लिया था। अब कभी-कभार जब उसे खिलवाड़ का दौरा पड़ता था और कुत्तों तथा मुर्गियों का पीछा करता था तो वे इसे खिलवाड़ और अच्छे मजाक के रूप में ही लेते थे और मालिक का एक शब्द उसे सीमा में लाने के लिए काफी होता था।

फ्रेड्रिक ने भूत के वचन पर विश्वास करके, अपने छिपाकर रखे सोने को बैलों की नई जोड़ी खरीदने में सावधानी से खर्च कर दिया और मरम्मत किए हल को लेकर खुशी-खुशी पुन: खेत की ओर गया। उसको खेत पर जाते हुए साबीने ने चिंता से देखा। रात में उसके लौटने की चिंता करती रही; उसे डर था कि कहीं फिर उसकी आशाओं पर पानी न फिर जाए और पहले की तरह घायल न हो जाए। परंतु गिरजे का घंटा बजने के साथ ही गाँव से होता हुआ और गाता हुआ वह बैलों की जोड़ी के साथ घर आ गया; उसने आकर प्रसन्नता से अपनी पत्नी और बच्चों को चूमा तथा दयालु भाव से सेवक से हाथ मिलाया।

वाल्डमन भी कभी-कभी हल चलाने के लिए बैलों को बाहर ले जाता था जबकि फ्रेड्रिक बाग में या खलिहान में काम करता था। 'हन्टिड फील्ड' का बड़ा भाग अब जोता जा चुका था और हर चीज सफलतापूर्वक चल रही थी; गाँव में सभी रहनेवाले हैरान थे और ईर्ष्यालु संबंधी निराश!

कटाई अब समाप्त हो चुकी थी और सर्दी का आगमन था। एक दिन फ्रेड्रिक अँगीठी और तंदूर के लिए लकड़ियाँ इकट्ठी करने के लिए अपने साथियों के साथ गया। उसी समय ऐसा हुआ कि साबीने को पड़ोस में एक बीमार विधवा को देखने के लिए बुलाया गया। अपने अत्युत्तम साधनों में रहते हुए वह मित्र बनने की आदी हो गई थी। वह नहीं जानती थी कि बच्चों का क्या किया जाए; हालाँकि वाल्डमन ने इच्छा प्रकट की कि उनको इसकी देखरेख में छोड़ दिया जाए। वह जानती थी कि वे इसकी कहानियों में रुचि लेते थे। अतः उसने वाल्डमन का कहना मान लिया और स्वयं उस पवित्र काम के लिए चली गई।

इसके करीब एक घंटा बाद फ्रेड्रिक जंगल से घर लौट आया। उसने अपनी गाड़ी गोदाम में खड़ी कर दी और बैलों को उनकी जगह पर बाँध दिया। फिर घर की ओर कदम बढ़ाए ताकि अपने सुन्न जोड़ों को गरम कर सके। तभी बच्चों की तीखी चीखों ने एकाएक उसके कान खड़े कर दिए। वह जल्दी से घर में घुसा, रसोई का दरवाजा खोला और देखा कि सारे बच्चे चीख रहे थे जो तंदूर के पीछे धकेल दिए गए थे और वाल्डमन उन्मत्त होकर हँस रहा था; वह भयानक चेहरे बना रहा था और इधर-उधर कूद रहा था; उसके बालों में आग लगी हुई थी!

''क्या हो रहा है ?'' मालिक ने क्रोध के स्वर में पूछा। वाल्डमन के सिर की आग को तुरंत बुझा दिया गया और वह मालिक के सामने नम्रतापूर्वक यह कहता हुआ खड़ा हो गया कि वह बच्चों का मन बहला रहा था, परंतु रोते हुए बच्चे पिता की ओर दौड़े और उसे बताया कि इसने उनको भयानक चेहरे बनाकर डराया था; वह मेंढे का सिर लेकर, फिर कुत्ते का सिर लेकर उनके पीछे दौड़ता रहा। ''बहुत हो गया,'' फ्रेड्रिक ने उससे कहा, ''जाओ मित्र, अब हम एक छत के नीचे नहीं रह सकते।''

और इसके साथ, फ्रेड्रिक उसकी बाँह पकड़कर, बाग से आगे तक जाकर, घर से धक्का दे दिया और कमरे में आकर बच्चों को चुप रहने और न डरने के लिए कहा, क्योंकि उनका पिता अब घर आ गया था और वे इस तरह से सुरक्षित थे जैसे अब्रह्म की छाती में हों।

अजीब नौकर ने विरोध नहीं किया, परंतु जब वह ठंडी भूमि पर फ्रेड्रिक की बगल में खड़ा था, हँसते हुए कहने लगा, ''सुनो मालिक, क्यों न हम ताजा सौदा कर लें। मैं मानता हूँ कि मैंने बहुत गड़बड़ी की है। ऐसा आगे से नहीं होगा; दुर्भाग्य से मुझे मनबहलाव का पुराना दौरा पड़ गया था।''

''तुमने अपनी खुशी के लिए मनबहलाव किया,'' फ्रेड्रिक ने कहा, ''परंतु

मेरे बच्चों को तो सिर से पैर तक डरा दिया। हमारा अनुबंध समाप्त हो गया।''

''मेरे छह महीने अभी समाप्त नहीं हुए हैं,'' वाल्डमन ने विवाद किया, ''और मैं घर लौटने के लिए जोर देता हूँ।''

''तुम पुनः मेरी देहली पर कदम नहीं रखोगे।'' फ्रेड्रिक ने कहा, ''तुमने घृणित बदमाशी करके अनुबंध को तोड़ दिया है, परंतु मैं तुम्हें तुम्हारी पूरी मजदूरी दे रहा हूँ—यह लो और चले जाओ।''

''मेरी पूरी मजदूरी!'' भूत ने घृणित हँसी के साथ कहा, ''क्या फिर तुम पहाड़ों में पड़े मेरे खजाने को भूल गए हो?''

''यह अधिकतर मेरे कारण ही है, तुम्हारे कारण नहीं।'' फ्रेड्रिक ने कहा, ''मैं किसी का ऋणी नहीं रहना चाहता।'' इसके साथ ही उसने बलपूर्वक उसकी जेब में पैसे डाल दिए।

''और 'हन्टिड फील्ड' का क्या होगा?'' क्रोध से देखते हुए वाल्डमन ने पूछा।

''जो ईश्वर चाहेगा,'' फ्रेड्रिक ने उत्तर दिया, ''मैं ऐसे पचास खेतों को खोद सकता हूँ, बजाय इसके कि तुम मेरे बच्चों के सिर के एक बाल को भी चोट पहुँचाओ। जाओ, नहीं तो मैं तुम्हारी ऐसी सेवा करूँगा जिसको तुम पसंद नहीं करोगे।''

''नरमी से,'' भूत ने कहा, ''जब मेरे जैसी आत्माएँ मनुष्य का रूप धारण करती हैं तो यह सामान्य से प्रबल होता है। यदि तुम झगड़े में पड़ोगे तो संभवतः तुम्हारा इतना बुरा हाल होगा कि ईश्वर ही तुमपर दया करेगा।''

''उसने ऐसा हमेशा मेरे साथ किया, उसने मेरी बाँहों में काफी शक्ति दी है जिसे तुम देखोगे। अपने पहाड़ों में लौट जाओ, ओ घृणित जंगली! मैं अंतिम चेतावनी दे रहा हूँ।''

तदुपरांत भूत ने फ्रेड्रिक पर प्रचंड हमला कर दिया और एक हठी झगड़ा शुरू हो गया। उन्होंने कुश्ती की और एक-दूसरे को, बिना हार-जीत, बुरी तरह पटका। अंत में फ्रेड्रिक ने एक ऐसा अद्वितीय हाथ मारा कि भूत धराशायी हो गया और वह उसकी छाती पर मुक्के तानता हुआ बोला, ''मैं तुम्हें बताऊँगा कि मालिक पर कैसे हमला किया जाता है। ओ पहाड़ी शापग्रस्त आत्मा।''

इसपर रबेजल किसी तरह दिल खोलकर हँसा। फ्रेड्रिक ने यह सोचकर कि वह इसका उपहास कर रहा है, पुनः मुक्कों की जोर से बौछार शुरू कर दी। अंत में भूत ने चिल्लाकर कहा, ''काफी हो गया, काफी हो गया। मैं तुमपर नहीं, अपने

आपपर हँस रहा था, क्षमा करो।''

''यह फिर दूसरा मामला है।'' फ्रेड्रिक ने कहा, ''अब उठो।'' उसने खड़ा होने के लिए उसकी सहायता की।

''मैंने मानव जीवन का काफी परीक्षण किया है,'' भूत ने हँसते हुए कहा, ''मेरी जैसी किसी आत्मा ने खेल को इस हद तक नहीं खेला। मित्र! सुनो, कुछ भी हो, मैंने भी बलपूर्वक मुकाबला किया है। यह तुम जानते हो कि यदि मैं चाहता तो पहाड़ की अन्य रूहों के समुदाय को सहायता के लिए बुला सकता था। वास्तव में मैं हँसी के मारे मर रहा हूँ।''

प्रसन्न रबेजल की ओर ध्यान देता हुआ फ्रेड्रिक बोला, ''मेरा खयाल है कि तुम मेरे प्रति ईर्ष्या रखोगे और केवल 'हन्टिड फील्ड' में ही नहीं, बल्कि अन्य मामलों में भी विघ्न डालोगे, परंतु फिर भी जो कुछ मैंने किया है, उसका प्रायश्चित्त नहीं करूँगा। मैंने बच्चों की रक्षा के लिए अपने अधिकार को उचित ढंग से निभाया है। फिर अगर कुछ हुआ तो मुझे तुम्हारे साथ ऐसा ही व्यवहार करना पड़ेगा।''

''नहीं, नहीं,'' रबेजल ने कहा, ''उसके लिए अपने आपको कष्ट न दो—इस बार मुझे काफी मिल गया है; मेरे शब्दों पर ध्यान दो—अपने 'हन्टिड फील्ड' पर काम करते चले जाओ। मैं तुम्हें वचन देता हूँ कि जब तक रबेजल खड़ा है, कोई भी भूत आगे के लिए उधर नहीं देखेगा। अच्छा, अलविदा, सफल रहो, प्रबल मुक्केवाले मेरे मालिक!''

इतना कहने के बाद, सिर की जानी-पहचानी गति के साथ, वह लुप्त हो गया और फ्रेड्रिक अपने बाकी जीवन में फिर कभी उसे नहीं मिला, परंतु रबेजल ने अपना वचन निभाया।

फ्रेड्रिक के हर मामले में खुशहाली बढ़ने लगी और कुछ ही दिनों में वह गाँव का सबसे अमीर किसान हो गया। जब बच्चे 'हन्टिड फील्ड' में खेलते थे और बच्चे तथा साबीने, दोनों वहाँ निर्भय घूमते थे, वह कभी-कभी वाल्डमन के बारे में कहते थे कि उन्हें कितना अच्छा लगता था। वह उन्हें विनोदी कहानियाँ सुनाया करता था और किस प्रकार अपनी जेबों में चुनिंदा मिठाइयाँ अथवा सुंदर नक्काशी किए हुए खिलौने या सुनहरे सिक्के पाया करते थे।

□□□